Der schwedische Kurort Augustenbad zur Beginn der 1890er Jahre. Hierher verschlägt es den selbsternannten Poeten Andreas Öman, der sich bald in einem kleinen Drama wiederfindet, das um Selbstbetrug, Enttäuschungen und verbotene Liebe kreist.

Andreas Öman ist gegen seinen Willen nach Augustenbad gereist, seine wohlhabende Ehefrau hat ihn zu dem Aufenthalt verdonnert: Er soll mit der Trinkerei aufhören. Dabei ist ein leichter Rausch für ihn als Inspirationsquelle unentbehrlich. Wann immer möglich, entflieht er dem reglementierten Kuralltag. Dabei trifft er nachts im Park auf die geheimnisvolle Amanda, die sich nur bei Dunkelheit zeigt. Ihre Klugheit und ihre von der »französischen Krankheit« zerstörte Schönheit faszinieren Andreas, aber auch die junge Glanzbüglerin Maria mit dem wachen Blick lässt ihn nicht mehr los …

Anneli Jordahl schildert einen Sommer voller Sehnsüchte und verborgener Begierden, einen Sommer, der für manche Beteiligte zum Schicksal wird. Eine herrliche, leicht nostalgische Lektüre mit Tiefgang.

Anneli Jordahl, geboren 1960, lebt bei Katrineholm. Sie ist Literaturkritikerin, Herausgeberin und Autorin. Sie hat in Schweden zahlreiche gesellschaftskritische Sachbücher veröffentlicht. Ihr erster Roman *Jag skulle vara din hund (om jag bara finge vara i din närhet)* befasst sich mit dem Leben der Frauenrechtlerin Ellen Key. *Ein Sommer in Augustenbad* ist ihr zweiter Roman.

Anneli Jordahl

EIN SOMMER IN AUGUSTENBAD

Roman

Aus dem Schwedischen
von Nina Hoyer

Insel Verlag

Titel der Originalausgabe:
Augustenbad en sommar
First published by Norstedts, Sweden, 2011
Published by agreement with
Norstedts Agency, Stockholm

Dieses Projekt wurde mit Unterstützung der
Europäischen Kommission finanziert.
Die Verantwortung für den Inhalt dieser Veröffentlichung
trägt allein der Verfasser; die Kommission
haftet nicht für die weitere Verwendung der darin
enthaltenen Angaben.

Kultur

Erste Auflage 2013

Satz: Hümmer GmbH, Waldbüttelbrunn
Druck: Pustet, Regensburg
Umschlaggestaltung: glanegger.com,
Büro für Buch und Grafik, München
Printed in Germany
ISBN 978-3-458-17566-7

EIN SOMMER IN AUGUSTENBAD

JUNI

51. Das richtige Douchebad erfordert eine gewisse Übung. Man muß mit gespreizten Beinen mitten unter dem Wasserstrahl Posto fassen und – ohne sich vom Flecke zu rühren – durch gemächliche Drehbewegungen des Körpers das Wasser alle Theile desselben überströmen lassen, ohne den Strahl anhaltend auf eine gewisse Stelle zu richten.

Die Gastwirtschaft lag wie eine Fata Morgana am Fuße des Hangs und schien ihn zu verspotten. Seine Hände zitterten; er legte sie übereinander, um sie zu beruhigen. Ameisen krabbelten seine Schenkel entlang. Wenn er seinen wehen Hintern doch nur auf einem Gartenstuhl der Wirtschaft ausruhen, sich einen Schnaps und ein Bier bestellen und mit den Servierfräulein in ihren blendend weißen, gestärkten Schürzen schwatzen, ja, nach der Reise einfach etwas Kraft schöpfen könnte – sodass er nach den Festivitäten des gestrigen Abends wieder etwas klarer im Kopf werden würde. Wenn nur.

Sein Blick schweifte über den Park in seinem lindgrünen Kleid, dieses Grün des ersten Junis. Beinahe drei Monate ohne einen einzigen Tropfen erwarteten ihn. Es hatte ihn in eine wild wuchernde und brodelnde Hölle verschlagen, in der seine Kehle wieder trockengelegt werden sollte. Das Leben war der Willkür unterworfen, ihm blieb nichts anderes übrig als diese Heilanstalt – dieses Straflager der eiskalten Abreibungen – zu betreten, die einen eintönigen Ausblick auf Birken, Erlen und Pappeln statt auf das geschäftige Treiben der Großstadt bot. Ob er hier wohl vor schierer Langeweile vergehen würde? Und wer konnte nur ernsthaft glauben, dass die Dichtung, die Kunst im Zustand der Enthaltsamkeit gedeihen könne?

Die Basstuba hieß mit energischen Stößen die Kurgäste willkommen, die Musikkapelle brachte die Vögel zum Verstummen. Eine leichte Brise erfasste ein Notenblatt, ein kleines Mädchen mit geflochtenen, zu Schnecken gedrehten Zöpfen fing es ein, lief zum Dirigenten und überreichte es ihm. Die Mutter, in einem Reformkleid aus schwarzem Samt, streckte ihr stolz die Arme entgegen. Der Vater bewegte sich mühsam hinkend auf einen Handstock mit goldenem Knauf gestützt vorwärts. Er nickte drei properen Damen zu, deren Roben von ein wenig zu vielen Rosetten und Volants verziert waren, als es sich für das ländliche Milieu schickte. Als er selbst an ihnen und ihren Dienstmädchen vorbeiging, vernahm er ein *Da, Da, Da* – sie sprachen russisch.

Feuchte und leicht kühle Luft mit einem Hauch von Flieder – sollte das etwa Juni, ja ein Vorbote des Sommers, sein? Sehnsucht ergriff ihn, Sehnsucht nach Capri, Sète, Baden-Baden, und ja, nach dem Kungsträdgården. Die ganze Blüte war im Rückstand, die Knospen an den Rhododendronbüschen noch braun, erfroren während des beharrlichen, grimmigen Winters, der die Schneewehen in Stockholm hoch wie Skihügel aufgetürmt hatte. Er hatte es allen anderen gleichgetan, sich in der düsteren Zeit mit Sahnesoßen, dicken Scheiben Fleisch und Wein getröstet. Dann war der Frühling gekommen und mit ihm jene Morgen des Katzenjammers, an denen Aline ihn bekümmert angesehen hatte, wenn er ihr stumm und einfältig blinzelnd gegenübergesessen und unbeholfen an der Kaffeetasse herumgefummelt hatte, während ihn ob der bruchstückhaft zu Tage tretenden Erinnerung an den vorigen Abend Reue packte – oh nein, nur das nicht! Sag nicht … mit ihr, ausgerechnet.

Er hatte beschämt zu Boden geblickt, als Aline ihm laut die Annoncen der Kurorte vorlas, die im Spätwinter in den Zeitungen standen, welch Wunder eine Kur bei schwellenden Bäuchen und Rückenleiden vollbrächte: Bei uns erwartet Sie eine rege und heilsame Sommerfrische!

Aline sprach besonders wohlwollend von einem bestimmten Kurarzt; man sagte ihm nach, mit Hypnose kuriert zu haben. Ihr Vater sei entfernt mit ebendiesem Doktor bekannt, der neuartige Methoden vertrat – die Idee, ohne Medikamente zu heilen.

Dem durch den Frühsommer gesegneten mineralienreichen Quellwasser schrieb er die Kraft zu, Alkoholismus, Ruhr, Veitstanz zu lindern, ja sogar die Auswirkungen des syphilitischen Giftes zu verzögern, wenn nicht gar zu besiegen.

Andreas, der nahezu jeden Abend das Seinige dazu tat, dass der Branntwein die Welt in so herrliche Schwingungen versetzte, zweifelte stark daran, ihm blieb jedoch keine andere Wahl. Aline und die Schwiegereltern hatten ein Machtwort gesprochen und eine Scheidung … er wagte nicht, daran zu denken.

Die Gäste in der grünen Senke streckten ihre Nasen himmelwärts, der sich im Anzug befindlichen Sonne entgegen. Wie seltsame schwarzweiße Statuen standen sie versprengt im Gras, doch einstweilen mussten Butterblumen und Löwenzahn die Sonne ersetzen, die nicht recht hinter einer dichten Wolkendecke zum Vorschein kommen mochte. Wenn der Sommer weiterhin so wenig einladend bliebe und sich versteckte … die Leute würden ihren Lebensmut verlieren. Die Schweden mochten ein geduldiges Völkchen sein, aber auch sie ertrugen im Sommer nicht endlos Regenwetter und Kälte.

Ein gewaltiger Widerwillen überfiel ihn in dem prachtvollen Park, er vermochte kaum die Füße in den Schnürstiefeln zu heben. Trotzdem konnte er es sich nicht verkneifen, über den x-beinigen, hochaufgeschossenen Kutscher zu schmunzeln, der, ihm voran, in seinen Hochschäftern mit den Koffern vorwärts eilte.

Wie viele verschiedene Gangarten der Mensch wohl beherrschte? Die Quelle mit ihrem chinesischen Pavillon würde er später inspizieren. Leibesertüchtigung, welch abwegige Erfindung, welch eine Beleidigung der menschlichen Sensibilität! Vor dem Eingang des Bewegungshauses standen zwei Herren und unterhielten sich. Der eine tätschelte seinen umfangreichen Bauch, der andere fuhr sich über sein Doppelkinn. Einfaltspinsel! Die einzige Bewegung, die ein moderner Mann brauchte, waren die Pirouetten, die die Hand mit dem Gänsekiel auf dem Papier vollführte, und natürlich das Flanieren zwischen den Cafés im Kungsträdgården oder ein Spaziergang zu Rydbergs Bar, vorbei an der Jakobskirche. Und vor allem die Gesichtsakrobatik beim Kuss auf den Mund der Liebsten, natürlich ... und jenes Herrliche, das darauf folgen konnte. Das jedoch würde noch einen ganzen Sommer auf sich warten lassen ... dieser lang ersehnte Sommer war nun für ihn verloren. In melancholischer Stimmung folgte er dem flinken Kutscher.

Dennoch – ein klein wenig bemühen würde er sich doch. Nicht, dass er lächerliche Sprünge und Hopser vollführen würde, das nicht, wohl aber Spaziergänge im Wald, bei denen er Quellwasser statt Feuerwasser aus der Flasche trinken würde. Aline war nämlich den ganzen Winter hindurch hart mit ihm ins Gericht gegangen, hatte wie die strengste Mutter ihrem Sohne gegenüber Bedingungen gestellt. Es war unerträglich gewesen, das hinnehmen zu müssen, doch was blieb ihm anderes übrig; sie zu verlieren ... nein, das durfte nicht geschehen. Was war er schon ohne sie? Und das? Was war das? Das Frauenbadehaus. Sein Blick glitt zu den Fenstern im ersten Stock hinauf, und er konnte gerade noch sehen, wie eine Frau ein Tuch um ihre Schultern legte, bevor sie ihr Fenster schloss. Ob er wohl um ein Zimmer mit Aussicht – auf die Unterkunft der Frauen – bitten konnte?

Der Kutscher stiefelte über eine zierliche Brücke und an

einer entzückenden kleinen Insel vorbei, die ein frisch rauschender Bach umfloss. Sein kupferbraunes, mineralienreiches Wasser lief den kiesigen Hügelrücken hinab und teilte sich bei der Insel der Glückseligkeit. Hier wurde der Boden feucht und lehmig, sodass seine Stiefel einsanken; sie waren alles andere als wasserdicht. Unter ihm befand sich ein unterirdischer See, der ein Eigenleben führte und so verzweigt wie ein Blutkreislauf war. Wo immer man einen Spazierstock hineinstach, entsprang eine neue Quelle, hatte ihm jemand erzählt.

Drei Monate im Morast, wenn man stattdessen die Aussicht auf den Stockholmer Strömmen genießen könnte! Das merkwürdige an diesem sogenannten Kurparadies war indes, dass sich einem dieser unterirdische, lebenspendende See in seiner etwaigen Schönheit nur beim Aufbieten aller Vorstellungskraft erschloss. Zögerlich, in kleinen Portionen, gab er sein eiskaltes, gesegnetes Wasser von sich.

Andreas war mit dem Zug aus Stockholm im nahe gelegenen Amtsbezirk eingetroffen. Der Bahnhof war vor beinahe dreißig Jahren etwa zehn Kilometer südlich von Augustenbad bei einem Gehöft namens Cathrineholm erbaut worden und hatte sich mittlerweile zu einem der Eisenbahnknotenpunkte des Landes entwickelt.

Das ländliche Gebiet dehnte sich ohne größere geschlossene Ortschaften zwischen duftigen Mischwäldern, fruchtbaren Getreidefeldern und mit Wacholderbüschen durchsetzten Weidegründen aus. Die Gegend war für ihre großen Güter und Herrenhöfe mit riesigen Ländereien bekannt. Im Dorf selbst lagen Bauerngehöfte von Freibauern, welche sich dadurch hervortaten, bemerkenswert großzügig zu bauen, sodass viele Schlafräume unter ihrem Dach Platz fanden. Sie vermieteten im Sommer nämlich Logierzimmer an das Kurbad, ja, das ganze Dorf vermietete Zimmer, selbst die in beengten Verhältnissen lebenden Häusler, die sich derweil in einem Raum zusammendrängten oder in den Viehstall zogen. So gab es nicht einen Dorfbewohner, der sich nicht ein paar Münzen an Augustenbad und seinen Kurgästen verdient hätte. Alle trugen auf ihre Weise mit ihrer Arbeitskraft und den Privatquartieren zum Badebetrieb bei, forderten dreihundert Gäste pro Sommer doch das Ihrige, was die Zubereitung von Speisen und das Servieren betraf.

Andreas sah sich nach allen Himmelsrichtungen um – nicht ein Kirchturm, nicht ein See war in Sicht. Er musste daran denken, was ihm über diese Gegend zu Ohren gekommen war, und hatte so eine Ahnung, dass er in diesem Sommer vielen Baronen, Grafen und Freiherrinnen seine Empfehlung aussprechen würde.

Unmittelbar gegenüber dem Herrenbadehaus, Gråbo, wo er im ersten Stock einquartiert werden sollte, lag die Gotische Quelle. Wie er erfahren hatte, würde vor ihrem im oskarianischen Stil erbauten Pavillon die Ablichtung der Gäste stattfinden. Auf dem Hügel dahinter, neben der Landstraße, thronte die Arztvilla, ein großes Holzgebäude mit einer Dachgaube, die wie ein Auge das Treiben in der schmalen Talsenke zu überblicken schien. Daneben befand sich das weißgestrichene Haus Paradies mit seinen reich verzierten hölzernen Balkonen. Hier wurden Gäste mit schwerwiegenderen Krankheiten beherbergt. Dort hätte er ursprünglich wohnen sollen, aber in diesem Sommer war das Gebäude voll belegt; die Anzahl der Kurgäste, die mit der Französischen kamen, belief sich auf nunmehr neunzig, mehr als jemals zuvor. Sie mussten von den übrigen Gästen getrennt untergebracht werden, bei der großen Ansteckungsgefahr wusste man nie. Unterhalb des Paradieses, an dem steilen Hang, der zum Haupteingang des Kurparks abfiel, befand sich das Kurhaus mit seiner hoch gelegenen Veranda, auf welcher man in der Sonne sitzen und neugierig die Rituale der anderen Badegäste im Park verfolgen konnte. Das Obergeschoss enthielt ebenfalls Gästezimmer. Im Gesellschaftsraum befand sich eine kleine Bibliothek, die sogar Zeitungen bereithielt. In den übrigen Räumlichkeiten wurden während des Kurortbetriebs im Juni, Juli und August Gesellschaftsabende, Tanz und musikalische Unterhaltung geboten. Die Fenster zierten weiße Sommergardinen, weichgepolsterte Stühle waren einladend um Tische gruppiert und an den Wänden aufgereiht.

Da war sie, die Sonne, nun hatte sie sich endlich durch die Wolkendecke gezwängt! Er hielt inne, schloss die Augen und spürte die Wärme auf seinen Wangen. Das Blasorchester hatte sein Spiel beendet und überließ die Bühne den Buchfinken, die laut tschilpen mussten, um sich über das Tosen des Wassers hinweg Gehör zu verschaffen.

Welch ein Brausen! All dieses Wasser, das auf ihn zulief, ließ ihn eine Not verspüren.

Und Durst.

Sein Zimmer in Gråbo war klein, schlicht, aber anheimelnd mit seinem Kachelofen und dem großen Fenster – ein schmales Bett, ein Schrank mit Spiegeltür, eine Kommode mit einer Wasserkanne im Blumendekor nebst Schüssel, ein Sofa mit einem kleinen Tisch. Er wollte gleich um einen Schreibtisch bitten, ein kleiner müsste noch unterzubringen sein.

Er suchte nach der Fotografie von Aline, hatte sie auf das Nachttischchen stellen wollen, konnte sie aber im Koffer nicht finden.

In der Waschschüssel saß eine kleine Spinne, die er in Frieden ließ.

Er hängte seine Kleidung auf, legte die Bücher auf den Nachttisch und sah aus dem Fenster, das leider nicht zu dem Haus hinausging, in dem die Frauen wohnten. Aber die Kaffeebude lag dort und nahm sich wie ein Freund aus alten Tagen aus. Und die Gotische Quelle war allerliebst, ihr Baldachin erinnerte ihn an delikat verzierte Spitze. Helle Leinenanzüge und Strohhüte würden gut dorthin passen und sich schön auf dem Lichtbild machen. Er zog sich um, kämmte seine dunkelgelockten Haare, richtete seine Fliege und nickte zufrieden seinem Spiegelbild zu. Seine Augen waren ein klein wenig gerötet und geschwollen, aber das sah man schließlich nicht auf einem mit Abstand aufgenommenen Bild. So, und jetzt nichts wie hinaus, um die Umgebung zu erkunden!

Vor dem Abendessen hatte er beim Doktor einen Termin für das Aufnahmegespräch. Es würde eine ernste Unterredung werden, mit der Bitte um Barmherzigkeit – ob er die Behandlung nicht ein wenig sanft einleiten könne, jeden zweiten Tag ein Schnäpschen? Den Alkohol etwas schonender absetzen, statt dieses brutalen, plötzlichen Nichts?

Er spürte die Nachwirkungen der gestrigen Abschiedssitzung mit seinen Zechbrüdern, auf der er sich bis zur Besinnungslosigkeit betrunken hatte. Es war geradezu ein Wunder, dass er sich in seinem eigenen Bett wiedergefunden hatte. Diese Kopfschmerzen, entsetzlich; mochte die frische Waldluft sie lindern.

Vor Gråbo zogen zwei klapperdürre Männer in einfacher Volkskleidung einen Leichenkarren. Die Räder sanken immer tiefer in den Schlamm ein, was ihn davon abhielt, ihnen eine helfende Hand zu reichen. Nur nicht den hellen Leinenanzug vor den Fotoaufnahmen beflecken.

Er ging am Warmbadehaus vorüber, welches die letzte Anlage des Kurparks war und direkt an den Laubwald grenzte. Die Warmwasserbecken würden leider nicht von ihm frequentiert werden, falls er strikten Anweisungen zu gehorchen hatte. Seine Beine trugen ihn zum Laubengang und dem schmalen Weg, der in den Wald hineinführte, wo der Gesang der Buchfinken und Krähenkrächzen einander abwechselten. Der Laubengang war ein Rundweg, der einen birkengesäumten Waldpfad entlangführte. Ihn zu durchstreifen dürfte einen im Gehen Geübten mit gutem Schuhwerk etwa eine Viertelstunde kosten.

Der schwarze Leichenkarren ... er konnte den Gedanken an die Equipage einfach nicht abschütteln. Ein saures Aufstoßen zwang ihn auszuspucken, er rieb sich die Schläfen – milchig verschwamm alles vor seinen Augen –, guckte zum Himmel – Sonnenflirren in den Birken, alles vermischte sich zu einem grünen Gewebe mit vertikalen weißen Strichen. Er streckte die Hand aus, um eine junge Birke mit kreideweißem Stamm zu berühren. Ihre schwarzen Flecken sahen wie angreifende Fledermäuse aus. Tief Luft holend suchte er Halt am Baum, bis seine unter ihm nachgebenden Beine ihr Gleichgewicht wiedergefunden hatten. Er räusperte sich, spuckte abermals.

Langsam, konzentriert einen Schritt nach dem anderen machend, ging er weiter und kam an einem Lusthaus vorbei, dessen Dach eine blankgeputzte Silberkugel krönte. Sich auf einer kleinen Anhöhe mit Ausblick auf die Baumkronen des Laubengangs verlustieren, wenn das nicht perfekt für einen Abschiedstrunk mit Portwein und Stagnelius wäre! Noch womöglich in Gesellschaft einer Begleiterin, die den Rock lüpfte, um eingetrockneten Lehm aus den Volants zu schütteln ... Sein Blick fiel auf kleine träge fließende Bäche und Sümpfe, stehendes Gewässer; hier und da eine schleimige Brühe, wie sie einem nach einem ausschweifenden Abend nur zu leicht die Kehle hochkam. Er hielt inne, schluckte dreimal. Auf der Oberfläche ein dicker Brei; fette Brummer auf intensiv leuchtenden Sumpfdotterblumen – wahre Schönheit blüht im Verborgenen. Auf halbem Weg machte der Laubengang einen Bogen nach rechts und mündete in eine Eichenallee, die von einem Meer von

Butterblumen umgeben war. Feiner, lichtdurchwirkter Waldschachtelhalm schien sie zu umarmen. Die Allee führte auf ein großes Gebäude zu, das so versteckt lag, als ob es Grund hätte, sich zu schämen. Da, Frauenstimmen – eine dunkle, ermahnende Stimme, eine andere, zartere, einsilbig antwortend. Die Frauen kamen die Eichenallee hinunter auf ihn zu und steuerten auf das große, kasernenartige Gebäude am Waldrand zu. Als sie sich näherten, machte er eine ältere Frau aus, die sich mit einem schweren Korb abmühte. Ab und an stellte sie ihn schwer atmend ab. An ihrer Seite ging ein junges Mädchen; unter ihrem Kopftuch lugte das Stirnhaar hervor, und sie trug eine für ihren schmächtigen Körper viel zu weite Schürze. Ob sie die Kleidung von einer üppiger gebauten Schwester geerbt oder vielleicht innerhalb kürzester Zeit an Gewicht verloren hatte? Als sie aufsah, fielen ihm ihre glänzenden, mandelförmigen Augen auf.

»Einen schönen guten Morgen, die Damen.« Er nickte und zog seinen Strohhut. Sah, dass der Korb mit glatt gemangelten Betttüchern gefüllt war.

»Morgen«, erwiderte die ältere Frau knapp und deutete einen Knicks an – ein rundes Gesicht, ein offener Blick. Die Jüngere nickte, blickte sogleich wieder zu Boden und beschleunigte ihre Schritte, wobei sie mit einem Holzschuh über einen Stein stolperte. Er wandte sich um und sah ihnen nach, als sie auf den Weg abbogen, der auf das große Holzhaus im Wald zulief.

Hinter der Allee machte der Laubengang einen Knick nach rechts; dort schimmerte zwischen den Bäumen des Hains die Landstraße. Pferdehufe, die wie Kastagnetten klapperten; Wagenknirschen. Und was haben wir hier? Ah ja, die Kegelbahn. Spiel und Spaß – glaubten sie etwa, dass einen das Poltern der Kegel das Leid vergessen ließe?

Zwei Amseln flogen erschrocken aus dem Gras auf, als er vorbeiging, ihr schwarzes Gefieder wetteiferte mit dem Schwarz der Waldschnecke, auf die er soeben trat. Licht überfiel ihn, blendete ihn. Jetzt war er wieder im Kurpark.

Die Gäste hatten sich mittlerweile an der Gotischen Quelle versammelt und stellten sich für die Fotografin in Reih und Glied auf. Sie gab in harschem Tonfall Anweisungen. »Verehrte Herrschaften, die Herren bitte nach hinten, die Damen in die Mitte und Kinder und Hunde davor im Gras sitzend! Danke!« Andreas stellte sich in die Mitte der Männerreihe und sah im Halbprofil in die Kamera, so nahm er sich am besten aus. »Hierher schauen. Und bitte: Sommerfrische, nicht Beerdigungen. Halten Sie den Terrier still, wenn ich bitten darf!« Helle Damensommerhüte hier; geflochtene Haarknoten und Kringellöckchen dort; zarte, flaumige Mädchennacken; Schwanenhälse neben dicken, kurzen, die den Eindruck erweckten, gestaucht und in den Körper gesunken zu sein; zarte, weiße Schals, Haken und Ösen ... und ein Spalt, wo eine Öse aufgesprungen war ...

»Nach dieser Vorstellung bekommen wir aber doch gewiss eine Tasse Kaffee!« Ein korpulenter Mann neben ihm hielt sich an einem geschnitzten Ornament des Pavillonbaldachins fest und spielte mit seinem Spazierstock, richtete ihn in die Luft.

»Ich bin zum Aufnahmegespräch einbestellt ... leiste Ihnen jedoch gerne beim Abendessen Gesellschaft.«

Der Schmerbäuchige, der einen Kopf größer als Andreas war, stellte sich ihm als Zivilingenieur Stenström vor.

»Wir sehen uns dann gegen Abend vor dem Speisesaal.«

Im Bäderkontor, das im Bewegungshaus untergebracht war, wurde Andreas herzlich von Doktor Liljedahl empfangen, während eine Krankenschwester Handtücher unterschiedlicher

Größe samt Bademarken vor ihn hinlegte. Das Zimmer des Doktors war schlicht möbliert, mit hellen Tapeten und luftigen, weißen Gardinen vor den Fenstern. Der Sekretär trug sorgfältig Namen, Titel und Ankunftsdatum ein und machte ein Kreuzchen in der Spalte für die erste Klasse.

»Bitte sehr, setzen Sie sich.«

Ein Sprossenstuhl vor dem ausladenden, blankgewienerten Eichenschreibtisch des Doktors – erneut spürte Andreas, wie strapaziert sein Hintern nach der Reise war. Der Doktor nahm auf seinem hochlehnigen Stuhl Platz und schob einige Papierstapel beiseite. Andreas versuchte die Titel auf dem Bücherregal zu entziffern, konnte aber keine Romane entdecken, fand nur Bücher zur Medizingeschichte, Naturlehre, Schriften über Hydrotherapie, Balneologie und Abhandlungen zu Syphilis und Alkoholismus. Er las den obersten Titel, der in alten Lettern geschrieben war: *Von der Branntweinsucht in Schweden.* Auf einem ansehnlichen Stapel lagen die Schriften, die der Doktor selbst verfasst hatte.

»Öffnet die Fenster, wir ersticken ja!«, rief Liljedahl den Schwestern zu, die geschwind seiner Bitte nachkamen.

So sah er also aus, der vielgerühmte Doktor L. Alles an ihm war imposant: die breiten Schultern, der runde Kopf und die durch einen Seitenscheitel betonte hohe Stirn, die pomadig glänzenden, schräg gekämmten Haare. Sanfte, eng zusammenstehende Augen sahen Andreas freundlich an. Seine Stimme klang entschieden, wenngleich volltönend und warm; eine Stimme, in der er verweilen, ja, die er vielleicht gar Poesie vortragen hören wollte.

»Seien Sie mir gegrüßt, Andreas. Ich hoffe, Sie gestatten, dass wir uns duzen?«

Er war baff angesichts dieses Vorschlages, aber freigeistig, wie er sein wollte, erwiderte er prompt:

»Selbstverständlich, Doktor … Liljedahl.«

»Arvid, du kannst mich Arvid nennen. Ich bin der Ansicht, dass Höflichkeitsfloskeln Abstand erzeugen und den Heilungsprozess verzögern. Weshalb ich es auch am liebsten sehe, wenn wir hier im Park *nicht* den Hut zum Gruße ziehen.«

»Ich werde daran denken, obgleich es wie von selbst, ohne den Verstand einzuschalten, geschieht.«

»Gewiss, aber es wäre wünschenswert. Wenngleich dafür kein Bußgeld zu entrichten ist.«

Der Doktor lachte herzlich, sein rundes Gesicht sah gutmütig aus. Buschige Augenbrauen wölbten sich in der breiten Stirn, seine lange, grobgeschnittene Nase kräuselte sich. Ob Männer mit einem Ansatz zur Himmelfahrtsnase überhaupt Macht erlangen konnten?

Duzbrüder, eigenartig, dachte Andreas. Er war schon in anderen Kurorten gewesen, wo man mit steifen Umgangsformen und Höflichkeitsfloskeln gebrochen hatte, aber das – das war radikal!

»Wie fühlen wir uns heute, Andreas?«

Er wollte nicht daran denken; daran denken, wie er sich fühlte. Die Gemütsverfassung schrecklich, der Magen in Aufruhr. Und der Gaumen dick geschwollen. Vor allem aber war er erbost darüber, wie ein aus der Art geschlagener Wilder ohne Verstand hierherbefohlen worden zu sein. Er brachte nichts heraus, seine Miene sprach sicherlich eine deutliche Sprache.

»Bitte sehr, labe dich an dem einzig wahren Getränk, dem Zauberquell des Dorfes!«

Er leerte das Wasserglas, eine der Schwestern füllte es nach. Es war tatsächlich mild und wohlschmeckend.

Andreas ließ seinen Blick erneut auf dem Bücherregal verweilen; das tat er stets, wenn er sich auf Besuch bei jemandem unwohl fühlte: *Von Freistätten für die kurative Behandlung des Trinkers.*

Die flinke Schwester überreichte ihm einen Stoß Informationsblätter, und ihm fielen ihre hübschen Hände auf. Er las, während die Worte einen neckischen Tanz vor seinen Augen aufführten: Termine für Dampfkuren, Kneippbäder, Sitzbäder, Massagen, Fichtennadelbäder. Die Mahlzeiten: drei Gänge ohne Branntwein, Bier oder Wein. Leichtverdauliche Gerichte wie Hühnchen oder Kalb. Getränke: Der Doktor sprach jetzt noch lebhafter.

»Später im Sommer gibt es Walderdbeeren, sie reinigen das Blut – das war bereits dem werten Linné bekannt.«

Andreas bekam außerdem Landkarten für kurze und längere Spaziergänge in die Hand gedrückt, wie für den gemeinsamen abendlichen Verdauungsspaziergang zur Eisenquelle. Und was die Post betraf – wenn er sie auf sein Zimmer gebracht haben wolle, müsse er zusätzlich einen kleinen Obolus entrichten.

Der Doktor lehnte sich zu ihm vor, tiefer Ernst stand in seinem Blick; seine Augenbrauen waren wirklich riesig.

»Du hast gewiss die dir zugesandten Regeln studiert?«

Andreas kam sich vor wie ein nachlässiger Schuljunge, war er doch schon beim ersten Leseversuch eingenickt.

»Nun ja, eher zur Kenntnis genommen … mir fällt es schwer, mir Regeln zu verinnerlichen, bevor ich mich in ebenjener regulierten Situation befinde.«

Der Doktor war nicht vollkommen zufrieden mit der Antwort.

»Hm, da ist was Wahres dran. In diesem Fall aber bereitet das Probleme.«

»Probleme?«

»Das Heft mit den Regeln wird feucht werden, könnte sich in der Nässe auflösen.«

»Dann muss ich eben Vorsicht walten lassen.«

Zufrieden nickte der Doktor hinter seinem Schreibpult. Andreas blätterte zerstreut die 99 Regeln durch, während der Doktor ein Krankenblatt mit stichwortartigen Informationen zu seinem Gesundheitszustand anlegte. Darauf erhob er sich und horchte sein Herz ab.

»Deine Atmung ist unregelmäßig. Es freut mich, dass du dich dazu durchgerungen hast, deinen unredlichen Lebenswandel aufzugeben. Ein treuer Diener hat das Seine gesagt; deine Leber ist auf dem besten Wege, ihren reinigenden Dienst zu quittieren.«

Er hätte erschrecken müssen, doch weckte Doktor L. vielmehr den Flegel in ihm. Auf eine eigentümliche Weise fühlte er sich jung und stark – nun, körperlich schlapp nach einer langen Nacht, natürlich, doch stark im Geiste.

»Morgens um sechs trinkst du als Erstes einen Schluck davon, die Wirkung des Wassers kurbelt die Verdauung an. Nimm täglich wenigstens acht Gläser zu dir, und das zügig, nicht schlückchenweise.«

Abermals fühlte er sich wie ein kleiner Schuljunge. Seinen Einwand bezüglich eines mäßigen Schnapskonsums brachte er nicht heraus. Da war etwas im Blick des Doktors – etwas zugleich Bohrendes und Flehendes –, was ihn dazu brachte, schweigend zu nicken, als ob er sich vollkommen fügte.

»Zwei- bis dreimal am Tag wirst du ein Sitzbad in sechs Grad kaltem Wasser nehmen, du wirst erstaunt sein, wie das die Nerven beruhigt.«

Beruhigen, trieb er Scherze?, schoss es Andreas durch den Kopf. Wo er es doch noch nicht einmal fertig brachte, in einem Binnensee zu baden, der weniger als zwanzig Grad aufwies, ohne mit den Zähnen zu klappern!

»Was geschieht, wenn ich nicht …?«

»Wenn du gegen die Regeln verstößt, wird von dir erwartet, ein kleines Bußgeld in die Armenkasse zu entrichten. Wie du vielleicht weißt, betreiben wir mit knappen Mitteln das Lazarett, welches dort drüben im Wald liegt. Hier im Dorf sorgen wir uns nämlich sehr um die Bedürftigen.«

Er wies zum Laubengang.

Der Doktor tätschelte eine Sparbüchse, die auf einer Bank am Fenster nebst einer Ansammlung von Steinen unterschiedlicher Farbe und einem wohlgeordneten Stapel der Zeitschrift *Hygiea* platziert war.

»Ach so, das ist also das Lazarett … die Eichenallee, die in den Wald führt?«

»Ganz recht, aber die Mägde und Knechte, die sich dort auskurieren, haben ihre eigenen Zeiten; was das betrifft, werden sie dich nicht behelligen, weder an der Gotischen noch an der Chinesischen Quelle oder im Speisesaal.«

»Ich bin ein Dichter. Ein wahrer Dichter fürchtet den Menschen nicht …«

»Dichter, das ist ja ausgezeichnet! Ja, ich meine mich zu erinnern, dass deine Ehefrau so etwas erwähnt hat. Dann bist du vielleicht der richtige Mann dafür, unser Theaterstück zu schreiben oder eines auszuwählen? Herr Rost, der sich ansonsten um die Soireen gekümmert hat, hat uns dieses Jahr eine Absage erteilt, und das bemerkenswert spät noch dazu. Wenn du unser Unterhaltungsprogramm retten könntest, wären wir dir zu Dank verpflichtet, die Gäste rechnen fest damit.«

Die Miene des Doktors verriet, dass dieser Mann nicht immerzu guter Dinge war, ja, und wer konnte das auch schon von sich behaupten? Eine milde Stimme verbarg nicht selten ein heftiges Temperament.

»Welche Art von Soireen?«

»Nun, wir inszenieren jeden Sommer ein Schauspiel, in dem

die geneigten Kurgäste als Darsteller fungieren, und laden die Öffentlichkeit dazu ein. Die Einnahmen der Eintrittsbilletts kommen der Armenkasse zugute. Also, was sagst du?«

Andreas räusperte sich, fühlte sich matt und ausgelaugt. Ihm fehlte die Kraft, weiter mit Liljedahl zu sprechen, erneut überkam ihn Übelkeit.

»Ich arbeite an einem großen Dichtwerk ... aber es klingt unzweifelhaft verlockend. Ich werde bis morgen darüber nachdenken.«

»Tu das. Und es soll natürlich ein Lustspiel sein. Schreckensdramen, welche die Gemüter der Gäste beschweren könnten, sind untersagt.«

Wie um seinen Worten Nachdruck zu verleihen, stand der Doktor auf und sah Andreas mit durchdringendem Blick an.

»Ich möchte, dass du dich in den ersten Wochen einmal wöchentlich zur selben Zeit hier einfindest, damit wir uns über die Symptome der Enthaltsamkeit unterhalten können. Mach dich darauf gefasst, dass es dir am Anfang schwerfallen wird.«

Er sah, wie Schweißperlen die Nase des Doktors hinunterrannen. Ihn erfasste ein gewaltiges Gefühl der Überlegenheit, jugendlichen Triumphs.

»Und wenn ich schon nach der Hälfte des Sommers genesen bin, kann ich meine Abreise dann vorverlegen?«

Jetzt bediente sich der Doktor seiner Vortragsstimme, er stellte sich gleichsam auf die Zehenspitzen, als spräche er vom Podium zu einer großen Zuhörerschar.

»Du leidest an einer chronischen Krankheit, die den Geist vergiftet. Du vermagst es nicht, deinen übermäßigen Alkoholgenuss zu steuern. Willen, Vernunft und Moral werden außer Kraft gesetzt. Du musst Mut und Geduld aufbringen. Rechne mit einem Jahr – wenigstens.«

»Garantieren Sie ... ich meine, du ...«

Der Doktor räusperte sich. Die Worte, die ihm nun über die Lippen kamen, hatte er schon unzählige Male wiederholt.

»Die heilsame Kraft des Wassers ist unbestritten, vor allem jetzt, im Frühsommer, weshalb ich dir raten würde, die Gelegenheit wahrzunehmen. Du musst indes wissen, dass Wasser nicht alles vermag. Ich habe Patienten, die glauben, sie müssten nur genug Quellwasser trinken und bekämen gesunde Augen. Andere Patienten wiederum, die über ihre Verfehlungen wirr gegrübelt haben, meinen, sie könnten ihre Gemütskrankheit mit einem Kneippbad kurieren. Mir wird zuweilen vorgeworfen, ein Scharlatan zu sein, weil der Lahme lahm bleibt – weil ich zögere, diejenigen, die körperlich und gesundheitlich allzu schwach sind, mit Quecksilber zu behandeln.«

Er zog die *Aaaas* theatralisch in die Länge, während er die Hände auf den Rücken legte und im Zimmer auf und ab gehend fortfuhr:

»Natürlich sind von Schmerz schwer Gezeichnete im Rollstuhl hier eingetroffen und nach dem Sommer auf Schusters Rappen nach Hause geritten. Derlei ist möglich – alles ist möglich. Ich stehe zwar im Dienste des menschlichen Leids, bin aber nicht Gottvater in Person.«

Damit wies er ihm freundlich den Weg zur Tür; ein Klopfen kündigte schon den nächsten Patienten an.

Auf dem Weg hinaus hörte er Doktor L. rufen:

»Was liest du gerade? Etwas, was du empfehlen kannst?«

Er sah erneut zur Tür hinein und antwortete:

»Baudelaire, *Die Blumen des Bösen.*«

»Davon rate ich dir entschieden ab. Lies lieber etwas Leichtes, Beschwingtes, wie Atterboms *Insel der Glückseligkeit.*«

Er nickte, sah ihn mit seinem sanftmütigsten Blick an, trat zu Andreas und tätschelte ihm väterlich die Schulter, als er ihn hinausgeleitete.

»Besuch doch meine Vorträge zur Gesundheitslehre. Über die Termine wirst du noch informiert.«

Im Vorraum des Speisesaals stand Ingenieur Stenström, die Hände hinter dem Rücken verschränkt, und musterte die Ölmalereien an den Wänden – von irgendeinem Provinztalent, das gar nicht mal so übel das grünbraune Farbspiel eines Kartoffelackers eingefangen hatte. Andreas ging zu dem Ingenieur hinüber und begrüßte ihn, der bedächtig und höflich wirkte und nicht wie der zu Späßen aufgelegte Herr, den er bei der Fotoaufnahme kennengelernt hatte. Worüber sollte er sich mit einem Ingenieur nur unterhalten? Nun ja, ebendies war der kleine Clou der Kurorte, er hatte das schon früher erlebt – Menschen zu treffen, die man in der Stadt beileibe niemals zu einer Gesellschaft eingeladen hätte. Es konnte überraschend, ja geradezu bereichernd, aber auch todlangweilig sein.

Dann machten sie ihr Entree, betraten den schmalen, einfach eingerichteten Speiseraum mit einem ausladenden Tisch in der Mitte, auf dem ein Stapel Teller sowie Besteck und Gläser standen. Eine langbeinige Bedienung reifen Alters wies ihnen den Tisch zu.

»Danke, meine Gnädigste. Hier wird man wirklich gentil von patenten Damen empfangen.«

Stenström nickte gemessen, legte sich die schöne braune Leinenserviette auf den Schoß und bat um Preiselbeerlimonade.

Andreas seufzte, als die Kellnerin einschenkte.

»Mit etwas Fantasie kommt dieses rote Zeug geradewegs aus Bordeaux.«

Ingenieur Stenström lachte in seinen Bart hinein.

»Mir genügen Preiselbeeren.«

Er hob sein Glas, um ihm zuzuprosten. Andreas folgte widerwillig seinem Beispiel. Was diesen Punkt betraf, besaß seine Fantasie recht enge Grenzen.

»Haben Ihnen Preiselbeeren schon immer genügt?«

Er versuchte die Frage ohne einen ironischen Unterton zu formulieren.

»Ja, immer schon.«

Andreas trank einen Schluck und verzog das Gesicht zu einer Grimasse, als ob er Petroleum getrunken hätte.

»Ich bin kaum jemals Leuten wie Ihnen begegnet.«

Stenström lächelte, als ob er die Späße des Mannes vor sich nicht recht einzuschätzen wüsste. Erwiderte mit höflicher Vorsicht:

»Und ich bin kaum jemals einem Dichter begegnet.«

Andreas leerte das Glas und nahm eine Scheibe Roggenbrot, nicht weil er hungrig war, sondern um seine Hände irgendwie zu beschäftigen.

»Und Sie sind also zum ersten Mal hier?«

Andreas nickte und sah zum Park, wo ein bunte Mischung aus gichtbrüchigen Armenhäuslern und Schwerkranken sich neben wohlgenährten begüterten Badegästen kurierte, was ihn nicht im Geringsten störte, wohl aber, dass die Männer in der Überzahl waren. »Und das letzte Mal, so hoffe ich.«

Sein Blick fiel auf die unzähligen Teller, die in den Regalen an den Wänden aufgereiht waren. Wurden sie benutzt, oder dienten sie nur zur Zierde?

»Ich war schon früher zu Gast in Kurbädern, mit meiner Frau, jedoch nur zum Vergnügen. Zu der Zeit wäre es mir nicht im Traum eingefallen, Preiselbeerlimonade zum Mittagessen zu bestellen.«

»Sie klingen wie ein reifer Herr mit großer Lebenserfahrung«, bemerkte Stenström.

Andreas streckte sich, drückte den Rücken durch, räusperte sich.

»Ich fühle mich als ein solcher, habe soeben aber erst meinen fünfunddreißigsten Geburtstag gefeiert«, erwiderte er und bemühte sich, eine Oktave tiefer zu klingen, dachte bei sich: mehr Bass.

Sowie er das ausgesprochen hatte, hoffte er um die Frage herumzukommen, ob die Feier gelungen gewesen sei – jene Nacht galt es zu verdrängen, hatte doch tags darauf die Scheidung angeklopft. Sein Glück, dass Aline durch nichts so leicht zu erschüttern war.

»Für mich ist es wie eine Sucht, auch wenn Doktor L. ebendiese Beschreibung missbilligen würde. Lassen Sie mich einmal überlegen … dies ist der fünfte Sommer für mich. Obgleich ich nur die Hälfte der Zeit bleiben werde.«

Mittlerweile war der Speiseraum voller Gäste; gut gekleidete Männer unterschiedlichen Alters, mit unterschiedlichen Schnurrbärten, einige wenige Frauen. Die Kellnerinnen mussten ordentlich laufen.

Andreas kaute unablässig auf dem Roggenbrot herum, das zwar nicht schlecht schmeckte, in seinem Mund jedoch immer größer wurde. Ihm war, als ob er einen großen Teigklumpen hinunterzwingen müsse, und er war nahe daran, zu ersticken. Jetzt, endlich! Er schob das restliche Brot von sich, lehnte sich zu Stenström vor und sagte gedämpft:

»Manche behaupten, Liljedahl sei ein Kurpfuscher. Seine Ablehnung, was die Verabreichung von Medikamenten betrifft … halten Sie die nicht auch für etwas infantil?«

Stenström verteilte großzügig Butter auf einer weiteren Brotscheibe.

»Man kann sich einfach dafür entscheiden, wie wäre es damit?« Stenström zuckte mit den Schultern. »Oder nicht? Wenn einen die Gesundheit im Stich gelassen hat, entwickelt man ein feines Gehör, man unterwirft sich verschiedenen Methoden, ohne darüber zu urteilen.«

»Doktor L. hat Sie demnach fest im Griff.«

»In meinem ersten Sommer hier habe ich eine Hosengröße an Gewicht verloren, meine Schmerzen waren unerträglich … ich leide schon seit mehreren Jahren an Gicht. Also, jetzt dürfte das Kalbfleisch aber langsam mal kommen!«

Gierig sah er zur Küchentür, von wo die Kellnerin mit zwei Tellern erschien.

»Ich bin völlig ausgehungert, Seeluft macht hungrig«, scherzte Andreas und richtete seine Serviette auf dem Schoß.

Stenström gluckste in seinen riesigen Bart hinein. Ein Bart macht sich gut, aber nur in Maßen, dachte Andreas. Weshalb manche Männer nur solche wild wuchernden Rauschebärte trugen, das wüsste er gern!

»Wahrhaftig, das macht hungrig«, sagte Stenström und tätschelte leicht seinen Schmerbauch.

Nun kam das Kalbfleisch. Misstrauisch stocherte Andreas in den Salatblättern herum, wollte nicht riskieren, wie ein Kaninchen zu wirken. Nahmen sie ernstlich an, dass luftige Nahrung, die geradewegs aus dem Rasen gerupft worden zu sein schien, Schmerzen zu lindern vermochte? Man hatte ihn gewarnt, das hier war nicht Medevi, das Paradies unter den Kurorten, wo man sich den wunderbarsten Exzessen hingeben konnte, nein, Augustenbad glich am ehesten einem Kloster, war spartanisch und streng.

Sie nahmen ihr Essen größtenteils schweigend ein; Stenström schlang es herunter. Dann kam der Kaffee und für jeden ein Teller Vanilleeis mit Schokoladensoße – das war eine Überraschung.

Seine Hand bebte, als er die Kaffeetasse hob; seine Beine

zitterten. Er bräuchte jetzt seine Medizin, einen Cognac, und wenn nur einen Fingerhut voll. Wieder und wieder rührte er den Kaffee um und spürte, wie ihn ein heftiger Anfall von Übelkeit überkam. Er erhob sich.

»Ich bitte vielmals um Verzeihung, mir ist scheußlich zumute. Man sieht sich an den Wasserlöchern!«

In der ersten Nacht an einem fremden Ort fand er nie Schlaf. Es dauerte einen Tag, bis er sich an die Stimmung des Zimmers, die Geräusche, das Knacken und Pfeifen gewöhnt hatte. Er ging zu Bett und musste feststellen, dass es hart war und knarrte, die Betttücher indes glatt und angenehm waren. Er versuchte zu lesen, aber die Augen fielen ihm zu. Er legte sich seitwärts mit dem Gesicht zur Wand, aber das war unbequem. Auf der anderen Seite – nein, so fand er keine Ruhe. Auf dem Rücken – das ging nicht, er hatte sich auf dem Rücken schlafend schon immer auf eine kindische Weise ausgesetzt gefühlt. Auf dem Bauch – wild rumpelten die Säfte in seinem Magen, ihm brannten die Wangen.

Ein harter Regenguss prasselte gegen die Fensterscheibe, gefolgt von einem entfernten Donnerschlag. Auf den Schweißausbruch folgte Schüttelfrost. Im Nachbarzimmer, auf der anderen Seite der Wand, wo er jetzt mit der Nasenspitze die Tapete berührte, weinte ein Kind nach seiner Mutter, konnte denn niemand den Kleinen trösten!

Er zwang sich, an etwas Erquickliches zu denken, aber es ging nicht, sich ein Krebsessen ohne Schnaps auszumalen, ging nicht, sich ein Picknick mit Aline vorzustellen – sie schläfrig auf einer Decke liegend, der Spalt zwischen ihren Brüsten sichtbar … –, ohne an Rheinwein zu denken. Es ging einfach nicht. Aus dem anderen angrenzenden Zimmer war das Wehklagen eines Mannes zu hören, der »Ojemine, ojemine« stöhnte. Ob er im Sterben lag? Andreas setzte sich auf, trank einen Schluck Wasser, verschüttete etwas davon auf seine Brust, als er sich hinlegte; warum musste er auch immer im Liegen trinken? Das hatte ihm noch nie glücken wollen, doch eines Nachts würde er es schaffen, ausgestreckt dazuliegen und zu trinken, darauf würde er wetten!

Und zwischen Schlafen und Wachen sieht er sich unter den Baldachin der Gotischen Quelle treten, Applaus von an die fünfzig jungen Frauen und Damen erschallt. Die laue, abendliche Sommerbrise intensiviert alle Gerüche. Gerüche nach Erde, Flieder, Patchouli und irgendeinem Gewürz … ist es Zimt? Muskat? Woher kommt es?

Die Damen, in hauchfeinen, raschelnden Seidenkleidern und hellen Tüchern, lauschen aufmerksam. Sonderbar, dass man sehen kann, wenn Menschen wirklich zuhören, wenn die Worte zu ihnen durchdringen, klar und deutlich, wie kann man das sehen? Hier und da nach Strophen ein Nicken, die von so geschliffenem Stil und so melodisch sind, dass sie wie Turmschwalben gen Himmel fliegen. Würden die Frauen auch noch zuhören, wenn der Tod Einzug ins Gedicht erhält? Nein, einige tun es nicht, wollen nur den bejahenden Worten lauschen, wollen ein Gedicht so harmlos wie einen Reim. Die Frauen mit wachem Blick und Kummer in den Augenwinkeln jedoch, jene, welche die bittersüßen Worte in einen inneren Rausch versetzen … diese Frauen will er … ja, das will er, und warum sollte das ein Verbrechen sein?, … gerne lieben.

»Mutter, Mutter, wo bist du?« War er es, der da rief? Nein, es war der Verzweiflungsruf des armen Jungen aus dem Nachbarzimmer – schluchzende, flehende, kehlige Laute, die vielmehr von einem Tier zu kommen schienen. Abermals fand er sich in einem Dämmerzustand wieder – ein rosafarbener Himmel, der purpurn wird, dann blauschwarz. Er rudert in einem kleinen

Kahn um sein Leben, über den er auf einem wilden Wellenkamm die Kontrolle verliert; ihm entgleiten die Ruder, er treibt einem harten Tosen entgegen, ein Wasserfall; er schiebt den Kahn darauf zu … »oh weh, oh weh, oh weh, ich halte das nicht aus«. Der Mann aus dem anderen Zimmer – verflucht. Wenn dieser Quälgeist nicht gerufen hätte, wäre er gewiss endlich eingeschlafen! Die Uhr zeigte zwei. Stickige Luft im Raum, er brauchte Frischluft, und das sofort!

Seine Beine zitterten, als er in die Hosen schlüpfte, auf die Strümpfe verzichtete, nachlässig seine Stiefel schnürte; das Hemd schief geknöpft. Jetzt nur noch seinen Rock. Draußen war es dunkel, der Regen hatte aufgehört, die Luft war würzig und schwül. Auf der Insel der Glückseligkeit setzte er sich auf eine Bank und hoffte, dass das Plätschern des Baches seine Gedanken klären, das Kopfweh wegschwemmen würde. Aus dem Wald drang ein Rascheln herüber, eine Eule. Er schlug den Dorfweg zum Paradies ein; hätte er jetzt einen kleinen Umtrunk zu sich nehmen können, wäre seine Atmung ruhig und gleichmäßig gewesen. Auf dem Weg, der zum Paradies führte, kam ein junges Mädchen, eine Laterne und einen Korb tragend, auf ihn zu. Es war dasselbe Mädchen, dem er zuvor in der Eichenallee begegnet war – das mit den wehmütigen Augen.

»Guten Tag oder vielmehr gute Nacht.«

Das Mädchen sah erschrocken aus, ging schneller.

»Hab keine Angst, ich bin es nur. Ich wohne da oben, in Gråbo.«

Er zeigte zum Fenster seines Zimmers, als ob sie nicht wüsste, was Gråbo sei.

Aber das Mädchen hielt bereits mit ausgreifenden Schritten auf das Bewegungshaus zu. Er setzte seinen Weg fort. Oben auf der Straße schlurfte ein langsamer Zug von etwa zehn grau gekleideten Männern und Frauen am Paradies vorbei; sie sahen aus, als würden sie schlafwandeln. Die Krüppel wurden in Wagen gefahren, neben den Gebückten und Einbeinigen schliefen in Decken gehüllte Kleinkinder. Er fragte einen abgemagerten, leicht humpelnden Jüngling, der das Ende der Schlange bildete, was sich da zutrug.

»Wir sind unterwegs zur Eisenquelle.«

»Mitten in der Nacht?«

»Das ist unsere Zeit.«

Als die Karawane vorübergezogen war und er drauf und dran war, zurück zum Kurpark zu gehen, erschien eine weiße Gestalt auf der Vortreppe des Paradieses. Wenn er abergläubisch gewesen wäre, wäre ihm angst und bange geworden. Zögernd näherte er sich ihr auf dem knirschenden Kiesweg, flüsterte ihr zu:

»Guten Abend.«

Die Antwort kam prompt.

»Gute Nacht.«

Er blieb stehen, sagte vorsichtig:

»Ich wohne in Gråbo. Wie geht es Ihnen?«

»Würde ich gut sagen, würde ich lügen. Kommen Sie näher!«

Er stieg die Treppenstufen zu der breiten, beinahe terrassenartigen Vortreppe hinauf, streckte ihr die Hand entgegen – füllige, lange rote Haare. Die weißgekleidete Frau in einem hochgeschlossenen Spitzenkleid gebot ihm mit dramatisch erhobener Handfläche, bis hierher und nicht weiter, und zeigte ihm, wo er Platz nehmen könne.

Er setzte sich ihr gegenüber auf die Bank. Sie sprach mit gedämpfter, aber energischer Stimme, fragte ihn, weshalb er des Nachts draußen unterwegs sei. Die Fenster mehrerer Zimmer waren geöffnet.

»Der Schlaf … er will nicht so recht«, sagte er.

»Ach so, der. Ja, mit dem stehe ich auch nicht auf so freundschaftlichem Fuß.«

Er hob die Hand und grüßte in ihre Richtung.

»Andreas Öman, Dichter, aus Stockholm.«

Sie grüßte auf die gleiche Art zurück.

»Amanda Eggerts, Rechtsrätin, Stockholm.«

»Der gute Herr Doktor wünscht, dass wir du zueinander sagen.«

Abermals hob sie die Hand, um ihm Einhalt zu gebieten.

»Für meinen Teil darf das gerne noch ein Weilchen warten. An einem Ort wie diesem muss man sich, wie es nun mal ist, schon genug entblößen.«

Ihr Hals, weiß wie ein Birkenstamm; die roten, fülligen Haare offen auf die mageren, wenngleich breiten Schultern hinabfallend … Sie erinnerte ihn an ein Gemälde von … er kam nicht auf den Namen.

»Und eine Frau wie Sie wagt es, sich mitten in der Nacht mit einem fremden Mann zu unterhalten?«

Kokett strich sie sich die schulterlangen Haare von den Schultern.

»Eine Frau wie ich, ja, man stelle sich vor … ich habe nichts mehr zu verlieren.«

»Und … was hatten Sie zu verlieren?«

Sie lachte auf.

»Meine Gesundheit.«

Sie zögerte einen Moment, bevor sie weitersprach.

»Eine auf ihre Weise glückliche Ehe …«

Sie seufzte und verdrehte ein wenig scherzhaft die Augen.

» … ein gewisses Maß an Schönheit.«

Schön war sie wahrlich immer noch. Er wagte es kaum, ihr in die Augen zu sehen, hatte Angst, sich in ihrer eindringlich blickenden Intensität, der nussbraunen Farbe zu verlieren; rot und braun, wie pikant.

Er sah zu den dunklen Fensterscheiben des Hauses hinauf und malte sich aus, wie sich dort oben in den Betten wohl das gehäufte Leiden ausnahm. Wie viel Wehklagen mochte wohl aus den zahlreichen Zimmern des Paradieses dringen, wo beinahe zwanzig Gäste voller Geschwüre zu schlafen versuchten?

»Wie lange …«

»Ich bleibe den ganzen Sommer. Dann werden wir sehen.«

Der Himmel färbte sich im Morgenlicht zunehmend rosa; zaghaftes Zwitschern wurde in den Bäumen laut.

Sie unterdrückte ein Gähnen und entschuldigte sich, fasste nach einer Krücke.

Er nickte, erhob und verabschiedete sich und ging am Bach entlang wieder zum Park hinab. An was für einer Krankheit sie wohl leiden mochte? Krebs? Sie konnte doch gewiss keine Syphilis haben? Eine Frau wie sie konnte er sich mit der Französischen einfach nicht vorstellen.

Morgendämmerung über Gråbo, mit einem vielstimmigen Vogelgezwitscher. Die Glanzbüglerin war mit einem Korb frisch gewaschener, getrockneter und ungebügelter Wäsche auf dem Nachhauseweg. Sie drehte sich nach ihm um, erschrocken zunächst, bis sie ihn erkannte. Er winkte und rief ihr zu: »Guten Morgen, meine Schöne!« Sie hob die Hand, besann sich, nickte und hastete davon.

Fieber. Seine Gelenke und Gliedmaßen und Hautfalten waren heiß, die Betttücher klamm. Ob das die Vorboten eines heißen Sommers waren? Vor Mittsommer wurde es eigentlich selten richtig warm. Er stieg aus dem Bett, fuhr sich mit den Fingern durch die Haare. Die Morgensonne schien zwischen den Gardinen hindurch; was für ein Segen, dass ihm wenigstens ein paar Stunden Schlaf vergönnt gewesen waren. Er öffnete das Fenster, vernahm das beruhigende Rauschen des Baches. Doch da, durch all diese Ruhe die Stimme eines zänkisch krakeelenden Weibes ... was mochte das für ein Vogel sein, der so rief? Er betrachtete den hellblauen, von weißen Schleiern durchzogenen Himmel.

Diese Kopfschmerzen wollten einfach nicht verschwinden! Hammerschläge an den Schläfen, saures Aufstoßen, der Mund um einen geschwollenen Gaumen herum zugekleistert. Er goss Wasser in sich hinein, aber der Geschmack nach klebrigem Papier blieb. Ein Klopfen an der Tür. Eine Badewärterin trat ein, einen Korb feuchter Tücher schleppend. Eine böse Vorahnung machte sich in ihm breit.

»Es ist Zeit für Ihren ...«

Sie sah verlegen aus, als sie erkannte, dass er noch im Bett lag.

»Was zum Henker, ich bin doch noch nicht mal auf den Beinen!«

»Das ist ja auch der Sinn der Sache, wie Doktor Liljedahl sagt. Sie sollen gründlich in dieses Tuch eingeschlagen ruhen. Sie haben doch gewiss die Regeln gelesen?«

»Die Regeln ... das sollte ich wohl.«

Er musste sich auf das feuchte, grobe Leinentuch legen, das sie um seinen Körper wickelte. Er kam sich vor wie eine Kohlroulade.

»Eigentlich soll dies hier im Stehen umgewickelt werden, aber es wird wohl auch so gehen.«

Dieser Vogel krakeelte abermals durchdringend in Parknähe. Sein Ruf schnitt wie ein Messer in seinen Kopf.

»Sagen Sie mir, wie heißt dieser Vogel, der wie ein zänkisches Weib klingt?«

»Einer, der hier im Park zu hören ist?«

»Ein frühmorgendliches Kjück-Kjück-Kjück-Kjück. Da ist es wieder! Hören Sie es?«

»Der Grünspecht … dieser grüne Specht … Sie wissen vielleicht?«

»Es klang wie eine Möwe, ein Seevogel.«

Er erkannte die Badewärterin an ihren scharf geschnittenen, weich eingebetteten Zügen wieder, aber woher noch gleich … ja, genau, aus der Eichenallee.

»Sie sind gestern die Allee hier hochgekommen, in Begleitung einer jungen Frau.«

»Meine Tochter … sie ist Glanzbüglerin.«

Stolz schwang in ihrer Stimme mit.

»Eine wirklich reizende Tochter haben Sie da.«

Sie stieß ein undeutliches Grunzen aus.

»Und so verflixt stur!«

Nachdem sie das gesagt hatte, richtete sie sich auf und glättete ihre Schürze. Sie hatte gleich zwei Grenzen überschritten – ihre Tochter verraten und sich obendrein noch eine unziemliche Fadaise geleistet. Fest und resolut wickelte sie das nasse kalte Tuch um seinen Leib.

»Pfui, pfui, Sie sind ja schlimmer als ein Scharfrichter«, sagte er scherzhaft.

Dann lag er wie ein Wickelkind im Bett. Er musste sich lächerlich ausnehmen, wie ein kleiner Junge, mit einem vollkommen erstaunten Gesicht, nackt blinzelnd. Aber sprechen konnte er, seine Klappe hatten sie ihm noch nicht mit einem leinenen Tuch gestopft.

»Inwiefern stur?«

»Wer?«

»Deine Tochter.«

»Ach, sie hat sich da so Flausen in den Kopf gesetzt, will im Winter die Volkshochschule des Doktors besuchen.«

»Flausen, das klingt doch sehr gescheit … zum Kuckuck, ich schlottere ja schon vor Kälte.«

Sie massierte seine Arme.

»Wir müssen alle arbeiten, sonst …«

»Sonst?«

»Nein, also wirklich, hier stehe ich und verplappere mich! Ruhen Sie ein wenig, dann komme ich in zwanzig Minuten, um Ihnen die Fußsohlen zu klatschen.«

Ruhen? Er zitterte am ganzen Leib. Blieben denn noch nicht einmal seine Füße verschont? Musste das ihm passieren, der sich immer für seine feingliedrigen Füße schämte. Wenn er mit anderen Männern im Meer badete, hoffte er stets, dass niemand seine kleinen, schmalen Füße bemerken würde – Frauenzimmerfüße.

»Sie müssen die Regeln lesen, dann wissen Sie auch, dass ich mir diesen Unsinn nicht ausgedacht habe.«

Nein, in der Tat, dieser Unsinn ging landauf, landab in den Kurorten vor sich, das hatte er mit eigenen Augen gesehen: Erwachsene Männer und Frauen wurden in feuchte Tücher verpackt, stiegen freiwillig in eisiges Wasser und ließen ihren Rumpf zuerst in kalte Leinentücher hüllen, um dann in warme Laken gewickelt kräftig zu schwitzen. Sie saßen wie Schwachsinnige in Kastendampfbädern, aus denen nur ihr Kopf herausragte. Ihren Stolz schluckten sie hinunter, wateten barfuß durch eiskalten Schlamm und sprangen wie die Irren in taufeuchtem Gras umher. Jeglicher Schmutz und jegliche Krankheit sollte durch das Wasser ausgetrieben und weggespült werden. Gesundheit und Reinheit sollten den neuen Menschen formen, einen Menschen, der modern, frei und mutig dachte.

Ein junges Mädchen mit einem Lachgrübchen füllte die Wassergläser an der Chinesischen Quelle, wo das Wasser geradezu hochschoss; fünfhundert Liter die Minute. Wasser, das durch hölzerne Rohre ins Badehaus geleitet wurde.

Sie hielt ihm eine Schüssel Pfefferkuchen hin. Andreas nahm sich ein paar und zwinkerte ihr zu, wollte wissen, weshalb Krücken und Gehstöcke am Pavillondach hingen. Das Mädchen erzählte, dass sie von genesenen Gästen zurückgelassen worden seien.

»Als Wunderzeichen?«, fragte er und befühlte einen Goldknauf; ein Stock, den er gern sein Eigen genannt hätte.

»So könnte man sagen.«

Das Mädchen nickte und streckte abermals die Schüssel vor, als eine der Russinnen um einen Pfefferkuchen für ihren Hundewelpen bat. Im Westen rief ein Kuckuck, für Andreas der erste in diesem Jahr. Der schicksalhafte Ruf flößte ihm ein Gefühl der Erhabenheit ein. Nun war der Sommer endlich da. Doch war es sein Sommer? Oder begann der erst im nächsten Jahr? Dieser Sommer – Nichtsommer. Warum setzte man ihn dieser Teufelei aus, warum wollten ihn seine Angehörigen mit dem Sack richten? Einem Sack, den zu öffnen oder zu verschließen sie Doktor Liljedahl die Macht erteilt hatten.

Wie einem Herrscher über Licht und Schatten.

Pfui Deiwel! Er war darüber so aufgebracht, dass es ihn kribbelte.

»Guten Morgen.«

Ingenieur Stenström, ein Wasserglas in der Hand, legte sich einen Pfefferkuchen auf die Zunge und schluckte.

Andreas nahm drei tiefe Atemzüge und dachte bei sich: Beherrschung, Beherrschung; schluck die Empörung über das Dasein hinunter. Und lehnte dankend den Kuchen ab.

»Wie steht es?«

Andreas antwortete mit einem tiefen Seufzer und legte seinen Handrücken theatralisch gegen die Stirn.

Der Ingenieur lächelte, sodass seine runden roten Bäckchen hinter dem Bart zum Vorschein kamen.

»Die ersten Tage sind zäh, damit müssen Sie rechnen. Aber ich befolge haargenau die Regeln, der Routine zu folgen lässt einen mitgehen, das macht es leichter. Ich rate Ihnen, nicht nachzudenken, einfach mit dem Strom zu schwimmen, wie ein Bach ungefähr.«

Er schien äußerst zufrieden über seine gelungene Wortwahl.

»Wie eine einfältige Mähre aufgeben – soll *das* etwa erstrebenswert sein?«

Seine Stimme klang matt, wie nach einem üppigen Gastmahl.

»In gewissem Maße – ja, das ist mein Rat. Haben Sie gut geschlafen?«

»Ich hoffe, die zweite Nacht wird besser … das Bett war zu schmal und hart, ich muss um eine weichere Matratze bitten, bin schließlich kein Asket.«

Er bekam einen Schluckauf, einen kräftigen Schluckauf, der in seiner Brust wühlte.

»Es fällt mir schwer, eiskaltes Wasser zu trinken.«

»Anfangs bekommt man leicht Schluckauf. Gehen Sie es mit Vorsicht an, nehmen Sie kleine, winzig kleine Schlückchen. Was halten Sie davon, mir beim Frühstück Gesellschaft zu leisten?«

»Angenehm.«

An einem kleinen runden Gartentisch vor dem Speisesaal saßen zwei schlanke, aufrecht sitzende Damen; die eine trug ein weißes, die andere ein schwarzes Kleid mit weißen Punkten. Sie beobachteten Liljedahls athletischen Sohn, der im Park die Gymnastik für ein paar steifbeinige Herren abhielt – seinen muskulösen Rücken, seine geschmeidigen, panthergleichen Bewegungen. Die Damen setzten unisono ihre Kaffeetassen an den Mund, ihre kleinen Finger spreizten sie um die Wette.

Oben auf der Veranda, einen Arm nonchalant zwischen den

Damen baumeln lassend, rauchte ein Mann eine bemerkenswert dicke Zigarre.

Im Speiseraum nahmen Andreas und der Zivilingenieur dieselben Plätze wie beim Abendessen ein. Die Hausmutter erkannte sie wieder und begrüßte sie, die Kellnerin schenkte ihnen Kaffee ein und stellte dünne Brotscheiben, Rahmkäse und Rhabarbermarmelade vor sie hin.

Andreas nahm sich zwei Scheiben. Der Duft des frisch gebackenen Roggenbrots und der Anblick des aufsehenerregend üppigen Mundes der Kellnerin besserten seine Laune wieder.

»Das ist ja noch ganz warm. Haben Sie die ganze Nacht gebacken?«

»Nicht wir beide allein ... aber wir haben hier in der Kuranstalt eine Bäckerei.«

Dieser Mund, rot und wohlgeformt; im Dorf war er gewiss eine Sensation.

Andreas nahm einen kleinen Happen. So würde er heute verfahren, kleine Happen essen.

»Mmmm ... Die Bäcker der Stadt sollten den Bäckerinnen hier mal einen Besuch abstatten und um das Rezept bitten.«

»Sie werden wohl kaum damit herausrücken«, wandte Stenström ein und nahm sich reichlich Butter, die auf seiner vierten Scheibe schmolz.

Er bat um eine weitere Brotscheibe, was Andreas nur recht war, kehrte dadurch doch die Kellnerin zurück an ihren Tisch. Sie servierte eine weitere Tasse Kaffee. Allmählich wurde Andreas wieder klarer im Kopf.

»Sie brauchen Ihren Schlaf«, sagte Stenström väterlich. »Womöglich können Sie in der zweiten Sommerhälfte ins Paradies wechseln, dort ist der Standard etwas höher.«

Die zweite Sommerhälfte – er wollte nicht daran erinnert werden, klang das doch wie in zehn Jahren in seinen Ohren.

»Im Juli hoffe ich, wie Sie, wieder in meinem eigenen Bett zu schlafen. Haben Sie Familie?«

»Gewiss doch, vier Jungen und eine liebende Gemahlin. Womit verbringt Ihre Frau im Sommer die Zeit, derweil Sie hier festsitzen?«

Andreas mochte nicht daran denken, dass sie im Ausland war, neue Menschen kennenlernte, in den riesigen Speisesalons der Großstadt saß.

»Nun ja, meine Ehefrau ist gottlob nicht irgendeine Frau …« Er sagte es zögernd.

»Sie müssen es mir nicht erzählen …«

»Doch, doch, sie ist in London, um mit den Frauenrechtlerinnen und Suffragetten zusammenzukommen.«

Stenström lehnte sich in seinem Stuhl zurück, seine Miene versteifte sich. »Wie nehmen Sie das auf …?«

»Wie ich das aufnehme? Tja, was soll ich sagen, es ist nur verständlich, wenn die Frauen ihre Rechte wahrnehmen wollen.«

Stenströms Miene verfinsterte sich. Er trommelte mit den Fingern auf den Tisch.

»Gewiss, aber das geht zu weit, sie greifen zu ungesetzlichen Mitteln. In England sitzen sie im Gefängnis, etliche von ihnen sind verroht, führen sich auf wie Kerle.«

»Wenn Sie die Bekanntschaft meiner Frau gemacht hätten, hätten Sie sich vermutlich nicht so ausgedrückt«, antwortete Andreas mit ungewöhnlicher Schärfe, um sich von Stenström zu distanzieren.

Unter Schweigen tranken sie, verfolgten, wie sich die Männer an den übrigen Tischen unterhielten, die Frauen zustimmend nickten, lauschten.

»Was unternimmt Ihre Familie in den nächsten sechs Wochen?«

»Meine Gattin … sie ist in Italien.«

»Italia, mi piace … macht sie dort Urlaub?«

»Nein, sie arbeitet für den … Missionsverein … hilft den Armen, denen, die auf der Straße leben. Versucht, die unseligen Elenden dazu zu bewegen, ihr Bestes zu erkennen … Gott.«

Andreas wollte ihm schon gründlich seine Meinung über Gott und die Kirche sagen, entschloss sich dann aber, Gleichmut an den Tag zu legen.

»Ja, unsere Frauen sind nicht irgendwelche Frauen …«

Ingenieur Stenström beugte sich vor, heftete seinen Blick auf Andreas.

»Aber meine Ehefrau handelt wenigstens unter dem Schutze unseres Herrn.«

Andreas lehnte sich seinerseits vor, erwiderte kühn Herrn Stenströms Blick und sagte mit Nachdruck:

»Ich respektiere Ihren Glauben, plaudere gern mit Ihnen … aber ich bin der Ansicht, dass der Evolutionsgedanke die einzige vernünftige Erklärung dafür ist, weshalb wir hier im Park umherwandeln.«

»Von mir aus dürfen Sie Ihren Glauben behalten. Aber Sie erkennen in einem gewissen Punkt nicht Ihr Bestes.«

Er saß bei weit geöffnetem Fenster auf seinem Zimmer und schmiedete Verse, vernahm vage das Rauschen des Baches und murmelnde Stimmen aus dem Park. Als er hinausspähte, sah er eine Handvoll Männer, die mit hochgestreckten Armen ihren Oberkörper von einer Seite zur anderen beugten. Sie nahmen sich nicht recht gescheit aus! Einige von ihnen turnten in Weste und Fliege, ein Mann in halboffenem Hemd, während ihm die Hosenträger um die Hüften baumelten. In zweiter Reihe standen ein paar Frauen, ihren schmalen Röcken gemäß in etwas starrerer Pose.

Im Osten rief der Kuckuck. Seine Gedanken schweiften ab,

er dachte daran, wie der Kuckuck seine Eier legte, in die Nester der anderen, dieser teuflische Parasit. Die Eier des Kuckucks konnten jedwede Form und jedes Muster annehmen, um den Eiern in dem Nest, welches sie in Besitz genommen hatten, zu ähneln. Das brütende Weibchen wusste von nichts.

Wo fand sich Augustenbads vielbeschworene Stille? Kinder spielten unter wildem Geheul Fangen, Ringe wurden geworfen, Applaus brandete auf, Hunde bellten, von der Kegelbahn drangen Juchherufe und das Poltern der Kegel herüber, im Kurhaus übte ein Opernsänger Tonleitern. Zwei Arbeiter zogen einen mit klirrenden Milchflaschen beladenen Karren hinter sich her – ja, hier war sogar mehr Radau als daheim auf der Storgatan! Er suchte einen Gemütszustand, jene tiefe Konzentration, in der die Worte eindrucksvoll klingend und scharf umrissen hervortraten. Normalerweise pflegten die Bilder ihn anzuziehen wie der Honigtopf den Bären, im Augenblick jedoch lief es zäh. Seine Hand zitterte stark.

Aber jetzt!

Wiesenralle und Hundegebell
Buchfink und
Kuckuck erschallten
neidvoll lauschte der Troubadour
die Pistole am Kopf
Schüsse hallten

Er suchte einen Reim auf »erfroren«, kam aber nur auf »geschoren«. Dieser furchtbare Brummschädel! Er trank ein Glas Wasser, massierte sich die Schläfen. Betrachtete sein Gesicht im Spiegel, legte den Kopf in den Nacken, musterte sich im Halbprofil und bemühte sich, seelenvoll auszusehen. Pfui, wie seine Bartstoppeln gesprossen waren! Die mussten weg; sein

Haarwuchs war unregelmäßig, und wenn er den Bart wachsen ließ, nahm sich alles ganz struppig aus. Und einen Vollbart wollte er sich nicht wachsen lassen, nachher sah er noch wie Liljedahl oder Stenström aus. Wie gut, dass Aline ihn nicht so sah! Was sie wohl gerade tat?

Die ganze Situation war ihm zuwider. Mit bebenden Händen fuhr er sich über das Kinn. Er musste zu einem Barbier gehen, im Dorf würde es gewiss einen für die Badegäste geben. Sich in seinem zittrig nüchternen Zustand zu rasieren war riskant. Er holte die Taschenuhr hervor, und trotz der bebenden Hände erkannte er, dass es Zeit war, sich beim Badearzt – diesem nervtötenden, aufgeblasenen Quacksalber – einzufinden. Ihm fiel ein englisch auszusprechender Spitzname für ihn ein – Doktor Bad.

Also – flugs den Strohhut aufgesetzt und dann nichts wie hinunter in den Park, vorbei an einer Wasserträgerin, die sich gerade mit zwei ins Joch gespannten Eimern abmühte. Die Schweißtropfen rannen ihr von der Stirn auf die Schürze hinab, das Wasser schwappte ins Gras. Mit geschwellter Brust sang der Buchfink in der Birke, während aus dem Wald ein anderer den Gesang erwiderte. Es war leicht, für einen Moment die Augen zu schließen und die Schäbigkeit des Daseins und die Verschwörung seiner Mitmenschen gegen ihn auszublenden.

Dem anstehenden Besuch beim Doktor sah er mit höchster Anspannung entgegen. Sollte er das Angebot annehmen und sich einen Sommer lang Schauspieldirektor nennen? Schmeichelnd war es allemal. Und womöglich fiel es ja jemandem aus dem Ensemble ein, einen Tropfen Starkgebranntes aus einem Versteck zu zaubern? Sein Herz schlug einen Salto oder vielmehr einen Salto rückwärts – was, wenn er einfach so, Knall auf Fall, sterben würde? Seine Hände wollten einfach nicht stillhalten, sein ganzer Körper war schlapp und in Aufruhr. Bitterer Schleim stand ihm im Hals, er hustete unaufhörlich, als er an die Tür des Bäderkontors pochte.

Die hübsche, zierliche Krankenschwester nahm ihn in Empfang – sie, mit den entzückenden Händen. Während er ihr einen feierlich in die Länge gezogenen Handkuss gab, bemühte sie sich, eine strenge Haltung zu wahren, ließ jedoch ein unterdrücktes Kichern hören. Der Sekretär, auf dessen abgezehrten Wangen sich ein dramatisches Schattenspiel ereignete, saß aufrecht an seinem Pult und machte sich emsig Notizen.

Hinter dem Eichenschreibtisch befand sich ein resolut wirkender Doktor Bad, eine Vase stark riechender Maiglöckchen neben sich. Andreas ließ sich ihm gegenüber auf dem Sprossenstuhl nieder; sein Hintern schmerzte heute weniger. Manches ging voran.

Über dem Doktor an der Wand hing ein Spruchband, das er bei seinem ersten Besuch gar nicht bemerkt hatte. Es zeigte einen Mann und eine Frau, die sich an den Händen hielten. Der mit rotem Garn aufgestickte Text lautete:

Maßvoller Lebenswandel, ohne Gezier', wird
in diesem Haus geboten Dir.

Ihn überkam Reizhusten.

»Dein Husten klingt aber gar nicht gut.«

»Ich huste etwas gar Scheußliches, manchmal sogar Blut.«

Liljedahl erhob sich, holte einen Spatel und untersuchte seinen Hals.

»Rauchst du viel?«

»Gelegentlich eine Abendpfeife, nach dem Essen.«

»Nun ja, wir müssen uns erst an die Luftveränderung gewöhnen. Du kommst aus dem Schmutz hinaus in das gänzlich Frische und Reine, das ist eine Umstellung, die ihre Zeit braucht. Haben wir uns schon über die Regeln für Zigarren und Tabakrauchen unterhalten?«

»Nein.«

»Nicht mehr als drei am Tag.«

Er wollte sachlich, ohne Gereiztheit antworten – vergebens.

»Ich rauche nur, wenn ich Bier und Wein trinke.«

»Na, wenn das so ist, dann ist das ja kein Problem. Wie hast du geruht?«

»Verflu… schlecht, geradezu scheußlich.«

»So soll es sein, und es wird noch schlimmer kommen – will sagen, bevor es sich bessert.«

»Ich muss um eine weichere Matratze bitten.«

»An die Matratze musst du dich gewöhnen, sie ist ausnehmend gut für den Rücken.«

Irgendetwas am Gesichtsausdruck des Doktors stieß ihn ab, erst recht in Kombination mit dieser irritierenden Keckheit, die in seiner Stimme mitschwang. Er nahm den Arzt jetzt, bei ihrer zweiten Begegnung, deutlicher wahr – die fiebrig glänzenden Augen, seine wachsbleiche, leicht aufgedunsene Haut, die rotporige Nase, seine langen, gelblichen Nägel. Wie die Gesundheit in Person sah er selbst nicht unbedingt aus.

»Du musst mit Krampfanfällen, Halluzinationen und delirium tremens ex potis intermissio rechnen.«

»Ich verstehe auch Schwedisch«, sagte Andreas spitz.

»Gewiss doch, aber als Mediziner will ich exakt sein.«

Andreas' Blick fiel auf eine Pritsche, die in einem kleinen, angrenzenden Zimmer stand, das durch einen Vorhang vom Praxisraum abgeteilt war. Ob dort die kranken Gäste untersucht wurden? Diese unzähligen Apothekengläser auf dem Regal … enthielten sie denn nichts als Kräuter, Wurzeln und fades Zeug? Er fühlte sich erschöpft und unterdrückte nur durch reine Kraftanstrengung ein Gähnen.

»Gibt es denn nichts zur Beruhigung vor dem Schlafengehen?«

»Doch, Hopfen … sehr effektiv. Lege die Zapfen ins Kopfkissen und …«

»Ich spreche von Morphium, Kaliumbromid …«

Ein entschiedenes Kopfschütteln und abwehrende Gesten des Doktors – als ob er Arsen gesagt hätte.

»Dann eben Cognac!«

Der Sekretär in seiner Ecke stutzte. Sah auf, mit gejagtem Blick zunächst, bis etwas Vergnügtes in seinen Augenwinkeln aufblitzte.

Der Doktor tat, als habe er ihn nicht gehört, wandte sich um und zeigte auf einen Schrank, bat die Schwester, ihm Schlafmittel zu bringen, und reichte Andreas ein kleines Päckchen mit harten Kügelchen.

»Hier ist der Hopfen. Und denke daran, das Essen nicht zu stark zu würzen. Und ja keinen Kaffee nach dem Souper! Trink lieber warme Milch. Und schlafe bei offenem Fenster.«

Diese Ermahnungen, als sei er ein kleiner Knirps! Als der gute Doktor etwas notierte und etwas dahingehend murmelte, dass das für heute alles sei, fragte er:

»Die rothaarige Frau im Paradies, wer ist sie?«

Der Doktor zuckte zusammen, sah aus dem Fenster. Die Antwort kam zögernd:

»Die Rechtsrätin Eggerts wirst du meiden, das rate ich dir auf das Entschiedenste!«

Er wurde von seiner eigenen Unbeherrschtheit überrumpelt, sah Andreas' hochgezogene Augenbrauen und sein hämisches Lächeln.

Bekam die Stimme wieder in seine Gewalt:

»Frau Eggerts ist nämlich sehr krank … eine Nervenkrankheit.«

»Und …«

»Ja«, räusperte er sich. »Und sie hat die Masern.«

»Ahhh, jetzt verstehe ich – sehr krank und sehr schön.«

Der Doktor schnappte schnell wie ein Reptil nach ihm:

»Du hast sie noch nicht bei Tageslicht gesehen ... ihre Pocken würden dich zurückscheuen lassen.«

Es amüsierte ihn, dass das Gesprächsthema den Doktor die Fassung verlieren ließ und noch dazu bewog, die Befindlichkeiten eines Patienten auszuplaudern. Jetzt, da der Doktor seinen Ehrenkodex gebrochen hatte, richtete er ihn auch endgültig zugrunde, als er zu Andreas sagte:

»Die Venus tritt nicht selten mit dem Giftbecher in Erscheinung, das behauptete schon Linné – und du bist bereits vergiftet.«

Andreas bekam größte Lust, ihn seinerseits zu schulmeistern. Der werte Doktor Bad sollte ja nicht glauben, er könne sich alles mit ihm erlauben!

»Das hast du bereits ein paar Mal angeführt. Und du weißt auch, dass ich aus Liebe zu meiner Ehefrau hier weile.«

Er war zufrieden damit, das Du über die Lippen gebracht zu haben, erhob sich und nickte dem Sekretär zu, der verlegen dreinblickte. Die Schwester begleitete ihn zur Tür. Andreas schenkte ihr sein zartschmelzendstes Lächeln, sie sah errötend zu Boden.

Von seinem Schreibtisch meldete sich der Doktor wieder mit salbungsvoller, gedämpfter Stimme zu Wort:

»Deine Ehefrau ist eine bemerkenswerte Frau, aber du sollst bereits jetzt erfahren, dass sie dir nicht schreiben wird. Du musst nämlich versuchen, die Welt dort draußen zu vergessen. Konzentriere dich darauf, auf deinen Körper und deinen Geist zu hören. Ich werde Aline berichten.«

Also war ihm nicht einmal der Kontakt zu seiner Ehefrau gegönnt. Das gedachte er nicht zuzulassen! Hier galt es, um seine Würde und seinen Stolz zu kämpfen. Dieser Kurpfuscher nahm doch wohl nicht ernstlich an, er könne ihm all sein Hab und Gut entreißen!

Er warf einen letzten Blick auf das Spruchband, die Botschaft, las die Worte wie ein Mantra: *Maßvoller Lebenswandel, ohne Gezier' …*, und wandte sich an Doktor Liljedahl:

»Wenn du die Möglichkeit hast, mir einen einfachen Schreibtisch, ein Pult, irgendetwas Derartiges beschaffen zu können, nehme ich den Auftrag, als Schauspieldirektor zu wirken, gerne an.«

»Wie erfreulich, darum kümmern wir uns.« Er wandte sich an den Sekretär, der beifällig nickte.

Als Andreas leise die Tür schloss, hörte er, wie der Doktor ihm hinterherrief:

»Hopfen ist für mancherlei wirkungsvoll, er verspricht selbst bei erhöhter Erregbarkeit – maniacus cum erothismo – Linderung.«

Welch eine Frechheit!, schimpfte Andreas vor sich hin. Und als ob er auf diesen Pflanzenzapfen, von dem das Bier seinen Geschmack erhielt, Schlaf finden könnte! Er war so in Rage, als er das Bäderkontor verließ, dass er zur Chinesischen Quelle ging und aus dem Stegreif fünf Gläser Quellwasser trank, was ihm einen kräftigen Schluckauf bescherte. Er setzte sich unter einem Baum auf eine Bank und nahm Papier und Feder aus der Brusttasche seines Jacketts. Ihn fröstelte, weshalb er sein Jackett zuknöpfte, zur Kaffeebude schlenderte und eine Tasse des schwarzen Gebräus erstand. Es brannte im Magen und wärmte ihn.

Wie er so dasaß, beobachtete er das rege Treiben im Park. Badewärterinnen eilten zwischen dem Warmbadehaus und dem Kaltbadehaus, zwischen dem Badehaus der Männer und dem der Frauen hin und her. Aufwartefrauen mit Lumpen und Besen blieben stehen, um sich die Stirn mit der Schürze zu trocknen. Ein Wasserträger schöpfte sich etwas Wasser in die Hand und benetzte sein Gesicht, Heizer schleppten Holz, der Gärtner füllte die Gießkannen auf. Jetzt hatte er es! Das Stück würde sich in einem Kurbad abspielen. Sie alle würden an seinem Lustspiel beteiligt sein, er musste nur eine leichte und spannende Intrige ausbaldowern. Sollte der Doktor des Kurortes vielleicht im Lustspiel ermordet werden? Zumindest aber entführt und gemartert.

Diese Migräne wollte einfach nicht nachlassen! Ob er nach der Badewärterin rufen sollte, die gerade im Begriff war, Gråbo zu betreten? Eine kluge Frau wie sie müsste sich doch gewiss auf ein Mittel verstehen, welches Abhilfe schuf. Er war bereit, was auch immer in sich hineinzustopfen – Steine, Disteln, sagenumwobene Pilze.

Doch er brauchte sie gar nicht zu rufen, sie kam schon von selbst auf ihn zu.

»Ich habe nach Ihnen gesucht, es ist jetzt so weit.«

»Zum Teufel zu fahren …?«

Als sie lachte, häuften sich die Falten in ihren Augenwinkeln auf eine charmante Art. »Für das Sitzbad. Es ist zwar schon ein wenig spät dafür, doch nicht mehr lange und die Abläufe sind allen vertraut, sodass Sie morgens als Erstes den Gürtel bekommen.«

»Da bin ich mir nicht so sicher. Ich arbeite an den Schlusszeilen eines Gedichtes.«

»Aber die Regeln besagen …«

»Diese unseligen Regeln!«

Mit beschwichtigender Stimme:

»Sie werden sich danach prima fühlen.«

»Ein jeder, der vor dem Erfrierungstod gerettet wird, empfindet eine gewisse Zufriedenheit.«

Sie lachte erneut, er mochte ihr Lachen, es war volltönend und kam tief aus ihrem Inneren.

»Ich sage Ihnen, Frau …«

»Björk.«

»Frau Björk ... ich erläutere es Ihnen ... Sie haben nämlich sehr kluge Augen ... wenn es etwas gibt, das wahre Reinigung verspricht, so ist es die Dichtung, der schön formulierte Gedanke, die Observation. Sie reinigt meinen Kopf ebenso gut von Unrat wie ein kleiner Schluck Cognac.«

Sie machte eine scherzhaft kommandierende Geste mit dem Arm. »Hier entlang.«

»Aber nur, weil Sie es sind, Frau Björk.«

Er erhob sich mit gespielt resignierter Miene und folgte der großen, breitschultrigen Badewärterin; ihr Hinterteil wölbte sich vor, als sie sich hinunterbeugte, um den mit sauberen, weißen Handtüchern vollgepackten Korb aufzunehmen.

Im Badehaus wollte er schon in der Tür kehrtmachen, kühlte das kalte Wasser doch den gesamten kahlen Raum ab. Vier separate Sitzbäder in zementierten Wannen befanden sich darin. Ja, woran erinnerten sie ihn ... an Gräber.

Er bereitete sich gedanklich auf die sechs Grad vor, indem er versuchte, mit jeder Zelle seines Körpers die Erinnerung an heiße Tage am Mittelmeer wachzurufen – wie er keuchend im Schatten eines Feigenbaumes lag, ein Glas mit dem verdünnten Saft sonnengereifter Zitronen neben sich, wie er sich zur blauen Stunde für den Absinth bereitmachte.

Er tauchte den Zeh ins Wasser und zog den Fuß mit einem Aufschrei blitzschnell wieder heraus. »Pfui Teufel, da ist er hin! Nun wird er schwarz werden und abfallen.«

Sie lachte, schlug vor, dass er sich an ihr festhalten solle, wenn er hineinstieg.

»Versuchen Sie es jetzt ... tun Sie es zügig, dann ist es rasch überstanden.«

»Soll ich das ohne Beinkleider tun? Verkraftet Frau Björk den Anblick von ...?«

»Nein, nein, behalten Sie die Beinkleider an.«

»Frau Björk, Sie berauben mich aber auch jeglichen Vergnügens in dieser Folteranstalt. Eieiei, meine Knöchel, das schmerzt ja infernalisch!«

Die eigentliche Arbeit mit den feuchten Tüchern war unvermeidbar intim; Haut berührte Haut, besonders beim Anlegen des Neptunsgürtels. Sie pflegte stets so zu tun, als sei es nicht sie, sondern jemand anderes, der diese Tätigkeiten ausführte. Jemand, dem die Gefühle aus dem Leib gerissen worden waren, sodass sie sich neben ihr wie weiches, wolliges Garn zusammenringelten. Ein Knäuel, das sie mit sich in der Schürzentasche tragen konnte. Und so Verlegenheit, Scham, Ekel und in gewissen seltenen Fällen das Verbotenste – Sehnsucht – wegstecken konnte.

Auch die Gäste genierten sich, wenn sie sie berührte, wenn sie ihre Körper sah, die in nacktem Zustand selten so anziehend waren, wie wenn sie nach der letzten Mode – genäht von einer namhaften Schneiderin – in Seide und Tweed gekleidet waren. *Augusta Lundin* war bei den elegantesten Blusen häufig auf einem kleinen Stoffstück am Kragen vermerkt, die ihre Tochter Maria bügelte, wann immer sie Glanzbügelarbeiten übernahm. Sie fragte sich, wer diese Frau sein mochte, deren Name sich gegen die Nacken der Wohlhabendsten schmiegte.

Ja, sie pflegte mitzuspielen, vorzugeben, kein echter Mensch, sondern eine allzeit parate Badewärterin, eine Unbeteiligte, zu sein.

»Und jetzt gehen Sie hinein, bis zum Nabel. Nach drei, vier Sekunden ist es vorbei. Heute Nachmittag wird es Ihnen bereits leichter fallen.«

»Heute Nachmittag!«

»Ja, zweimal täglich soll der Herr Öman kalt baden, am besten sogar dreimal.«

Er ging, heftig Grimassen schneidend, hinein. Als das Wasser ihm bis knapp unters Glied reichte, zuckte er so energisch zurück, dass es der Badewärterin nicht einmal gelang, zu protestieren, stieg heraus und stellte sich auf den Wannenrand.

»Ich werde mein Allerheiligstes doch keinen Erfrierungen aussetzen! Doktor Liljedahl will mir Böses. Ich will mit ihm sprechen, und das auf der Stelle!«

Mittlerweile war Frau Björk mit ihrem Latein am Ende, Schweißperlen traten ihr auf die Stirn. So störrisch pflegten die Badegäste selten zu sein. Es mochte vorkommen, dass sie unhöflich und herabsetzend waren, aber nicht so wankelmütig.

»Sie riskieren ein Bußgeld.«

»Ein Bußgeld!«

»So steht es in den Regeln. Das Geld fließt an die Armenkasse, kommt dem Lazarett im Wald zugute.«

»Nun, wenn das so ist. Diese Armenkasse wird nach meinem Sommeraufenthalt hier ein stattliches Sümmchen aufweisen, eine Strafmünze täglich – mindestens.«

Ein warmer Sommertag, endlich! Die Gliedmaßen wurden in der lauen Brise geschmeidig, als er seine tägliche Runde durch den von Wiesenkerbel umringten Laubengang drehte. Leuchtend gelber Hornklee säumte den Weg, verwelkte Maiglöckchen und krautige Bachnelkenwurz. Bald würde er alle Pflanzen benennen können, pflückte er sie doch und schlug ihre Namen in der *Flora* nach, die er sich in der Bibliothek ausgeliehen hatte – etwas, womit er sich in dieser Einöde die Zeit vertreiben konnte. Er hatte sich ein Vergrößerungsglas bestellt, um die Pflanzen eingehend zu studieren. Womöglich war es an der Zeit, sich ein Herbarium anzuschaffen, was wahrlich ein weiteres Verbrechen gegen seine Natur wäre. Doch es diente ja dem Menschen, sich dem Unerwarteten auszusetzen.

Er hatte mittlerweile mehrere Tage überstanden, aber wenn ein lauer Windhauch seinen Nacken streichelte, sehnte er sich schmerzlich danach, einen Bierkrug in der Hand zu halten; umgeben von sonnenwarmem Sommergrün schmeckte jedes Getränk nun mal doppelt so gut, und an einem schillernden Abend mit Picknick im Hagapark floss einem jeder noch so billige saure Wein wie Champagner die Kehle hinab.

Jeden Tag, jeden einzelnen Moment war ihm bewusst, dass er sich in Enthaltsamkeit übte. Davon ging alles aus – die Zähne zusammenzubeißen, sich zusammenzureißen: Enthaltsamkeit. Konzentration. Guten Morgen, ich lebe enthaltsam. Guten Abend, ich halte mich an Wasser. Diese nüchterne Haltung zu bewahren war wahrlich anstrengender als jeder noch so qualvolle Kater, den wenigstens ein gewisser frivoler Schimmer umgab. Ein Hauch von Geilheit, insbesondere, wenn die Nacht lustvoll war.

Ein Rascheln im Haselstrauch, ein Rehkitz flüchtete in den Wald. Wie so oft verharrte er und schielte zum Lazarett hinüber. Da kam sie angelaufen, die Glanzbüglerin mit ihrem Korb. Er blieb stehen und wartete auf sie. Betrachtete ihr schmales Gesicht, die leicht schräg stehenden Wolfsaugen.

»Guten Tag. Jetzt wird es endlich warm.«

»Guten Tag. Von mir aus dürfte es auch gerne schon Herbst sein.«

Mürrisch wie eine Fünfzehnjährige, denn viel älter konnte sie nicht sein. Das Alter der Menschen richtig zu schätzen war schwer, insbesondere, was junge Mädchen betraf. Was für eine entzückende Lücke sie da zwischen den Schneidezähnen hatte!

»Ist das wirklich Ihr Ernst?«

»Die Wärme tut Ihnen zweifellos gut, ich dagegen arbeite

in Dampf und Hitze und sehne mich nach Abkühlung, wenn ich mit den Kragen zur Badeanstalt gehe.«

Sie sprach gleichsam im Vorübergehen mit ihm, aber er wollte ihren Schwung bremsen, sie dazu bewegen, für ein Plauderstündchen stehenzubleiben.

»Ihre Mutter hat erzählt, dass Sie im Herbst die Schule besuchen wollen.«

Sie stellte den Korb ab, starrte zu Boden und zuckte mit den Schultern.

»Schule … das ist nichts für solche wie mich.«

»Sagen Sie das nicht, ab und an gibt es begüterte Menschen, die einem behilflich sind.«

Sie nahm den Korb auf, bereit, weiterzugehen.

»Glaube ich nicht, zumindest nicht mir«, antwortete sie kurz.

Sie sah zum Park, ihr Blick nahm einen gehetzten Ausdruck an, sie verabschiedete sich und ging mit ihrem Wäschekorb weiter.

Allerliebste Aline,

jeder Tag ohne Dich ist so finster wie das Dunkel eines Erdkellers, obgleich ich an einem Ort weile, von dem behauptet wird, er sei ein Paradies inmitten von Birkenrauschen und Bachgeplätscher. Ich will Dir einen Bericht aus dem Sehnsuchtstale senden, wo ich unter Doktor Liljedahls Führung jeden Tag Fortschritte mache. Zwei Wochen habe ich nun ohne Deine Umarmung, ohne einen Stärkungstropfen hinter mich gebracht. Ich füge mich wie eine gescholtene Dienstmagd, nehme indes nicht an dem Clownsgehampel des Arztsohnes teil, finde mich nicht mit dem wahnwitzigen Verbot ab, Dir zu schreiben – es muss Grenzen für meinen Gehorsam geben.

Der Doktor möchte uns dazu bewegen, einander zu duzen

und nicht den Hut zu lüften. Ich muss wohl nicht erst erwähnen, dass die meisten in diesem Punkte ungehorsam sind.

Liljedahl will, dass ich die Lustspiele für die Soireen inszeniere, wozu ich eingewilligt habe, um die Feder biegsam zu halten. Ich beabsichtige, kühn zu sein, nicht Goldoni zu geben, sondern etwas von mir selbst neu Geschriebenes. Etwas, was die Menschen, die hier und heute leben, bewegt.

Im Speisesaal befinde ich mich in Gesellschaft von einem Zivilingenieur, welcher ehemals im Dienste von Elektriska AB stand. Das Unternehmen heißt mittlerweile anders, wie, habe ich vergessen. Er sorgt sich um seine Ehefrau. Sie ist von jenen freikirchlichen Erweckungsbewegungen angetan, die Gottesdienste abhalten und Männer aus dem Pöbel predigen lassen.

Ich habe mit der Kirche nichts am Hut, doch wenn ich zu wählen gezwungen wäre, würde ich mich ebenfalls an die Erwecker halten, aber das weißt du ja.

Ist es in der Stadt ebenso heiß wie in Augustenbad? Hier kann man auf der Insel der Glückseligkeit Schutz vor der Sonne suchen, dort befindet sich eine im Schatten von Ulmen gelegene Bank. Ich sage Dir, Du kannst wahrhaftig froh sein, dass dir mein Anblick um sechs Uhr früh erspart bleibt, wenn ich wie eine Mumie in ein eiskaltes Tuch gewickelt daliege. Oder bis zum Nabel in winterkaltem Wasser sitzend, mit einer zu einer erschrockenen Dattel geschrumpften Männlichkeit. Doch gibt es hier eine kräftige Badewärterin mit Samthänden – sie bearbeitet meine Fußsohlen, knetet mich durch und rubbelt meinen Körper, bis er summt. Sie hat eine mürrische Tochter mit schmalen Augen wie ein Wolf, welche die beste Glanz- und Feinplätterin des Ortes ist; nach ihrem Arbeitsgang sehen die Kragen wie neu aus.

Ich zähle wie ein auf Långholmen Einsitzender die Tage bis

zu meiner Entlassung und unserem Wiedersehen und nähre den kleinen Hoffnungsfunken, dass Du mich am Mittsommerabend besuchen wirst. Der Gedanke, diese Nacht ohne Dich zu feiern … er ist wie eine Ohrfeige.

Nun, was sagst Du? Hervorragende Musikanten werden zum Tanz aufspielen, einige unter ihnen kurieren sich hier und tragen ihr Scherflein in Gestalt von musikalischen Darbietungen bei. Am Mittsommertag wird mein Lustspiel aufgeführt. Es wird außerordentlich sein, das kann ich Dir versprechen. Doktor Liljedahl wird womöglich einen Schrecken davontragen, doch wo er nun einen Dichter gemietet hat, kann er nicht die simpelste Art der Volksbelustigung erwarten, das sollte er wissen.

Ich küsse Dich.

Dein in Ewigkeit, *Andreas*

Im Speisesaal war es stickig, dicke fette Brummer surrten in den Fenstern, das Essen war geräuchert, stark gesalzen oder gebraten – keinesfalls das leichte Menü, von dem der Doktor gesprochen hatte. Das junge Mädchen mit den Lachgrübchen, das sie bediente, wirkte niedergeschlagen.

»Diese Hitze!«

Sie seufzte und blickte durch die Scheiben, betrachtete den tiefblauen Himmel.

Das Glas, in das sie Wasser schenkte, beschlug.

Andreas wischte den kühlen Tau mit dem Zeigefinger ab und nahm die Gelegenheit wahr, ihren Handrücken mit der Feuchtigkeit zu benetzen. Sie lächelte und wandte verlegen den Kopf ab.

Andreas leerte rasch das Glas, sie schenkte nach.

»Diese Hitze … sie dringt sogar hinab bis in den Erdkeller.

Der Eisblock ist schon vor mehreren Wochen geschmolzen, sonst pflegt er stets bis Mittsommer zu halten.«

»Wie schade, dann gibt es also keinen Grog auf Eis«, sagte Andreas und schmunzelte ob seines Scherzes in sich hinein.

Im Erdkeller, dort, wo sonst der Eisblock lag, befand sich nur noch ein verschämter Haufen Sägespäne. Andreas hatte ihn selbst gesehen, als er dort vorbeigeschlendert war, um festzustellen, ob dort nicht womöglich doch noch andere Flaschen als Saft lagerten.

Ingenieur Stenström sah gutmütig aus, er hatte nichts gegen gebratenen Speck einzuwenden und langte mit gesundem Appetit zu. Andreas schob den geräucherten Schinken auf seinem Teller hin und her, aß ein Stück Gurke und eine Scheibe Käse.

»Sie können sich also den ganzen Sommer freinehmen«, bemerkte Stenström.

»Nein, ich arbeite so gut wie jeden Tag.«

»Arbeiten?«

»Ich schreibe an einem großen lyrischen Werk. Ich habe vor, es hier in Augustenbad fertigzustellen.«

Stenström sah sinnend drein.

»Dann werde ich vielleicht die erste Gedichtsammlung meines Lebens lesen, nun, da ich den Dichter höchstpersönlich kennengelernt habe.«

»Ich sende Ihnen gerne ein Exemplar zu, wenn Sie mir Ihre Adresse geben wollen.«

»Ich bedanke mich im Voraus. Was mich betrifft, so fange ich unmittelbar nach meinem Aufenthalt in Augustenbad wieder an zu arbeiten.«

»Und woran arbeiten Sie, rein konkret?«

»An der Einführung von elektrischer Beleuchtung. Sie ahnen ja nicht, wie spannend das ist! Alles wird sich verändern …

die Arbeit in der Fabrik, die Städte zur Nachtzeit, die Beleuchtung daheim – ja, auch für Sie, der viel liest und die Augen bei schlechter Beleuchtung anstrengt, ist das von Vorteil.«

»Können Sie mir, der auf dem Gebiet ein Schafskopf ist, erklären, wie Sie vorgehen?«

»Wir haben die Arbeiten in Helsingborg begonnen, wo wir unterirdisch Leitungskabel legen. Denken Sie an die Wasseradern hier im Park, sie durchziehen den Boden, so in etwa werden die Kabel unter dem Stadtkern entlanggezogen.«

»Donnerwetter, Sie bringen uns also das Licht!«

»So kann man es ausdrücken, ja«, erwiderte Stenström geschmeichelt. Wie die meisten Menschen, die eine bedeutende Stellung innehatten, fand er Vergnügen daran, von seiner Arbeit zu sprechen. Er strahlte, als er schilderte, wie sie sich vorwärts tasteten.

»Im Augenblick erproben wir auf einer kurzen Strecke eine Lokomotive, die mithilfe einer elektrischen Leitung fährt, die oberhalb der Gleise verläuft.«

Es fiel Andreas schwer, sich das vorzustellen.

»Eine Spielzeuglok?«

Stenström schüttelte heftig den Kopf.

»Nein, nein, eine richtige Lok. Von natürlicher Größe.«

Stenström, der ungeniert kaute und gleichzeitig redete, während in seinem Bart Reste von Wurst hingen, die er auf seine Brotscheibe getan hatte, ekelte ihn an. Andreas hatte den Geschmack von Eisen im Mund, so als ob die Mahlzeit in Blut zubereitet worden wäre.

Am benachbarten Tisch nahm Frau Rost mit ihren beiden Töchtern Platz, die sich mit der lässigen Eleganz zweier Wildkatzen bewegten; ihre schimmernde Haut und ihre gelangweilten Mienen brachten die Männer aus der Ruhe, ließen etwas Unstetes in ihren Blick treten.

Ingenieur Stenström flüsterte Andreas zu:

»Im Dorf nennt man sie Himmelskörper. Sie kehren jeden Sommer wieder und sorgen für ein gewisses Aufsehen, wie Sie sicher verstehen.«

Frau Rost sah grimmig in ihre Richtung, als ob sie Stenström gehört hätte.

Vor dem Fenster des Speisesaals tauchte plötzlich ein Veitstänzer auf, er schnitt fortwährend ausgedehnte Grimassen mit dem Kiefer, sodass sich seine Gesichtszüge zu einem makabren Grinsen verzerrten. Die bis aufs Skelett abgemagerten Arme zuckten und zappelten. Ein Badediener kam herbeigeeilt, um den Gästen im Speisesaal den Anblick des kranken Mannes zu ersparen.

Andreas stand auf, bat Stenström um Verzeihung und hastete zum Abtritt.

Erleichterte sich auf entwürdigende Art und Weise.

Nächtliches Tagebuch

Mein Schmerz? Es gibt ihn nicht, er ist ein Luftgeist. Ich werde ihm niemals meine Tränen schenken, ihn niemals über meine Niederlage triumphieren lassen. Ich weigere mich, ihn mit Wehklagen anzuerkennen, stähle mich ihm gegenüber, ohne verbissen zu sein. Löwenklauen, die sich in meine Beine bohren, Adlerhiebe im Rücken, Schlangenbisse in der Fußsohle – das ist alles. Der Schmerz lässt sich aushalten, ist wie ein schwarzer Stein – schwer, aber fortwährend ein Joch, das ich ertrage.

Ich bewege mich vollkommen leise in der nächtlichen Dunkelheit, um Kindern und schreckhaften Frauen mit dem eitrigen Geschwür auf meiner Wange keine Angst einzujagen. Sie tun so, als sähen sie es nicht – die rötlich nässende Fleischblüte, ekeln sich jedoch insgeheim. Ich spüre ihre Blicke. Jeder

Mensch, der es sieht, es ahnt, davon weiß, nimmt seine kleinen Sprösslinge auf den Arm und schirmt die Kinderaugen vor mir ab. Alle, die mein Gesicht sehen und aus Abscheu einen Umweg einschlagen, lassen mich noch aufrechter gehen.

Ja, ich strecke meine Nase dem Mond entgegen.

Die Dunkelheit gefällt mir, sie ist parfum de l'air, gleicht einer warmen Wolldecke. In der Dunkelheit kleide ich mich in meine schönsten, prächtigsten und sanft raschelnden roten, weißen oder schwarzen Seidenkleider, die spektakulärsten Hüte – wenngleich nicht hier, in Augustenbad. Trotz der Krankheit sind meine Haare noch immer dicht und glänzend, wenn ich sie bürste, und sie reichen mir bis zum Po. Ich werde mich niemals mehr von ihnen trennen. Wir werden sehen, welche Länge sie haben, wenn ich auf dem Totenbett liege.

Wer wird zu meiner Beerdigung kommen? Kinder wurden mir nie geschenkt, und das schadet auch nichts, das Mutterdasein hat mich nie sonderlich gereizt. Mein Mann und seine frischgebackene, junge Gemahlin …? Sie – so abstoßend frisch wie ein Apfel, aber wie lange noch – und ein gemeinsames Kind? Bis er eine weitere Frau in das Leiden und den Tod schickt.

Hier sitze ich auf der Veranda, mit offenen Haaren, die wie ein Schleier hinabfallen, und lausche den Geräuschen der Sommernacht, dem Rascheln und dem Vogelgezwitscher. Mäuslein huschen zwischen den Büschen hin und her, ein Igel dreht schnüffelnd seine Runde, eine langhaarige, dicke Waldkatze bleibt vor der Veranda stehen, lässt sich nieder und blickt mich mit einer bezwingenden Miene an, die besagt: Das Paradies gehört mir.

Um die Stunden vergehen zu lassen und der Einsamkeit ein Geräusch zu verleihen, erzähle ich monoton vor mich hin murmelnd Märchen – je böser sie sind, desto mehr erhellt sich mein Gemüt.

Ein Mann wandert durch einen Tannenwald, wird von einem Bären angefallen, der ihn zu Boden ringt und ihm den Rock, das Hemd und schließlich die Beinkleider vom Leib reißt. Dieser schreit auf, als die Bärenklauen sein Geschlechtsteil abknipsen, die Schnauze es wie Griebenwurst schluckt. Der Kopf wird vom Körper entfernt – ein einfacher Ruck genügt. Ein Blutrinnsal hinter sich herziehend, kullert er mit runden, vor Todesangst blöd starrenden Augen in einen Ameisenhaufen.

Ich kenne diesen Mann.

Du bist es.

Heute Nacht habe ich mich in die Bibliothek des Kurhauses geschlichen, um das Buch zu tauschen, das ich ausgelesen hatte. Ich bin jeden Titel im Bücherregal durchgegangen. Die Bibliothek ist mittelmäßig, hält vor allem ältere, schlichte Literatur vor, nichts von den neuen, verwegenen Frauen. Hier finden sich auch eine Anzahl Romane, die in Kurorten spielen – von Blanche, Bremer und von Knorring. Mit einem Mal wurde mir schwindelig, und meine Beine fühlten sich wie Wackelpudding an, also habe ich mich in einen Sessel gesetzt und die Füße auf einen Schemel getan, habe eine kleine Kerze angezündet und gelesen. Das Leder des Sessels war kühl und angenehm. In dem Moment kam der Schmerz in meinen Beinen zum Erliegen, und so bin ich in die herrliche Umarmung des Schlafes hineingeglitten. Ich tanzte auf einer Soiree, mit schwebenden, vogelleichten Füßen. Spürte die kühle Wange eines Mannes an meiner.

Das Knarren der Fußbodenbretter hat mich wieder geweckt. Als die Hotelaufwartefrau mit der Scheuerbürste in der Hand mich erblickte, hat sie einen Aufschrei von sich gegeben, der wie ein Quieken klang, sich auf dem Absatz ihrer Holzschuhe umgedreht und ist die Treppen hinabgestürzt. Da habe ich mich mühselig aus dem Sessel erhoben. Der Schmerz überschwemmte mich, als ob er mich für die kurzzeitige Linderung, die ich zuvor verspürt hatte, büßen lassen wollte. Ich habe den Arm nach dem Bücherregal ausgestreckt und den Zufall entscheiden lassen; es war ein Autor, der mir unbekannt war, und so habe ich mich wieder auf die Veranda des Paradieses zurückgezogen.

Es wurde hell, und im selben Atemzuge hob der Gesang der Vögel an; das Krächzen der Krähen gellte in meinen Ohren. Mir blieb nichts anderes übrig, als mich auf mein stickiges Zimmer zu begeben, wo ich mich auf das Bett legte, um auf die Badewärterin zu warten, auf stundenlanges Einpacken. Eine dicke, nervtötende Fliege surrte im Zimmer umher. Ich freute mich bereits darauf, das kalte Tuch an meinem Körper zu spüren, auf die wohlwollenden Hände der Badewärterin, ihre schöne dunkle Stimme, ihre Unerschrockenheit beim Reinigen des Geschwürs. Sie kenne mehrere, sagte sie.

Er wurde in einem Bett voll weißer, wimmelnder Larven mit spitzen Zähnen wach, begleitet von einem Schrei aus dem Abgrund, aus dem Sündenpfuhl, dem Sumpf, dem Totenreich. Bettücher und Bettdecke lagen auf dem Boden; das Laken war knitterig und feucht von Schweiß. Draußen Windstille, Mitternacht. Dunkles Zwielicht, so dunkel, wie es in einer wolkenlosen kühlen Juninacht eben sein konnte. Unwohlsein. Säure stieg aus seinem Magen auf, brannte im Hals; er schluckte unablässig. Übelkeit, Schädelbrummen. Er rappelte sich auf, erfrischte sich das Gesicht, begegnete seinem Blick im Spiegel – müde Augen, wie schwarze, bodenlose Löcher. Nichts wie in die Kleider und hinaus!

Draußen – Stille, Schweigen. Er setzte sich auf der Insel der Glückseligkeit im Schutz der Rhododendren auf eine Bank. Vernahm die Nocturne des Baches. Üble Körpersäfte wallten in ihm auf, wollten hoch und hinaus. Er ging ein Stück in den Laubwald hinein, krümmte sich konvulsorisch, aus seinem Mund ergoss sich ein Strahl. Ein entsetzlicher Gestank breitete sich während der schmerzhaften Nachwehen aus. Er hustete und fühlte sich in all seinem Elend wie der letzte Dreck. Hockte sich vollkommen ausgelaugt auf einen Stein, trocknete seine triefenden Augen, schnäuzte sich. Mutter, ach Mutter, du, meine einzig wahre Freundin in dieser Welt, du, meine Trösterin. Warum kann ich dich nicht länger erreichen? Mögest du dort, wo du weilst, nicht leiden!

Es schmerzte ihn zutiefst, dass sie im Armenhaus saß, dass er nicht über eigene Mittel verfügte, um ihr zu helfen. Aline und ihr Vater sahen es nicht als ihre Sache an, insbesondere, da er das, was man ihm zuteilte, in die Wirtschaft trug.

Er konnte ihren Standpunkt verstehen und bemühte sich, eigenes Geld zu verdienen, als Lehrer zu arbeiten, doch er war kein Pädagoge, besaß nicht die erforderliche Autorität, die vonnöten war, um eine Schulklasse zum Zuhören und Gehorchen zu bringen. Er hatte sich auch bei der Königlichen Bibliothek um eine Stelle als Bibliotheksassistent beworben, hatte jedoch im Bewerbungsverfahren das Nachsehen gehabt.

Die Mutter – er würde sie nach dem Sommer besuchen; nach dem Rechten sehen, doch hatte es ihn unsäglich geschmerzt, dass sie ihn bei seinem letzten Besuch nicht wiedererkannt hatte. »Sven der Schreckliche« hatte sie ihn genannt, hatte nach einem Pfleger geschrien, er solle ihn aus ihren Augen entfernen.

Ein Rascheln im Haselstrauch. In der stillen Sommernacht schwoll jedes Geräusch an, und dieses klang mindestens nach einem Wildschwein, obwohl nur ein Igel aus den Büschen lugte – eine große, stachelige Kugel auf kleinen, gleichsam verkrüppelten schwarzen Pfoten. Ob selbst Igel unter überanstrengten, schmerzenden Beinen litten?

Im Park tauchte ein Lichtschein auf – die Glanzbüglerin näherte sich mit einem Korb frisch Gebügeltem für das Badehaus, das vor Ort sein musste, wenn die Gäste erwachten. Sie bemerkte ihn, zuckte zusammen, auch er vermied es, ihr in der abstoßenden Verfassung, in der er sich gerade befand, zu begegnen, und sank abermals ermattet, gleichsam völlig entleert auf die Bank.

Im Paradies klimperte jemand auf einer Gitarre; seine zittrigen, schwachen Beine trugen ihn dorthin. Ein Windhauch spielte in den Ahornblättern, die Nacht sandte einen Duft nach feuchter Erde aus.

Vor dem Paradies hielt er inne. Die Gitarre verstummte, jemand schloss das Balkonfenster im ersten Stock. Welches Zimmer sie wohl bewohnte? Und ob sie schon schlief? Wie sie wohl mit den Schmerzen fertig wurde? Er war drauf und dran, wieder zum Park zurückzukehren, als er in der Morgendämmerung bei der Dorfstraße einen weißen Fleck erspähte. Ein Nachtwanderer näherte sich ihm – nein, sie! Sie bewegte sich aufrecht, wenn auch langsam vorwärts, sah aus wie ein weißer, auf einen Stock gestützter Strich.

»Guten Morgen.«

»Sie statten mir also wieder einen Besuch ab.«

Sie war außer Atem. Die Haare hatte sie zu einem Knoten aufgesteckt, und an ihren Schläfen ringelten sich in der feuchten Luft die Löckchen. Ihr Gesicht schimmerte hell, ja, ein Strahlen ging von ihrer ganzen Person aus. Sie war so schön, dass der dunkle, knotige Fleck auf ihrer linken Wange ihr … ja, ihr etwas Interessantes verlieh.

»Woher kommen Sie?«

»Von der Eisenquelle.«

»Aber … so ganz allein in der Nacht?«

»Das ziehe ich vor.«

Sie setzte sich auf die Veranda, auf denselben Platz wie in der Nacht zuvor. Auf der Bank ihr gegenüber, aber dennoch weit – ausreichend weit – von ihr entfernt, ließ er sich nieder, stopfte gemächlich seine Pfeife.

Sie reichte ihm einen Aschenbecher.

»Weshalb sind Sie eigentlich hier, wo es Ihnen in Augustenbad doch so zu missfallen scheint?«

Es gefiel ihm, dass sie unverblümt zum Wesentlichen kam, und ein Unterton in ihrer Stimme sagte ihm, dass sie Ehrlichkeit verlangte.

»Doktor Bad …«

Sie unterdrückte ein Kichern, gewann jedoch rasch wieder ihre kühle Eleganz zurück.

»Er will die Menschheit dazu bewegen, geistigen Getränken und Entrückung zu entsagen. Die Durstigen nennt er krank, ich bin also krank. Das weckt einen gewissen Zorn in mir, meine Ehefrau und Doktor Bad haben ein Komplott gegen mich geschmiedet.«

Ihn überfiel größte Lust, seinem Zorn Luft zu machen; einem Zorn, der zunehmend schwerer zu kontrollieren war.

»Sie wollen ihm also trotzen.«

Musste denn sogar sie so von oben herab mit ihm sprechen, als ob er ein verantwortungsloser Gossenjunge sei! Er versteifte sich.

»Enthaltsamkeit ist ein hoher Preis für einen Dichter.«

»… und Hedonisten?«

»Ja, das kann ich nicht leugnen.«

»Aber leben wollen Sie?«

Wie unnachgiebig sie war! Doch stellte sie die Frage freundlich, auf eine Art und Weise, die er als unaufdringlich empfand.

»Aber ja, doch was heißt es, zu leben? Mir ist es noch nie so entsetzlich schlecht gegangen wie derzeit.«

»Ihnen bleibt wenigstens die Möglichkeit auf Besserung – in einem Monat, einem Jahr.«

Dieser Zeitraum, der ihm ständig vor Augen geführt wurde. Ging es wirklich an, sich ein ganzes Jahr so miserabel zu fühlen? Machte man nicht irgendwann in der Halbzeit den Abgang?

»Der Mensch kommt bedauerlicherweise nicht ohne den einen oder anderen Rausch aus.«

Er sog tief an der Pfeife.

»Aber Sie wollen auch leben.«

»Ja, das will ich wohl behaupten.«

»Sie wollen also intensiv leben, indem Sie allmählich Ihre … Leber, Ihre Gesundheit … zugrunde richten.«

Er schloss die Augen, zögerte mit der Antwort.

»Das Leben, das Doktor Liljedahl empfiehlt, bedeutet den Tod.«

Sie griff nach der Wasserkaraffe und einer Sirupflasche, die auf einer Anrichte standen. Füllte zwei Gläser je zur Hälfte mit Wasser und Sirup, reichte ihm eines.

»Danke. Holunderblütensaft, was gibt es Schöneres!«

Er hob das Glas zum Toast, leerte es in einem Zug. Ex und hopp!

»Es gibt vielerlei Arten von Rausch, doch die meisten haben bittere Folgen. Versuchen Sie einen Genuss aufzutun, der Ihnen nicht schadet.«

»Wie dem Kaninchenzüchterverein beizutreten?«, bemerkte er verstimmt.

»Ja, warum nicht? Oder denken Sie nur an die Kunst, das Meer, Austern, Almqvist.«

»Nun, aber daran finde ich ja ohnehin schon Vergnügen.«

Er stand auf, legte die Hände auf den Rücken, tigerte als Doktor Liljedahls Gegenpapst auf der Veranda hin und her.

»Der Mensch vermag die Welt nur in kleinen Dosen zu erfassen, danach müssen die Eindrücke verarbeitet werden, was am besten in einem leichten Rausch nach dem Genuss von Bier und Wein gelingt.«

»Im Großen und Ganzen haben Sie Recht, und doch verkompliziert es das Leben, wenn man mit jemandem zusammenlebt …«

Unwirsch schnitt er ihr das Wort ab.

»Meine Ehefrau hat Enthaltsamkeit von mir verlangt. Ich muss ihr und ihren Eltern meine Liebe mit Abstinenz beweisen. Sie verlangen Unmögliches!«

Er hatte auf ihr Mitgefühl gehofft, aber die Antwort kam unerwartet.

»Die allzu Durstigen … sind Querulanten, Lügner, ihnen mangelt es an Entscheidungsfähigkeit, sie bringen das Geld durch, ja neigen gar zu Gewalttätigkeit. Dazwischen glänzen sie mit einem Anfall von Charme und Liebenswürdigkeit.«

Er bat um Verzeihung, zog ein Taschentuch hervor, wandte sich ab und schnäuzte sich. Von wem sprach sie da? Das war ja aus tiefstem Herzen gekommen.

»Ja, ja, ich gebe zu, ich fühle mich in gewissen Punkten angesprochen. Und ich gelobe, ein Gedicht über die Reue zu schreiben.«

»Das will ich hören!«

Er setzte sich wieder, lehnte sich gegen die Rückenlehne, richtete sich auf, angerührt davon, dass sie eine Schwäche erkennen ließ. Ihre stoische Fassade hatte einen kleinen Riss bekommen.

»Aber muss jemand wie ich wirklich mit eiskalten Bädern gequält werden?«

»Andere wählen die Gottesfurcht.«

»In dem Fall ist meine Entscheidung leicht.«

Er klopfte den Tabak in einen auf dem Treppengeländer stehenden Aschenbecher.

»Die Zukunft wird zeigen, wie die Methode bei Ihnen anschlägt.«

»Sie klingen wie ein zweiter Doktor Liljedahl. Sie glauben also an seine Regeln?«

»Vielleicht, vielleicht auch nicht. Aber ich kenne den werten Arvid, und nun, da er einen Rückzieher gemacht hat, hege ich ihm gegenüber ein gewisses Zutrauen – er gibt mittlerweile zu, dass die Syphilis nicht allein mit Hydrotherapie bekämpft werden kann. Dafür ist etwas Starkes vonnöten, Mercurius dulcis.«

»Klingt flott.«

»Milde Quecksilberkuren. Doch denke ich bedauerlicherweise, dass sie in meinem Fall nicht greifen – Mercurius corrosivus ist notwendig.«

»Und dahinter verbirgt sich … hochgiftiges Quecksilber?«

»Ja, ätzendes.«

»Und todbringendes?«

Sie nickte, strich sich eine Locke hinter das Ohr. Sah starr hinab auf die Fußbodenbretter.

Er wollte sie trösten, sie halten, wusste jedoch, dass Mitleidsbekundungen mehr schwächten denn stärkten. Zaghaft, kaum hörbar fragte er:

»Wie werden Sie mit den Schmerzen fertig?«

Sie zögerte mit der Antwort, wollte sich nicht zu Weinerlichkeit verführen lassen.

»Ich nehme Düfte intensiver wahr. Den des Sommers, des Grases, des Rotklees, der Rosen … so überwältigend. Ja, womöglich ist dies ein noch stärkerer Rausch als alles andere.«

Es schmerzte ihn, sie zu betrachten. Schönheit verursachte ihm innere Schmerzen, wie ein leises Ziehen. Nicht in der Brust, nein, es war vielmehr wie ein kurzer, brennender Stich im Bauch. Er beneidete alle, die ihre Haare gestreichelt, ihre Stirn berührt, mit dem Zeigefinger ihren Amorbogen nachgezeichnet und ihre Hand gehalten hatten. Jetzt fiel sein Blick auf das rote Geschwür auf ihrer Wange und den Ausschlag rings um den Mund.

»Es ist bemerkenswert, wie freimütig sie über Ihren Zustand sprechen.«

»Wie ich gestern bereits erwähnte …«

»… haben Sie nichts zu verlieren?«

Sie sah auf ihre im Schoß verschränkten Hände, presste sie noch fester zusammen.

Die Morgendämmerung färbte den Himmel purpurn. Ein Vogel begann zu singen; Andreas zog seine Taschenuhr aus der Westentasche. Es war an der Zeit, aufzubrechen, schon bald würde Frau Björk in seinem Zimmer stehen.

»Es ist Zeit für den Neptunsgürtel.«

»Den ersehnten.«

Die Tauperlen auf dem Frauenmantel glänzten, als er ins Gras trat. Er blinzelte in das heraufziehende Morgenlicht.

»Darf ich Sie einmal nachts zur Eisenquelle begleiten?« Sie nickte. Hielt mit einer angedeuteten Grimasse den Atem an, als sie aufstand, sodass er das Ausmaß ihrer Qualen erahnen konnte, pustete die Lampe aus.

Und ging in ihr Zimmer.

Nächtliches Tagebuch

Die Morgendämmerung sticht mir wie Klingen in die Augen. Ich bin dazu verdammt, das Junilicht zu meiden, suche wie eine Fledermaus in der Dunkelheit und im Schweigen Zuflucht. Zähle die Tage, bis der Herbst da ist und es dunkel wird und dieses infernalische Stechen nachlässt. Andererseits lindert die Wärme den Schmerz. Welch teuflische Höhen sie in der Kälte erklimmen können, ich will nicht daran denken!

Damit muss ich nun leben – und ich glaube weder an Gott, an den Teufel oder daran, dass die Liebe Wunder wirken kann. Es gibt keine Heilung, keine Gnade. Linderung könntest du mir mittels einer eleganten Flasche oder in einem geheimen Kuvert zusenden, wenn die Qualen unerträglich werden, das hast du mir versprochen, du, mein Vernichter. Du bist ein Teufel, doch gibt es Seiten an dir, die ich nach wie vor schätze, ja geradezu an dir liebe.

Ich habe beschlossen, mich am Mittsommerwochenende nicht von Mutter abholen zu lassen. Ich ziehe die Einsamkeit hier ihren verbitterten Mundfalten, Seufzern, ihrem Herumfingern an der Bibel vor; ihrer Art, sich die Hand auf die Brust zu legen und wie eine unschuldige Madonna auszusehen. Wer ist schon wirklich unschuldig? Meine Mutter gewiss nicht!

Wie matt ich mich fühle, fast zu matt, um die Schmerzen in den Beinen wahrzunehmen. Ich hoffe, wegzuschlummern, in den süßen Schlaf hineingleiten zu können. Morgen werde ich auf dem Weg zur Eisenquelle Gesellschaft haben, werde meinen Blick auf seinen knabenhaften Gesichtszügen, seiner jung schimmernden Haut, seinem dichten, welligen Haar ruhen lassen können. Wie viele Jahre jünger als ich er wohl sein mag?

Ich höre, wie die Ameisen über den Fußboden krabbeln.

Höre den Schnabel des Spechts gegen den Baumstamm hämmern, es klingt wie das ohrenbetäubende Getöse der Fabriken.

Die erste richtige Sommerhitze hatte sich eingefunden. Im Bäderkontor saßen der Kämmerer und der Sekretär, keuchten und wedelten mit ihren Fächern. Doktor Liljedahl lag auf der Pritsche, setzte sich aber hastig auf, als er den Badegast bemerkte.

»Andreas hat vergessen anzuklopfen«, schnaufte er eine Spur gereizt und tupfte sich mit einem riesigen Schnupftuch die Stirn ab.

Andreas setzte sich auf den Stuhl vor dem Doktor, der mit der Hand über den Schreibtisch fuhr, als ob er imaginäre Krümel wegwischen wollte. Eine Schwester trat aufmerksam vor und ließ diskret einen Lappen über den Schreibtisch gleiten.

»Und, wie geht es Ihnen?«

»Ich stehe das nicht länger durch, brauche Hilfe.«

Seine Stimme klang flehend. Es hatte keinen Zweck, jetzt Spielchen mit dem Doktor zu spielen, nun ging es um alles oder nichts.

»Sie müssen es aushalten, Sie haben keine andere Wahl.«

Dieser kühle Tonfall. Sah er seine Chance? Die Chance, diesen jungen, naseweisen Gecken zurechtzustutzen?

»Ich habe seit drei Wochen keine Nacht durchgeschlafen. Mein Kopf schmerzt von den schlaflosen Nächten, ein spitzer Ton pfeift in meinen Ohren. Mir gelingt es bald nicht mehr, mir die Stiefel zu binden, weil mein Körper ... er gehorcht mir einfach nicht mehr. Und will erst recht kein Lustspiel verfassen.«

»Bei dieser Wärme schlafen alle schlecht.«

»Sie müssen mir Chloral, Morphium, irgendetwas geben! Ich bitte Sie, machen Sie eine Ausnahme!«

Liljedahl schlug leicht mit der Handfläche auf die Schreibtischkante.

»Hier wird nichts außer Nahrung, Wasser und Kräuterabsuden verabreicht.«

Andreas schnaubte.

»Feiert man so Mittsommer in Augustenbad? Kräuterabsude!«

»Ja. Und mit Hering, Saibling, Erdbeeren, Tanz und Lustspiel, falls Sie etwas zu Papier bringen«, sagte Liljedahl herausfordernd.

»Das werde ich, selbst wenn ich am Verzweifeln bin. Meine Ehefrau hat mir nämlich mitgeteilt, dass sie nicht die Absicht hat, mich zu besuchen.«

»Das ist mir bekannt. Sie hat mir berichtet, dass sie mit ihrer Schwester Mittsommer auf Mörkö feiert.«

Andreas überkam ein starkes Unbehagen, als hätte der Doktor sich in sein Leben gedrängt und es sich angeeignet.

»Ach so, Sie haben miteinander gesprochen.«

Liljedahl nickte.

»Ich mache meine Stippvisiten in Stockholm, habe auch dort Arbeit zu besorgen. Aline lässt mitteilen, dass es ihr sehr gut gehe und sie ihren Gatten vermisse, sie sich jedoch bewusst sei, dass du deinen Kampf ohne die Distraktion von dir Nahestehenden führen musst.«

Andreas blieb eine Weile schweigend sitzen. So eine Ohnmacht wie jetzt hatte er seit seiner Ankunft nicht mehr verspürt. Er hasste den Doktor, hasste ihn aus tiefstem Herzen! Er sah zu Liljedahl hoch; betrachtete seine Ohren, die so große Ohrläppchen hatten, dass man mit Sicherheit einen Sonntagsbraten daraus bereiten könnte, sah ihm unverblümt in die Augen, bevor er mit seiner ruhigsten Stimme sagte:

»Genießt du diesen Moment, Arvid Liljedahl?«

Er blieb am Du hängen. Noch immer fiel es ihm unsäglich schwer, einen Arzt zu duzen und seinen Vornamen zu gebrauchen.

»Verzeihung, ich habe deine Frage nicht verstanden.«

Liljedahl machte ein paar rasche Gesprächsnotizen, bevor er sich erhob, so massiv wie ein Felsblock.

Andreas durchfuhr ein so heftiger Trotz wie zuletzt in seiner Jugend.

»Sie bräuchten selbst Morphium. Sie sehen krank aus.«

Jetzt hatte er es ihm aber gegeben!

Der Sekretär zuckte auf seinem Stuhl zusammen, sein Blick flackerte unruhig zum Doktor hinüber.

Liljedahl, dieser unbezwingliche Klotz, setzte sich mit versteinerter Miene hinter den Schreibtisch.

Klopfte dreimal mit den Knöcheln auf den Tisch.

»Der Nächste bitte!«

Den ganzen Vormittag über wehte es stürmisch; der Wind heulte durch das undichte Fenster. Ausgestreckt lag er auf seinem schwankenden Bett. Abermals befand er sich in einem Kahn von wild tosenden Wellen umgeben und umklammerte den Bettrahmen. Fühlte sich unerträglich schlecht, ja hundeelend. Das ging so nicht weiter! Er wollte wie der Mann im Nachbarzimmer irgendetwas Herzzerreißendes rufen, hielt es in diesem Gefängnisloch mit der paradiesischen Kulisse nicht länger aus. Es war, als ob eine Lampe in ihm erloschen wäre; noch mehr als zwei Monate in völliger Finsternis lagen vor ihm. Er musste hier weg oder aber heimlich Selbstgebrannten von irgendeinem Bauern erstehen.

Er richtete sich halb im Bett auf, blieb sitzen. Mühsam kletterte er hinaus und sah aus dem Fenster, wo sich die Bäume im Wind bogen. Sein Blick wanderte zu dem hohen Galgen, auf den die Gäste bei windstillem Wetter vergnügt mit Ringen zielten. Wer würde ihn vermissen, wenn er eines Morgens dort am Seil baumeln würde? Sie? Noch nicht einmal die Mutter, seine geliebte, herzige Mutter, die ihn nicht mehr erkannte. Sie hatte eine eigentümliche Landschaft betreten, in der er nicht mehr zu ihr durchdringen konnte. Möge sie in diesem Sommer, in dem er ein Gefangener der Hydrotherapiepein war, nur nicht sterben und ihn allein lassen.

Seine liebe Mutter – wer würde ihn bemitleiden, wenn sie nicht mehr war? Niemand, nicht eine Seele würde etwas für ihn opfern. Verfluchte selbstgefällige Schweinehunde! Nichts als Nullen, diese einfältigen Schafsköpfe.

Niemand scherte sich mehr um die Dichtung und die Kunst, alles war oberflächlich und comme il faut. Während die wahren Kämpen im Namen der Kunst – jene, welche ihre Frisur nicht auf den seichten Geschmack begüterter Kunstkäufer zuschnitten ... ja, sie waren in die Kellerlöcher verbannt worden. Die Dichtung, das Gedicht, die erhabene Poesie, Strophen, die einen trunken machten ... was sollte daraus werden, wenn jeder selbsternannte Idiot Dichtung verfasste, aber niemand sie lesen wollte?

Entschieden griff er nach der Feder und ließ seinen Gedanken rings um das Wort »Zorn« freien Lauf. Er würde etwas Einzigartiges schreiben, das die rothaarige Schönheit vor Ehrfurcht erzittern ließ!

Der Nackenflaum von Frau'n
ein Himmelbett aus Eiderdau'n
der Schuft zögert nicht lang
hab Geduld, Feinsliebchen mein
bald wird die Verwandlung vollzogen sein
wird er abschwören diesem Drang

Die Hitze, die nun schon seit Tagen anhielt, glich einer ewig glimmenden Glut. Die Soiree nahte, doch war ihm jede Lust auf das Lustspiel vergangen, hatte doch niemand – bis auf den

Opernsänger und den Troubadour – die Muße, daran teilzunehmen. Nun ja, eine Tanzgruppe aus Dalarna in grellen Kleidern. Aber was sollte er mit zwei Sängern und ein paar tanzenden, rundlichen Bauersfrauen anfangen?

Er ließ das Souper aus, der Gedanke an Essen verursachte ihm Übelkeit. Er wollte nicht zusehen müssen, wie der Ingenieur genüsslich kaute und Soße in seinen Bart kleckerte. Stattdessen schrieb er einen Brief an Aline, legte ihn jedoch schon nach ein paar Zeilen wieder beiseite. Nahm die Arbeit an einem Gedicht auf, starrte endlos auf das Papier. Dachte über den Aufbau des Lustspiels nach. Warf sich mit einem Plumps aufs Bett, las ein wenig in *Die Insel der Glückseligkeit*, wurde dessen überdrüssig, nahm dafür *Die Blumen des Bösen* in die Hand, doch gelang es ihm nicht, sich zu konzentrieren. Ein schriller Pfeifton im Ohr, ein scharrendes Geräusch in den Wänden; Waldmäuse, zweifelsohne. Der Junge im Zimmer nebenan jammerte und wimmerte wie ein junges Kätzchen, der Mann auf der anderen Wandseite schnarchte wie der Teufel höchstpersönlich.

Wieder schlug der Kopfschmerz zu. Er wand sich unter Schmerzen, warf sich im Bett von einer Seite auf die andere. Setzte sich erneut auf und presste die Finger gegen die Schläfen. Sah aus dem Fenster – da, ein Lichtkegel huschte zum Paradies. Und da war auch die Glanzbüglerin, die mit weit ausgreifenden Elchschritten den Park durchquerte. Die Rhododendronbüsche hatten ein paar exotische helllila Blüten entfaltet; auch wenn sie nur spärlich blühten, waren sie von außergewöhnlicher Schönheit.

Er saß die ganze Nacht aufrecht im Bett, einen feuchten Fleck auf der Tapete fixierend. Ihr Muster erinnerte ihn an das Skelett einer Hand.

Da stand auf einmal die Badewärterin in seinem Zimmer. Er wusste nicht, dass es schon Morgen war, hatte jegliches Zeitgefühl verloren, während er so dagesessen und in die Ewigkeit gestarrt hatte. Er fühlte sich aufgelöst, ausgewrungen, wie ein Nichts. In diesem erbarmungswürdigen Zustand hatte er der Badewärterin nichts entgegenzusetzen.

Sie knickste eilends.

»Oh, ich bitte um Verzeihung! Ich wusste nicht, dass Sie auf dem Zimmer sind. Ich hatte doch angeklopft.«

Sie war schon wieder auf dem Weg hinaus und wollte die Tür schließen.

»Treten Sie ein, meine Wohltäterin! Die Nacht war kühl und angenehm.«

»Sie müssen tief und fest geschlafen haben.«

»Göttlich! Die erste Nacht seit drei Wochen.«

Vollmundige Lügen hoben die Laune, das Dasein war dafür geschaffen, es zu beschönigen.

»Waren es die Hopfenzapfen?«

»Nein, die pure Erschöpfung. Und ein Anflug von Frischluft.«

»Dann bringe ich Ihnen jetzt noch mehr Erfrischung.«

Er musterte sie – ihre markante Nase, die muskulösen und doch weichen Arme.

Nun wurde ihm ein eiskaltes leinenes Tuch um den Leib gewickelt, außen herum kam ein trockenes.

»Weniger göttlich, meine werte Frau Björk, ist es allerdings, einen solchen güldenen Morgen mit dem Neptunsgürtel zu beginnen.«

Sie verstand sich allmählich auf seine Tricks, dieses gezwungene Scherzen. Er griff nach einem Strauß blauer Blumen, die in einer kleinen Vase auf dem Schreibpult standen, nahm ihn aus dem Wasser, wischte die Stiele trocken und überreichte ihn der Badewärterin.

»Der ist für Sie.«

»Du liebe Güte, für mich?«

»Vergissmeinnicht.«

»Ich will ja nicht undankbar sein ... aber das sind Männertreu. Vergissmeinnicht sind langstieliger, gehen mehr ins Hellblau.«

»Was sagen Sie da? Keine Vergissmeinnicht?«

»Sie haben doch die *Flora* neben sich liegen.«

»Frau Björk, Sie bringen mich in Verlegenheit. Sie ahnen ja nicht, wie häufig ich mich auf diese Weise schon blamiert habe!«

Einen Augenblick später hatte sie die trockene Binde fest um seinen Rumpf gewickelt, mittlerweile saß jeder Handgriff.

»Schlafen Sie Ihrerseits gut?«

»Wie ein Stein, aber zu kurz.«

»Weshalb zu kurz?«

»Ich arbeite hier von vier Uhr in der Früh bis neun Uhr spät. Und danach ... ich habe fünf Kinder.«

»Das ist ja die pure Sklaverei! Darauf werde ich Doktor Liljedahl hinweisen.«

Wären seine Arme nicht schon von der Kälte, die sich in seinem Körper ausgebreitet hatte, erstarrt gewesen, hätte er wild mit ihnen gestikuliert. Sie ließ von ihm ab, sah ihn beinahe streng an.

»Ich brauche die Stunden. Das ganze Dorf arbeitet im Sommer hart – die Bauern, die Häusler, alle; im Winter gibt es dafür weniger zu tun.«

Er hatte verstanden, doch plapperte er munter weiter, fragte sie, wie sie das Mittsommerfest begehen würde.

»Ich werde hier im Park beim Binden des Blumenschmuckes und der Bewirtung zur Hand gehen. Womöglich sind wir auch beim Tanz zugegen, zumindest ist es uns gestattet.«

»Und Ihre Tochter?«

»Sie kümmert sich um das Eindecken der Tische im Speisesaal und um das Wohl der Gäste im Park. Für den Abend werden viele gestärkte Tafeltücher und Servietten benötigt.«

»Wenn ich Sie beide zu Gesicht bekomme, werde ich Sie auffordern. Sie entkommen mir nicht!«

»Sie sind zu gütig.«

»Es wäre mir ein Vergnügen, keine bloße Höflichkeit.«

»Wir werden sehen. So, und nun dürfen Sie noch ein wenig liegen bleiben, genießen Sie es. Ich komme dann in ein paar Stunden, um den Gürtel zu wechseln. Und dann werde ich Ihnen die Fußsohlen reiben.«

Er hatte gebadet, und es war ihm bis auf eine kleine Schnittwunde am Hals geglückt, sich sorgfältig zu rasieren. Nun saß er vor der Unterkunft der Männer auf einer Bank und las einen Jean Paul, um sich im Deutschen zu üben. Er stand auf, versorgte sich an der Chinesischen Quelle mit einem Nachschub an Quellwasser, schäkerte ein wenig mit dem Mädchen mit dem Grübchen. Holte sich Kaffee – aus einer Tasse wurden schließlich fünf. Zählte die Stunden bis zu seinem nächtlichen Verdauungsspaziergang zur Eisenquelle in Begleitung der Rothaarigen. Was sie wohl gerade tat? Wie viele Male hatte er sich diese Frage eigentlich schon gestellt? Ob sie schlimme Schmerzen hatte? Er versuchte sich in ihren Schmerz hineinzuversetzen. Wenn er ihn ihr doch nur abnehmen könnte, sie von ihrem Leid befreien, ihr vielleicht jeden zweiten Tag etwas Schonung geben könnte! Warum vermochte der Mensch das nicht?

In der Abenddämmerung kühlte sich die Luft erfrischend ab, der Himmel hatte sich nach dem heißen Sommertag rot gefärbt. Endlich war das Kopfweh verschwunden; er fühlte sich ungewöhnlich frisch und munter, brachte sogar ein paar Dialogwechsel für das Lustspiel zustande. Wie schwierig es doch war, einem menschlichen Charakter mit Worten Ausdruck zu verleihen. Die Dialoge durften schließlich nicht alle gleich klingen, dann wäre alles verdorben. Also musste ihm etwas einfallen, das Spannung erzeugte – Mord.

Seltsam, dass das Gras vor der Gotischen Quelle in dieser trockenen Hitze so feucht und sumpfig war. Als er zur Dorfstraße ging, pfiff er leise vor sich hin. Seine Schritte waren leicht. Als er abbog, stellte er zu seiner Enttäuschung fest, dass die Veranda leer war. Ein Leuchten umgab das weiße Haus in der hellen Juninacht. Die graue Waldkatze saß an ihrem Stammplatz und fauchte drohend, als er sich näherte. Er kraulte ihre Brust und entschied sich, auf die rothaarige Schöne zu warten. In seinem Bauch kribbelte es, ja, er ertappte sich selbst dabei, dass er angespannt auf ihre Begegnung wartete.

Wie verblüffend! Er setzte sich und lauschte still dem Rascheln und Zwitschern in den Büschen und Bäumen. Wie lange sollte er auf sie warten, er konnte schließlich nicht wie irgendein Romeo unter ihrem Fenster nach ihr rufen? Wie viel er wohl in die Armenkasse entrichten müsste, wenn man ihn dabei erwischte?

Er suchte die Pfeife und das Tabakspäckchen aus seiner Anzugtasche hervor, etwas, mit dem er sich derweil die Zeit vertreiben konnte. Die Bäume rauschten sacht, aus einem Fenster drangen Schnarchgeräusche, Schritte erklangen hinter dem Haus – sie war es, in einem hochgeschlossenen schwarzen Kleid. Er erhob sich, nahm ihre Hand und küsste sie mit theatralischer Geste, half ihr den letzten Schritt auf die Veranda hinauf.

»Danke, Sie haben offenbar keine Vorbehalte.«

Er half ihr in den Korbstuhl. Ihr Körper war so federleicht, dass der Stuhl keinen Laut von sich gab.

»Ich bin der Ansicht, dass die Ansteckungsgefahr entschieden überschätzt wird.«

»Aha. Ihnen ist aber schon bekannt, dass sich Familienmitglieder gegenseitig angesteckt haben, sogar Kinder.«

Er setzte sich neben sie.

»Was geschehen muss, geschieht.«

Sie legte ein Buch auf den Tisch, hatte an der Eisenquelle gesessen und gelesen, bis es dämmerte, obwohl die Literatur sich als recht uninteressant erwiesen hatte.

Andreas zündete die Kerzen des Kronleuchters an, der über dem Tisch hing. Obgleich es windstill war, flackerten die Lichter ein wenig, sodass ihr Gesicht in dramatische Schatten getaucht wurde, ja, Amanda nahm sich geradezu gefährlich aus.

»Sie haben doch gewiss die Bibliothek im Kurhaus gesehen?«

»Ich habe mir eine *Flora* ausgeliehen, ansonsten habe ich selbst Bücher dabei, einen ganzen Stapel. Und dann nutze ich natürlich die Zeit, um an meinem Dichtwerk zu schreiben.«

»Wird es gut?«

Er versteifte sich angesichts ihrer Frage. Meinte sie das scherzhaft? Ironisch?

»Ich bin auf dem besten Wege, den richtigen Ton zu finden.«

»Flöte oder Zimbel?«

»Weder noch. Waldhorn, eventuell.«

Sie verzog den Mund. In der ersten Etage wurde die Balkontür geschlossen. »Welche Ironie, die Leprosen im Paradies«, sagte sie leichthin und schnitt eine demonstrativ hässliche Grimasse, als ob sie es genoss, sich selbst ein groteskes Aussehen zu geben.

»Nein, tun Sie das nicht, sagen Sie das nicht!«

Sie schnitt noch stärkere Grimassen.

»Aber ja, die abstoßendsten Sünder bringt er ins Paradies – das ist, kurz gesagt, Doktor Liljedahl.«

»Sind Sie es, die … gesündigt hat?«

Nun war es an ihr, sich angesichts der unerwartet indiskreten Frage zu versteifen. Sie sammelte sich, bevor sie antwortete. Ein Schlafzimmerfenster ging sperrangelweit auf. Er sah zum Fenster hinauf und flüsterte hinter vorgehaltener Hand:

»Ich meine, war es nicht Ihr Gatte, der …«

»Das kann man nie wissen.«

Was meinte sie? Wenn es nicht ihr Ehemann gewesen war … dann hatte sie … oder wollte sie ihn nur in Schutz nehmen?

»Mein Mann hatte die Gewohnheit, von der Arbeit den Heimweg über Gamla stan zu nehmen. Er kam häufig zu spät zum Abendessen.«

»Er befand sich in guter Gesellschaft.«

»Das ist keine Entschuldigung.«

»Männer sind nun mal so und Frauen so.«

Sie wirkte gequält, warf ihm einen missbilligenden Blick zu.

»Unsere Ehe … sie hat sich durch eine greifbare Lust, eine starke Gemeinschaft ausgezeichnet. Ich habe sie für glücklicher als die meisten Ehen gehalten.«

»So war es sicher auch, obgleich …«

»Wenn man liebt, geht man nicht zu anderen, oder aber ich habe nicht die geringste Vorstellung davon, was man unter Liebe versteht.«

Ja, was war Liebe – eine Flamme, die in einem entfacht wurde und wieder erlosch? Eine unerschütterliche Loyalität? Was wusste er schon? Er wusste nur, dass die Nacht zu lieblich war, um Schuld zu verspüren.

»Wollen wir nun unseren Verdauungsspaziergang unternehmen?«

»Ja, gerne, aber langsam. Ich war schließlich heute schon einmal dort.«

»Es heißt ja auch Spaziergang. Ich kann es nicht leiden, ins Schnaufen zu geraten.«

Gemächlich gingen sie die Dorfstraße entlang, sie auf ihren Stock gestützt. Nach einigen hundert Metern ruhten sie sich auf einer Bank aus, die zum Kurbad gehörte. Auf die Rückenlehne war das Wort GLAUBE geschrieben.

»Erlauben Sie, dass ich Ihren Arm nehme? Sie können mich als ihren zweiten Spazierstock betrachten.«

»Bitte sehr.«

Durch ihren Arm konnte er fühlen, wie sie all ihre Kräfte aufbot, um ein Bein vor das andere zu setzen. Ihre Schmerzen strahlten gleichsam von ihrem schmalen Arm in seinen aus. Dennoch tat es gut, sie zu halten; eine Wärme, ein Licht, ein leiser Frohsinn durchströmte ihn. Es fiel ihm leicht, ihr gegenüber Vertrauliches zur Sprache zu bringen.

»Ich habe mich bislang jeden Tag vor dem vom Doktor anberaumten Verdauungsspaziergang gedrückt. Ich ertrage keine Marschmusik, weshalb die Armenkasse mittlerweile gut gefüllt sein dürfte.«

Die Andeutung eines Lächelns erschien auf ihrem Gesicht, während sie sich mit festem Griff an seinem Arm festhielt und in mütterlichem Tonfall erwiderte:

»Versuchen Sie, ein wenig öfter spazieren zu gehen. Der Eisenquelle wird nachgesagt, die stärkste Heilkraft von allen zu besitzen – wenngleich der Magen danach rebelliert und das Eisen Verstopfungen verursacht.«

Sie zierte sich wahrlich nicht, das gefiel ihm. Sie war so anders, so erfrischend. Er betrachtete sie, ihre glatte Wange dicht neben seiner, ihre Sommersprossen, ihr flaumiges Ohrläppchen, er lächelte innerlich.

Der Spaziergang ging so langsam vonstatten, dass selbst die Schnecken an ihnen vorüberzogen. Sie pausierten auf einer weiteren Bank mit dem Wort HOFFNUNG, doch alles in allem nahm sich der Weg zur Eisenquelle kürzer aus, als er gedacht hatte.

Als sie am Brunnen angekommen waren, fand er das Wasser nur schwerlich trinkbar, haftete ihm doch ein metallischer Geschmack an. Die Endsilben betonend, las er laut den Vers, der den Überbau des Quellenpavillons zierte:

Reichlich spende dir an dieser Stelle
Gesundheit und Lebenskraft die Quelle

Er wandte sich um und sah ihr in die Augen, die nach dem Spaziergang müde wirkten.

»Gibt es Heilung für Sie?«

Sie zuckte die Schultern.

»Ich lebe jetzt seit fünf Jahren damit. Ich könnte noch zehn weitere Jahre leben oder aber morgen sterben.«

Er nickte, deutete auf die Bank. Sie ließen sich beide mit einem Glas in der Hand darauf nieder.

»Wird das so weitergehen? Ich meine … kann es noch schlimmer werden?«

»Es frisst einen von innen her auf.«

Teilnahmsvoll sah er sie an, während sie ein perfides Vergnügen daran fand, die Furcht in seinem Blick zu sehen. Sie war dazu aufgelegt, es auf die Spitze zu treiben, den jungen Herrn ein wenig zu erschrecken.

»Wenn ich Pech habe, setzt sich die Krankheit ins Gehirn, weicht es auf. Doch heißt es, unmittelbar zuvor werde der Verstand geschärft. Ich kann also damit rechnen, eines Morgens aufzuwachen und etwas Großartiges – etwas, was für die Ewigkeit gemacht ist – zu erschaffen.«

»Und was wollen Sie erschaffen?«

»Eine Totenmesse.«

Wieder einmal war er sich nicht im Klaren darüber, ob sie den Schalk im Nacken hatte oder es ernst meinte. Sie war nicht leicht zu durchschauen, verunsicherte ihn. Plötzlich kam ihm eine Idee.

»Wollen Sie eine Rolle in meinem Mittsommerlustspiel übernehmen? Ich setze die Arbeit daran fort; verfasse es und führe die Regie.«

Sie verzog keine Miene, antwortete mit der ihr eigenen ernsten Grazie:

»Ich scheue die Menschen und das Licht, das wissen Sie.«

»Sie könnten einen späten Auftritt erhalten.«

Nun ließ sich, gut im Mundwinkel verborgen, der Anflug eines Lächelns erahnen, was sie ungeahnte Anstrengungen zu kosten schien.

»Wenn ich den Tod spielen darf, ansonsten …«

Er schlug sich auf den Schenkel.

»Abgemacht! Speziell für Sie werde ich den Sensenmann ins Stück hineinschreiben.«

Nächtliches Tagebuch

Die Schmerzen heute Nacht waren entsetzlich, die Muskelkrämpfe sind in Schüben gekommen. Ich habe mir ein Stück Stoff in den Mund gestopft, um die Zähne zusammenzubeißen und ein Duell mit dem Schmerz auszutragen. Meine Beine sind taub geworden, existierten gleichsam nicht mehr; es war, als ob das Leben selbst aus ihnen gewichen wäre. Ich bin auf der Veranda ohnmächtig geworden und kam auf dem Fußboden wieder zu mir, von Mücken zerstochen und frierend, das Kleid beschmutzt. Konnte mich nicht rühren, habe unbeweglich so dagelegen, bis die Badewärterin kam.

Diese schmeichelnden Hände, mit denen sie mir über den

Rücken fährt! Zu Beginn meines Aufenthaltes hier im Paradies ist es mir schwergefallen, ihre Berührung zu erdulden. Sie trat mir zu nahe, störte mich; niemand hatte mich jemals zuvor auf diese Weise angefasst – nicht die Mutter, noch nicht einmal du, der mich ins Verderben getrieben hat. Aber als sie über meine Schultern strich, war das, als würde man gehen lernen – mit winzig kleinen Schritten.

Mittlerweile sehne ich mich nach ihr, ihren Fingerspitzen und ihrem freundlichen Blick, betrachte sie als gottgesandt. Will ihren Namen nicht wissen, will sie für überirdisch halten.

Die Nacht hat sich unendlich hingezogen, ist der junge Herr Dichter doch nicht zu Besuch gekommen. Mir ist klargeworden, dass unsere Begegnungen mein schwindendes Dasein ein letztes Mal aufzucken lassen, bevor mich der Tod holen kommt. Die Gespräche mit ihm machen die Leere erträglicher, ich bringe sogar ein Lachen – oder wenigstens ein Lächeln – zustande. Seine entzückend juvenile Art, sein lebhaftes Gestikulieren mit den zarten weißen Händen lässt mich an … Puppentheater denken. Gewiss tut es weh, meinen Blick auf seinen schönen Gesichtszügen, seiner schimmernden Haut ruhen zu lassen – er ist der Sohn, den ich niemals hatte, oder der jugendliche Liebhaber, den ich nie haben werde.

Natürlich kann er mich nicht jeden Abend besuchen, er hat mir diesbezüglich auch nichts versprochen, doch kommt mir jeder Augenblick, den ich vor Schmerzen gekrümmt und mit nichts anderem als dem Surren der Fliegen daliege, wie eine Woche vor. Ich habe lange nachdenken müssen, bis mir ein neues böses Märchen eingefallen ist.

Ein Mann durchquerte nach einer langen Sitzung in der Wirtschaft den Wald. Der Himmel in dieser Julinacht war hell und hüllte alles in ein verwunschenes blaues Dämmerlicht. Die Umrisse von Bäu-

men und Büschen ließen sich für ein menschliches Auge erahnen, doch nicht für ihn, der angetrunken, über dicke Wurzeln und Steine strauchelnd, den Weg entlangtaumelte.

Er stürzte in den Bach und war nicht schnell genug, um seinen Fall zu bremsen, sodass er kräftig mit dem Kinn aufschlug. Mühselig rappelte er sich wieder auf und schwankte davon – auf dem falschen Weg. Ebendieser Pfad führte immer tiefer in das finsterste Walddickicht hinein. Keuchend blieb er stehen und fuhr sich mit dem Rockärmel über die schweißnasse Stirn, als er sah, dass sich auf dem Weg vor ihm etwas bewegte. Er beugte sich hinab. Drei gestreifte, kleine Ferkel tollten miteinander und versetzten sich gegenseitig kleine Schubser. Der Mann nuschelte etwas Kindisches, während er ein Ferkel streichelte. Was seid ihr schnuckelig, lallte er.

Da hörte er plötzlich ein wildes Getöse und ein Grunzen im Dickicht neben sich und eine große Wildsau stürzte auf ihn zu, frontal, wie ein kleiner Stier. Der Mann schrie um Hilfe, versuchte noch davonzulaufen und nahm einen durchdringenden Schmerz im Schenkel wahr, bevor er zu Boden ging. Hörte das Brüllen der Bestie, als sie ihre Hauer in seinen Körper bohrte. Er erleichterte sich und brüllte wie am Spieß, als der Schmerz sein Geschlecht erfasste.

Das war das Letzte, an das er sich erinnerte, sollte er sein Bewusstsein doch nie wieder erlangen. Am folgenden Tag fanden zwei Waldgänger beim Blaubeersammeln einen schlimm zugerichteten Männerleib am Waldesrand.

Seine Schultern schmerzten, der Nacken tat ihm weh. Die Uhr zeigte vier, er hatte die ganze Nacht hindurch geschrieben und am Ende den Sensenmann sowie zwei Rollen für junge Damen hinzugedichtet. Er würde alles dafür tun, die beiden Himmelskörper Rost zum Mitmachen zu bewegen. Der Opernsänger würde dann den Doktor und der Troubadour den Ehemann spielen müssen.

Die Hoffnung, die Glanzbüglerin und die Badewärterin als Darstellerinnen zu verpflichten, hatte er aufgegeben. Dann mussten sie eben von den Gästen gespielt werden, wie auch immer diese sich anstellen und welche Vorstellung sie von dem Leben, das die Arbeiterinnen führten, haben mochten. Nun ja, es würde schon gehen, das Stück sollte schließlich nicht am Königlichen Theater aufgeführt werden.

Er sah sich im Spiegel, unrasiert und zerzaust. Die Spinne in der Waschschüssel mit ihren langen, behaarten Beinen war mittlerweile doppelt so groß geworden. Vorsichtig füllte er die Schüssel mit Wasser. Die Spinne krabbelte hinauf und setzte sich auf den Rand. Saß da wie ein Kamerad, als er sich das Gesicht wusch.

Konnten Spinnen wachsen? Vielleicht war das hier ja auch eine ganz andere.

Er legte sich ins Bett und hoffte auf zwei Stunden Schlaf, bis Frau Björk mit ihrer Emballage die Bühne betreten würde.

»Ich soll das schöne Mädchen also verführen und es mit der Französischen anstecken?«, fragte Opernsänger Bågenholm vorsichtig und schien sich nicht ganz wohl dabei zu fühlen. Rieb seinen roten Bart und stopfte die Pfeife, sodass sie bereitlag, sobald der Kaffee ausgetrunken war.

Andreas nickte und bot all seine Schauspielkünste auf, um enthusiastisch zu wirken.

»So ein öder Tripper, nein danke, nicht in meinem Stück!« Bågenholm grinste.

Andreas fuhr eifrig fort:

»Wollen wir Doktor Liljedahl eine Freude machen und uns duzen?«

»Gewiss, wir wollen es versuchen, Andreas.«

Das Servierfräulein stellte einen Kuchenteller vor sie hin

und schenkte Kaffee in Tassen mit Blumenmuster. Mmmm, ihr Mund, dieser Mund – einfach köstlich!

Der Opernsänger kratzte sich unablässig am Kopf und blätterte zwischen den Papierbögen hin und her, auf denen er sich am Rand Notizen gemacht hatte.

»Sie … äh, du hast doch gesagt, dass es ein Lustspiel sei.«

Andreas nickte lebhaft.

»Oh ja, in diesem Stück wimmelt es nur so vor Lust!«

Der Opernsänger rieb sich abermals den Bart. Der Troubadour blickte nachdenklich drein. Er nahm sich ein drittes Stück Kuchen, schnalzte genüsslich mit der Zunge und verschluckte es mit zwei Bissen, während der Opernsänger die Rosinen aus seinem Stück pulte.

»Dieser Arzt, ich werde nicht so richtig schlau daraus, ob er nun gut oder böse ist«, ließ Troubadour Andersson verlauten und trank einen Schluck Kaffee.

»Er ist *beides.*«

»Funktioniert das wirklich … in einem Lustspiel? Müssen die Charaktere da nicht … tja … prägnanter sein?«

»Aber nicht doch! Wenn wir uns zum Proben versammeln, werden Sie sehen, wie ich mir das vorgestellt habe.«

Der Troubadour und der Opernsänger überflogen ein weiteres Mal das Manuskript. Andreas sprach über die Grundidee des Stücks, der Opernsänger wippte mit dem Fuß und nickte, als ob er versuchte, dem Text einen Rhythmus zu entlocken.

»Wer spielt denn das Mädchen … und die Arztgattin?«, wollte Bågenholm wissen.

»Die Geschwister Rost haben eingewilligt, diese Rollen zu übernehmen. Ihr Vater hatte letztes Jahr den Auftrag, die Dramaturgie zu besorgen, hat dieses Jahr aber ablehnen müssen.«

Die beiden Herren wechselten einen Blick, grinsten und räusperten sich. Antworteten im Chor:

»Die Geschwister Rost, wie angenehm. Nun denn.«

Als er sie in ihrem schwarzen Kleid sah, versetzte es ihm einen Stich. Ihr zarter, weißer Schal leuchtete in der Dunkelheit. Seine Stimme brach und wechselte in die Stimmlage eines Knabenchors, als er sie begrüßte und ihr sein Stück überreichte. Seine Wangen brannten, seinen Hals überzog eine flammende Röte.

»Wie ich sehe, sind Sie nervös – nervös, mir etwas Neues aus Ihrer Feder zu präsentieren.«

Sie legte eine beruhigende Hand auf seinen Arm.

Er war auf dem besten Wege, in ihre Arme zu sinken, vollführte stattdessen aber eine seltsame Pirouette, welche ihn beinahe straucheln ließ, und begann daraufhin, auf der Veranda umherzugehen, um ihr die Intrige des Lustspiels zu skizzieren.

»Viele Dialogwechsel muss ich ja nicht gerade beherrschen«, gab sie lakonisch von sich.

Er blieb vor ihr stehen, verwegen nahe, als ob das Stück sie miteinander verband. »Lesen Sie es, ich bin gespannt auf Ihre ehrliche Meinung.«

Amanda nickte, strich über das Manuskript, legte es auf den Tisch.

»Was geschieht, wenn ich es für nichtssagend halte?«

Dass sie immer alles infrage stellen musste!

»Dann sagen Sie das.«

Er setzte sich ganz dicht neben sie.

»Stört es Sie, wenn ich so dicht neben Ihnen rauche?«

»Pfeifengeruch ist mir lieber als jeder Rosenduft.«

Er stopfte die Pfeife, zündete sie an und nahm ein paar tiefe Züge.

»Ich würde selbst gern Pfeife rauchen.«

»Möchten Sie?«

Feierlich überreichte er ihr die Tabakspfeife, die sie unwillig entgegennahm.

»Sie sollten vorsichtiger sein«, gab sie zu bedenken.

»Mag sein, aber das ist mir zuwider.«

Sie tat so, als schmauche sie genüsslich.

»Ich möchte Sie nicht der Gefahr aussetzen … das würde ich mir nie verzeihen.«

Er machte eine ausladende Geste.

»Tun Sie es, Frau, rauchen Sie!«

Sie nahm die Pfeife, führte sie vorsichtig an ihre Lippen. Beide erzitterten aufgrund dieses schicksalhaften Moments. Er ließ den Blick nicht von ihren wohlgeformten Lippen ab, als diese den Pfeifenstiel umschlossen. Hitze brandete durch seinen Körper, wie ein aufflackerndes Fieber.

Sie schloss die Augen und inhalierte den Rauch, hustete kräftig und gab ihm die Pfeife zurück. Er inhalierte tief, ohne zuvor das Mundstück abzuwischen. Nun war es getan – das Schicksal sollte entscheiden.

»Wir proben übermorgen im Kurhaus.«

»Ich werde nicht kommen«, sagte sie streitlustig.

Also nein, nun konnte sie es aber mal gut sein lassen! Was spielte sie da eigentlich für ein Spiel?

Diese resignierte Miene, die er zur Schau trug, die Falte auf seiner Stirn – Zärtlichkeit erfüllte sie.

»Ich komme, wenn es ernst wird, wenn das Stück aufgeführt wird.«

Er bemühte sich, liebenswürdig bestimmt zu klingen, mit einem Doktor-Liljedahl-Tonfall zu sprechen.

»Aber Sie müssen doch proben.«

»Weshalb? Der Tod hat nur eine Replik.«

»Gewiss, aber der Tod muss wissen, wann es Zeit für den Auftritt ist.«

»Beim Tod kann man nie wissen.«

Weshalb neckte sie ihn? Er war erneut verunsichert, sah sie fragend an. Zeigte sie einen Gesichtsausdruck, der sich irgendwie deuten ließ? Nicht soweit er es im Halbdunkel erkennen konnte.

»Nun, dann sagen wir so – Sie kommen am Mittsommertag, kurz bevor der Vorhang fällt.«

Seine Schulter streifte die ihre, es durchzuckte ihn. Er wollte nichts lieber als sich umdrehen und sie fest in die Arme schließen. Was sollte er sagen?

»Wollen wir zur Eisenquelle spazieren?«

»Heute Nacht nicht. Meine Beine haben so wenig Standvermögen wie ein Grashalm.«

Sie streckte die Beine aus, entblößte ihre zierlichen Fußknöchel, die so zart waren wie Handgelenke.

Er lehnte sich vor, umarmte sie vorsichtig. Das Fenster über ihnen wurde mit einem Knall verriegelt. Sie schlossen die Augen und blieben so sitzen, bis der Buchfink erwachte und sich die Badewärterin in der Morgendämmerung abzeichnete.

Am Mittsommermorgen fühlte er sich so gesund und munter wie lange nicht mehr. Er hatte die ganze Nacht durchgeschlafen, die Kopfschmerzen waren verflogen, und er war leichten Sinnes – ja, er konnte sogar noch faul im Bett liegen bleiben, bis die Badewärterin mit ihrem feuchten Umschlag anrückte. Er griff nach Feder und Notizheft, setzte sich auf, legte sich als behelfsmäßigen Schreibtisch ein Tablett auf den Schoß, horchte in sich hinein und meinte, dort einen Gebirgsbach rauschen zu hören. Vor sich hin summend, brachte er ein wirklich gelungenes Gedicht über einen Hasen und ein Kaninchen zustande, die sich auf einer blühenden Juniwiese begegneten. Ein albernes Scherzgedicht, aber dergleichen musste es schließlich auch geben.

Tja, die Proben des gestrigen Abends – die Skepsis des Opernsängers und des Troubadours, beide wollten die Rolle des Sensenmannes streichen. Die von den Geschwistern Rost geäußerten Bedenken anlässlich der Kussszene … Wie er ihnen zugehört hatte und ihnen anschließend ruhig und überzeugend seine Vision dargelegt hatte. Die restlichen Proben waren die reinste Freude gewesen; die Darsteller hatten Vergnügen an ihren Rollen gefunden, und die Stimmung in der Truppe war aufgeräumt gewesen. Er hatte eine entschiedene und zugleich sanfte Hand mit den Mitwirkenden bewiesen, wie es sich für einen fähigen Regisseur geziemte. Er war äußerst zufrieden mit sich, und wann hatte er das zuletzt von sich behaupten können?

Das Frühstück würde ihm an einem Tag wie diesem sicherlich schmecken. Er öffnete das Fenster und spürte ein laues Lüftchen. Im Park lagen Haufen mit Birkenlaub und Blumenkränze, geflochten aus Margeriten und Storchenschnabel. Eine große Mittsommerstange wurde soeben aufgestellt. Er freute sich wirklich auf das Fest. Wann hatte er zuletzt getanzt? Polka und die Volkstänze Snoa und Hambo? Wie lustig es sein würde, sich mit einer Dame im Kreise zu drehen, bis es einen schwindelte. Mittlerweile war es einen Monat her, dass er zuletzt eine Frau im Arm gehalten und gespürt hatte, wie sich unter ihrem Atem ihr Brustkorb hob und senkte.

Die Fenster des Kurhauses standen weit offen, das Klirren von Glas und Porzellan und fröhliche Stimmen waren zu hören. Spielleute stimmten ihre Geigen und Sackpfeifen, ein Wagen hielt vor dem Speisesaal, Heringsfässer wurden hineingetragen. Diesmal also Hering ohne Schnaps. Würde es so kommen? Er hatte noch nie ein Mittsommerfest besucht, auf dem es nüchtern zuging, hatte auch noch nie Mittsommer mit hohläugigen Unterernährten, wirren Morphinisten, schmerzgekrümmten Syphiliskranken mit eitrigen Geschwüren und Veitstänzern mit Spasmen gefeiert.

Menschen, die wie kranke Tiere das Wasser suchten.

Er hatte Durst.

An der Chinesischen Quelle stand Ingenieur Stenström und plauderte mit einer frisch eingetroffenen, so strammen wie schicken Florentinerin; einer Witwe, wie sich zeigte. Andreas grüßte, küsste ihr die Hand.

»Welch üppiges Grün«, sagte die Italienerin in gebrochenem Englisch und drehte ihren weißen Sonnenschirm.

Sie pries den Park und ihre schwedischen Freunde, die sie nach einer schweren Zeit der Trauer hierher mitgenommen hatten, um sich zu kurieren.

»Aber zwei Dinge machen mir Kummer. Zum einen – ich habe meine Überziehstiefel nicht eingepackt. Der Park ist stellenweise doch sehr sumpfig.«

Sie wies auf ihre hellen, modischen Stiefel und auf ihren lehmigen Absatz, der in den morastigen Boden einsank.

Die Herren bekundeten höflich ihr Entsetzen und ihr Mitgefühl, schlugen vor, sich Überzieher aus der Hauptstadt kommen zu lassen.

»Und dann wäre da diese Sache mit den Tischgetränken – ich kann mich nicht entsinnen, in erwachsenem Alter jemals diniert zu haben, ohne dazu auch nur einen Tropfen Rotwein zu trinken. Ich werde ein ernstes Wort mit Doktor Liljedahl reden müssen. Nichtsdestotrotz werde ich wohl drei Wochen bleiben.«

Stenström erwiderte, dass er ihr bedauerlicherweise nicht

helfen könne, er lebe aus religiösen Gründen abstinent. Andreas hätte sich ähnlich zur Nüchternheit äußern müssen, aussprechen müssen, dass er sich dafür entschieden habe, brachte es aber nicht über sich, wollte sich selbst nicht mit Enthaltsamkeit in Verbindung bringen. Das wäre wie über einen Fremden zu reden.

»Ich bringe morgen ein Lustspiel auf die Bühne, weshalb ich mich wohl an Wasser halten muss.«

»Hat Gott auch Ihnen das Trinken untersagt?«

»An Gott glaube ich nicht, wohl aber an meine Ehefrau – sie hat mir ein Ultimatum gestellt.«

»Gott und die Frauen verlangen viel«, bemerkte die Florentinerin und entschuldigte sich, sie habe einen Termin bei Doktor Liljedahl.

Andreas ging weiter zum Speisesaal, wo er zwei dicke Leberpastetenstullen mit Salzgurke aß. Er kaute gemächlich, fürchtete die übliche Reaktion, die Rebellion des Körpers gegen die Nahrung, dass dieser von sich stieß, was er am nötigsten brauchte. Wie ein der Liebe Beraubter, dem viel zu spät im Leben das Glück zuteil wurde.

Sein Blick wanderte zum Fenster. Der zuckende Gang des Veitstänzers dort draußen … ihn durchfuhr eine Form von zärtlicher Bewunderung, ja, sogar Liebe für den Entstellten: jeder Schritt ein Kampf, ein Akt großartiger Anstrengung. Er hoffte, dass man den Mann im Park in Frieden lassen würde.

Das Stimmengewirr mehrerer hundert mittsommerfeiernder Menschen stieg vom Park in den hellblauen Sommerhimmel – fein gekleidete Badegäste, Bauern aus dem Dorf sowie Gutsbesitzer aus den umliegenden Dörfern, Arbeiter und Arbeiterinnen. Ein Durcheinander von Dorftrachten, Fliegen, gestärkten Hemdkragen und zarten Sommerkleidern – weißen, blumengemusterten, hellblauen. Margeriten in Hochsteckfrisuren, ausgelassene Kinder, die um die Mittsommerstange herumwirbelten und denen schon schwindelig war, bevor die Feier überhaupt begann. Alle wurden zu Hering und Kartoffeln eingeladen und setzten sich an den langen Tisch, der mit Pfingstrosen und weißem und lilafarbenem Flieder in großen Blumenvasen geschmückt war. Limonade und Rhabarbersaft waren – abgesehen vom Brunnenwasser – das Hauptgetränk.

Doktor Liljedahl ließ seinen Sekretär eine Glocke läuten. Nun würde er die Willkommensrede halten. Er stellte sich vor die Chinesische Quelle und ließ sich ein großes Glas Wasser einschenken, das er auf das Pavillongeländer stellte. Das Palaver verstummte. Ob die Stimme des Doktors wohl über den ganzen Park tragen würde?

»Meine Damen und Herren, verehrte Gäste, Dorfbewohner, Arbeiter, die ihr diesen heilsamen, paradiesischen Platz auf Erden tragt – ihr alle, die ihr im Dienste der Volksgesundheit arbeitet, schlechten Gewohnheiten und ungesunden Gelüsten wehrt, seid mir an diesem strahlenden Mittsommerabend herzlich und aufs Wärmste in Augustenbad willkommen! In diesem Jahr ist der Wettergott auf unserer Seite. Diejenigen unter euch, die im vorigen Jahr hier gewesen sind, erinnern sich gewiss noch an die Wolkenbrüche, die uns da heimgesucht haben. Ja, selbst für mich gibt es ein Zuviel an Wasser.«

Fröhliches Gelächter und Gejohle wurde laut. Liljedahl nahm das Glas zur Hand und hob es in die Luft, während die zahlreichen Gäste es ihm gleichtaten.

»Meine Freunde! Denkt daran, dass dem Wasser für den heutigen Tag die größte Wirkung nachgesagt wird. Nehmt die Gelegenheit wahr, dieses Mittsommerwasser zu trinken, und spürt, welche Kraft es euch schenkt. Ihr wisst sicherlich, dass man in der Mittsommernacht dreimal von West nach Ost eine Quelle umrunden soll. Wenn man dann in das Wasser des Brunnens hinabsieht, soll man das Bild seines oder seiner Zukünftigen erblicken.«

Sein Blick ruhte auf der versammelten Gästeschar, während er das Glas mit einer ausladenden Bewegung von links nach rechts schwenkte.

»Lasst uns auf Augustenbads wundersames Quellwasser anstoßen!«

Alle nahmen einen Schluck. Andreas stand das Bild vor Augen, wie sich zur selben Zeit ein mittlerer Wasserfall in dreihundert Kehlen ergoss. Liljedahl hob erneut sein Glas.

»Möget ihr euch alle guter Gesundheit und besten Wohlseins erfreuen!«

Nachdem er »Wohlseins« gesagt hatte, bekam Liljedahl einen Hustenanfall; es war ein garstiger Husten, der an seiner Brust zerrte, bis er sich krümmen musste.

Abermals hallte das Prosit der Volksmenge im Park wider. Jemand stimmte ein vierfaches Hurra! an, doch da hatte sich der Doktor bereits in das Bäderkontor zurückgezogen und sich für einen Augenblick auf die Pritsche gelegt.

Andreas bediente sich, nahm vom Hering und den jungen Kartoffeln, denen noch der Geschmack von Erde anhaftete und die ganz frisch und süß schmeckten. Er verfolgte, wie um die Mittsommerstange getanzt wurde, und lächelte den Kindern zu, die im Gras umhertollten, Kreistänze unternahmen und sangen – dicke runde Beinchen neben mageren, krummen. Vielleicht würde Aline und ihm am Ende ja doch noch der Kindersegen zuteilwerden. Schließlich hieß es, dass Quellwasser den Körper durchlässiger machte, obgleich das wahrscheinlich nur für Frauen galt.

Ja, die Frauen … wie entzückend sie heute Abend aussahen! Die Farbenpracht der Dorftrachten ließ ihre Träger wie exotische Vögel wirken – die Damen in roten, in Falten gelegten Wollröcken, grüner Schürze und weißem Kopftuch, die Männer in Kniehosen aus weißem Leinen und mit schwarzem Zylinder. Andreas war erstaunt, wie kleidsam sich diese lächerlichen Kniehosen an den Männern trotz mancher Rundungen ausnahmen. Die Silberspangen ihrer Schuhe funkelten in der Sonne.

Die Italienerin hielt sich an Ingenieur Stenström, welcher eine ganz entzückend verlegene Miene zur Schau trug und von Kopf bis Fuß Wohlwollen ausstrahlte.

Die Glanzbüglerin trug die Speisen auf, konzentriert, aber nicht unfreundlich. Sein Blick folgte ihr, ihrem schlanken Körper. In seiner Fantasie malte er sich aus, wie sie das raffinierte schwarzweiß karierte Kleid der Italienerin trug. Sie würde atemberaubend darin aussehen, ja, die Schönste von allen sein. Ob sie wohl jemals Gelegenheit bekommen würde, solch ein gut geschnittenes Kleid zu tragen? Als sie sich seinem Tischende näherte, rief er ihr zu:

»Ein frohes Mittsommerfest! Haben Sie den ganzen Abend zu tun?«

Als sie ihn sah, hellte sich ihre Miene auf. Hastig grüßte sie ihn, bevor sie sich nervös umsah und mit ihrer Arbeit fortfuhr.

Ihr Anblick machte ihn ganz schwindelig. Die Glanzbüglerin und Amanda hatten sich in seinem Kopf festgesetzt, sie waren gleichsam in ihm lebendig, so wie Aline, selbstverständlich. Sie stand natürlich an erster Stelle, wenngleich sie … verblasste. Er hatte ihre Fotografie vergessen, und mittlerweile hatte er schon seit drei Wochen nicht mehr ihre Stimme gehört. So lange waren sie noch nie voneinander getrennt gewesen, seit sie einander angetraut worden waren.

Es war fast so, als ob die Welt um ihn herum – nun, da er seinen Brummschädel endlich los war – strahlender war. Die

Schritte fielen ihm leicht, sein Kopf war klar – er fühlte sich zu allem fähig!

»Die Arbeiter dürfen nicht behelligt werden, Andreas, nicht an einem Abend wie diesem. Sie müssen unablässig arbeiten, solange das Fest andauert.«

Doktor Liljedahl stand neben ihm und tupfte sich mit einem großen Taschentuch die Schweißperlen von der Stirn.

»Darf ich mich setzen?«

»Selbstverständlich.«

»Tanzt du nicht?«

»Ich warte auf den Paartanz. Die Mittsommerstange ist für die Kinder.«

Liljedahl neigte sich zu ihm hinüber und sagte leise:

»Andreas hat diese Woche keinen Gesprächstermin mit mir vereinbart.«

Er röchelte, nachdem er das gesagt hatte, hustete, räusperte sich.

»Ich war vollauf mit dem Lustspiel und den Proben beschäftigt.«

»Dann ist es ja gut! Ich hatte schon befürchtet, du könntest missmutig sein?«

Dass er eine Sache nicht einmal auf sich beruhen lassen konnte! Konnte er denn nicht einmal Fest Fest sein lassen! Andreas spürte wieder einmal, wie alles in ihm aufbegehrte.

»Nein, weshalb sollte ich?«

»Aline … die Gesundheit, die hiesigen Fazilitäten.«

Er schüttelte den Kopf, Liljedahl tupfte sich erneut die Stirn ab.

»Mir ist in den letzten Tagen das Schreiben leicht von der Hand gegangen, weshalb ich mich körperlich und geistig frisch fühle.«

»Ausgezeichnet. Du fühlst dich also imstande, einen Mittsommerabend zu überstehen?«

»Weshalb sollte ich nicht?«

»Die Versuchungen, Andreas, die Versuchungen.«

Liljedahl nickte vielsagend zur Glanzbüglerin hinüber, gab ihm einen väterlichen Klaps auf die Schulter, erhob sich schwerfällig, hielt sich mit zittrigem Arm am Tisch fest und ging weiter, um als guter Gastgeber mit seinen Gästen zu plaudern. Dazu, das musste Andreas zugeben, besaß er Talent – sich mit Gästen und Arbeitskräften zu unterhalten und ihnen das Gefühl zu geben, als wäre jeder Einzelne von ihnen etwas ganz Besonderes.

Andreas nahm sich eine zweite Portion Hering, erspähte eine unbekannte Flasche auf dem Tisch, hob sie an und musterte das Etikett.

»Dünnbier, wollen Sie ein Glas davon kosten?«

Der ihm gegenüber sitzende Mann stellte sich ihm als Bauer aus dem nahe gelegenen Dorf vor.

»Gerne.«

Göttlich! Ein wohlschmeckendes Getränk, das vorgab, Bier zu sein. Als er das Glas auf einen Schlag leerte, durchströmten ihn Wellen von Wohlbehagen. Welch ein Glücksrausch! Ein richtiges Glas Bier würde jetzt himmlisch schmecken. Er wusste, es würde ihm gelingen, es bei diesem einen Glas zu belassen, seinen himmlischen Geschmack zu kosten und dann aufzuhören – das wusste er einfach.

»Es enthält einen Spritzer Alkohol«, sagte der Mann und blinzelte schelmisch in Richtung des Doktors, während er Andreas noch ein weiteres Glas einschenkte, das dieser rasch hinuntergoss.

Nun spielte die Kapelle mit ihren Fiedeln und Sackpfeifen zum Tanz auf, stimmte erst einen Hambo, dann ein paar Walzer an. Seine Beine zuckten, wen sollte er auffordern? Das vielstimmige Geplapper schwoll an, Erwartung lag in der Luft.

Kleinkinder waren auf ihren Wolldecken und im Schoß ihrer Eltern eingeschlafen, während diese im Takt mit dem Fuß wippten. Die Spielleute musizierten aus Leibeskräften. Er trat vor Frau Rost hin und forderte sie auf. Ihre Töchter gaben indes auf ihre Handtasche acht und sahen mit ungerührter Miene auf die Tanzfläche.

Frau Rosts Hand war groß, kühl und trocken. Ihre Lippen waren schmal, sie wuchsen gleichsam nach innen und wurden noch dazu hinuntergezogen. Sie ähnelte ihren Töchtern nicht sonderlich; deren klare aristokratische Züge mussten vom Vater stammen.

»Ihre Töchter sind sehr begabte Schauspielerinnen, Frau Rost.«

»Das haben sie von meinem Mann«, sagte diese kurz.

Sie tanzte ein wenig steifbeinig, er versuchte spaßeshalber einen Fehltritt einzubauen, damit sie sich etwas entspannte – vergeblich.

»Wie bedauerlich für uns, dass Ihr Gatte dieses Jahr verhindert ist.«

»Er ist sehr rasch erkrankt.«

Sie sprach, als ob sie stenographierte.

»Dann hätte er doch eigentlich hier sein müssen.«

Frau Rost sah ihn bekümmert an.

»Er hat Krebs.«

Krebs heilte Doktor Liljedahl zumindest nicht mit kalten Bädern, er war also nicht völlig von Sinnen, schnaubte Andreas insgeheim.

»Mein Mitgefühl.«

»Die Mädchen haben jeden Sommer ihrer Kindheit hier zugebracht, und ich dachte mir, dass es am besten für sie sei, diese Tradition aufrechtzuerhalten. Was ihren Vater in der nächsten Zeit erwartet, wissen wir nicht.«

»Wir müssen auf das Beste hoffen.«

Wie hohl und leer das klang, doch was sollte er sagen, er kannte Herrn Rost schließlich nicht.

Er bedankte sich mit einer Verbeugung und geleitete Frau Rost zurück zu ihren Töchtern, fühlte sich herrlich benommen vom Tanz.

Er hörte, wie Frau Rost im Flüsterton strenge Ermahnungen an ihre schlaff auf der Bank sitzenden Töchter richtete, Haltung zu bewahren: »Wie sitzt ihr denn nur? Bauch rein, Mädchen!«

»Darf ich später um einen Tanz mit Ihnen bitten? Ich will nur erst einen Spaziergang machen.«

Die Schwestern nickten. Ließ sich dort etwa die Andeutung eines Lächelns erahnen?

Er hielt auf den Laubengang zu, atmete den Duft nach Maiglöckchen ein, der in der lauen Sommerabendluft lag. Da, der glockenhelle Abendgesang der Amsel. Vom Lazarett klangen laute Stimmen, Gesang und Lärm herüber. Er blieb stehen und lauschte – Gläserklirren. Sollte er nachsehen, was sich dort ereignete? Er wusste, dass es sich womöglich nicht schickte – er kam sich vor wie ein Eindringling, wie jemand der feineren Kurgäste der ersten Klasse, der spionieren wollte. Dabei war er im Herzen und im Geiste einer von ihnen, auch wenn er vor vielen Jahren dem harten Leben des arbeitenden Volkes den Rücken gekehrt hatte.

Vorsichtig näherte er sich dem kasernenartigen Gebäude mit seinen acht nebeneinanderliegenden Fenstern im Obergeschoss. Zwei Männer saßen auf der Vortreppe und unterhielten sich, ein Mann spielte Geige, während hinter dem Haus vier Paare das Tanzbein schwangen. Die Männer auf der Treppe standen auf und sahen ihn abwartend an, als er sich näherte.

»Guten Abend. Ich wohne in Gråbo, aber Ihr Fest scheint viel netter zu sein.«

Er trat vor und grüßte.

»Das ist es immer«, sagte der eine Mann kurz und streckte ihm seine raue Hand entgegen.

»Andreas.«

Der Mann war der Jüngste von allen, hoch aufgeschossen und breitschultrig; sein Blick war fest und selbstsicher. Er trug einen schwarzen Filzhut mit abgerundeter Spitze, sein Gesichtsausdruck war fragend. Was für ein Anliegen dieser Gast, der hier erste Klasse wohnte, wohl haben mochte? Was wollte er von ihnen?

»Arbeiten Sie im Kurbad, oder sind Sie ebenfalls Gäste?«

Etwas an Andreas' Art, sie anzusprechen, und seine freundlich blickenden Augen ließen das Misstrauen der Männer schwinden. Seine offene Körpersprache und die empfindsame Zartheit seiner Stimme sagten ihnen, dass der Mann mit den dunklen Locken eine Sorte für sich war. Ein anderer als die üblichen Erstklässler, die sie unfreundlich-überheblich oder nassforsch ansprachen.

»Gäste – von der dreckigsten Sorte«, warf der andere, kleinwüchsige, untersetzte Mann mit einem ironischen Lächeln ein.

Andreas' Blick schweifte über die Fenster im ersten Stock. Hier wohnten gichtbrüchige und abgearbeitete Mägde und Knechte; der hiesige Aufenthalt wurde ihnen durch Gelder der Kirchspiele und Almosen ermöglicht, durch Liljedahls stetige Spendenaktionen.

»Ja, wir knicksen und verbeugen uns jeden Tag vor Dankbarkeit«, ergänzte der Kleinwüchsige grinsend. Er war das genaue Gegenteil des anderen, großen, stattlichen Mannes.

Eine der Frauen kicherte und knickste so tief, dass ihr Hintern beinahe den Boden streifte, verlor dann aber auf ihren mageren Beinen das Gleichgewicht und fiel zu Boden. Eine kräftigere Frau mit einem Blumenkranz im Haar streckte einen Arm aus, zog sie hoch und reichte ihr den Stock, auf den sie angewiesen war und den sie vergessen hatte.

Alle lachten herzlich, sie hatten offenbar schon eine ganze Weile gefeiert und sich nicht um Liljedahls Regeln geschert. Der Ziehharmonikaspieler und der Geiger legten eine Pause ein, weitere Flaschen wurden aus ihren Verstecken geholt.

Andreas stopfte seine Pfeife, in erster Linie, um irgendetwas mit seinen Händen, die zu zittern begonnen hatten, anzufangen. Er konnte seinen Blick nicht von den Flaschen lösen; jetzt nur nicht aufhören zu reden, dachte er.

»Ich bin Ihnen wohl noch nicht im Speisesaal oder an der Quelle begegnet, oder?«

Die Männer wechselten einen Blick und schnaubten.

»Wir haben unsere eigene Allee, unseren eigenen Speiseraum …«

Die magere Frau fügte hinzu:

»… und die Eisenquelle besuchen wir, wenn ihr anderen schlaft.«

Was heißt schon schlafen, dachte Andreas und sog an seiner Pfeife. Er musste an Liljedahls Worte über die Leute vom Lazarett denken – dass die zahlenden Gäste bestmöglich von ihnen abgeschirmt wurden. Er betrachtete die Frau, die ihn mit aufgeweckten Augen ansah. Ihr Gesicht war so runzlig wie eine Rosine, er ahnte jedoch, dass sie nicht viel älter als er selbst sein konnte.

»Aber Sie sind doch gewiss zum Fest eingeladen worden?«

Der junge, hoch aufgeschossene Mann antwortete kurz und verkniffen:

»Ja, wir haben einen Blick auf die Mittsommerstange geworfen, dann sind wir hierher gegangen.«

Andreas' Blick fiel auf den gedeckten Tisch – Wiesenkerbel,

Glockenblumen und Klee in einer Flasche, die als Vase diente. Leere Heringsbüchsen und Kartoffelschalen in Schüsseln.

»Setzen Sie sich«, sagte der Gedrungene und deutete auf die Bänke an der Schmalseite des Hauses, die zum Wald zeigte, sodass man sich ein wenig vor Blicken geschützt einen heimlichen Schluck genehmigen konnte.

»Wollen Sie 'nen Klaren haben?«

Es war, als ob urplötzlich jemand das Rad der Zeit angehalten hätte. Andreas' Körper durchlief ein leises Zittern, wie ein Segel im Wind. So nahe, so nahe war er – der ersehnte, befreiende Trost; wie die zärtlichen Hände der Mutter auf seiner fiebrigen Stirn.

»Wie könnte ich da Nein sagen.«

Die Männer setzten sich auf die Bänke und ließen eine Schnapsflasche herumgehen; alle tranken so feierlich, als ob es sich um Abendmahlwein handelte. Andreas nahm zwei kräftige Schlucke – dieses Brennen, als das Getränk die Kehle hinunterfloss, diese holde Wärme, die sich in Armen und Beinen ausbreitete, Muskeln und Glieder zum Erschlaffen brachte, ja, dieser Lebensfunke, der aufflammte und einem wie die Lebenssäfte im Frühjahr zu Kopfe stieg und einen anschließend träge wie eine Katze machte, die sich genüsslich in der Sonne aalte …

Diese süßen, holden warmen Tropfen.

Endlich wieder verwandelt zu sein.

Er selbst zu sein.

Zu leben.

Die Pulle ging abermals herum, warm und klebrig von den vielen schweißigen Händen, bald war sie leer. Unruhe überfiel ihn – sollte das schon alles gewesen sein? Nein, weitere kühle Flaschen aus dem Erdkeller kamen zum Vorschein. In seinem Durst war jede seiner Poren weit geöffnet, aufnahmebereit, während Samuel, der hochgewachsene Mann, ablehnte. Andreas wurde von Freude erfüllt, der Freude, in Gesellschaft der anderen zu sein. Diese Menschen waren ganz nach seinem Geschmack. So sollte das Leben sein, so wie ein Gedicht. Ja, er wollte seinen neuen Freunden etwas Schönes darbieten! Er erhob sich, schwankte, setzte an, um die erste den Sommer preisende Strophe herauszubringen, doch die Worte saßen gleichsam in seiner Kehle fest.

»Du kannst uns gerne ein anderes Mal etwas vortragen«, bemerkte Samuel höflich.

Die Frau mit den aufgeweckten Augen im Rosinengesicht überredete ihn zu einem Walzer, doch mitten im Tanz machte sich seine Blase bemerkbar, sodass er sich entschuldigte, um sich ein Stückchen abseits im Wald zu erleichtern. Er taumelte und wäre beinahe in ein Himbeergestrüpp gefallen, während er an seinem Hosenknopf herumnestelte. Als er sich umwandte, schlug er den falschen Weg ein, ging im Kreis und kam auf dem Weg hinter dem Lazarett wieder heraus, wo er geradewegs in die Glanzbüglerin hineinlief, die auf dem Nachhauseweg war.

Ihr langer, knabenhafter Körper – er amüsierte sich im Stillen über ihre ausgreifenden Schritte. Ermahnte sich: Reiß dich zusammen! Wenn er wollte, konnte er seine Trunkenheit beherrschen; wenn er überhaupt für irgendetwas eine Begabung besaß, dann dafür.

»Verlassen Sie schon das Fest?«

»Das ist nicht mein Fest«, sprach sie mit störrischer Miene.

»Und wo ist dann Ihr Fest? Erlauben Sie, dass ich Sie dorthin begleite?«

Sachte berührte er ihren Arm.

»Mein Fest … das findet daheim in der Küche statt, mit dem Plätteisen.«

Sie zischte die Worte beinahe, wie man es tut, wenn man sich gehetzt fühlt.

»Ich begleite Sie … und wir bügeln gemeinsam Ihre Wäsche.«

Er bemühte sich, nicht zu nuscheln, was ihm ausnehmend gut gelang, denn sie schien nicht zu merken, dass er betrunken war.

Gütiger Gott – ein Lächeln! Sie lächelte, ja, lachte sogar. Es war ihm gelungen, dieses sauertöpfische Wesen aufzuheitern – eine größere Heldentat, als den Blinden sehen zu machen!

»Nenn mich Maria, ich heiße Maria«, lachte sie, blieb stehen und drehte sich zu ihm um.

»Sie können wahrlich lachen«, sagte er. »Du. Maria. Das hab ich in der Tat zum ersten Mal von dir gehört.«

Sie musterte ihn ernst und sagte mit atemloser Stimme:

»Sie können nicht mitkommen.«

»Andreas, sag Andreas.«

»Aber wir können uns ein Weilchen unterhalten, morgen früh werden die Gäste lange schlafen.«

Sie setzten sich auf einen großen Findling, und er pflückte ein paar prächtige Margeriten, die er ihr mit feierlicher Miene überreichte.

»Danke«, erwiderte sie, nun mit etwas sanfterer Stimme.

Sie stopfte ihr Stirnhaar unter das Kopftuch und fasste die Haare im Nacken zu einem festen Knoten zusammen. Sie war bereit zum Weitergehen. Doch er wollte nicht, dass sie ging, berührte erneut ihren Arm.

»Ich habe deine Mutter heute noch gar nicht gesehen.«

»Sie hilft beim Abwasch und mit der Bedienung.«

»Deine Mutter ist eine großartige Frau.«

Sie wandte ihm den Kopf zu, öffnete sich ihm.

»Mag sein. Aber sie ist unbarmherzig.«

»Vielleicht ist das nötig.«

Sie sah ihn trotzig an, als ob er in heimlichem Einvernehmen mit ihrer Mutter stünde.

»Ich *will* in diesem Herbst aber die Schule besuchen!«

Sie drehte sich zum Lazarett um, wo im Winterhalbjahr im ersten Stock die Volkshochschule betrieben wurde. Ihre Augen verengten sich zu schmalen Schlitzen.

»Die Schule des Doktors, aber Mutter sagt, ich muss arbeiten gehen. Wir alle müssen … sagt sie.«

»Natürlich musst du zur Schule!«

»Wir verlieren das Häuschen, wenn wir nicht alle mit anpacken.«

Sie starrte auf ihre Hände – die schmalen Handgelenke, die rote runde Brandwunde auf dem Handrücken, seufzte tief.

»Gibt es denn niemanden, der ein paar Heller dazugeben könnte?«

»Nicht unter unseresgleichen.«

Er konnte seine Hand nicht zurückhalten; sie führte ein beharrliches Eigenleben und wollte sie berühren, streifte wie zufällig ihre Brust, streichelte ihre Haare – die Strähne, die sich unter ihrem Kopftuch nach draußen gestohlen hatte.

Sie zog das Kopftuch herunter, die zerzausten Haare fielen ihr bis auf die Schultern hinab. Sah ihm in die Augen. Ihre Wolfsaugen – schwindelnd nahe jetzt –, die Lücke zwischen ihren Vorderzähnen … Er wurde zu ihr hingezogen, die Beine gaben unter ihm nach.

»Vielleicht kann ich ja helfen.«

»Du weißt nichts von unserem Leben, wie es aussieht.«

Ihre Stimme hatte einen anklagenden Unterton, brach, so als ob irgendwo die Tränen lauerten.

»Nein, du und deine Mutter, ihr wisst nichts über mich. Wie ich gelebt habe. Bevor ich das wurde, was ich heute bin.«

»Einer von den Erstklässlern?«

Der Spott in ihrer Stimme störte ihn. Aber woher sollte sie es auch wissen, wie sollte irgendjemand wissen können ... auch wenn er selbst dachte, dass man in ihm lesen konnte wie in einem offenen Buch.

»Meine Mutter hat hart gearbeitet, so wie deine. Stand allein mit fünf Kindern da.«

Seine Zunge entglitt ihm. Weshalb hatte er sie angelogen? Aber er wollte doch so gerne, dass sie Sympathie für ihn empfand!

Stattdessen sah sie ihn misstrauisch an.

»Konntest *du* die Schule besuchen?«

»Ja. Letzten Endes kam Geld ... von meinem heimlichen Vater, nun ja, nicht direkt von ihm, aber von seiner Schwester.«

»Weißt du, wer er ist?«

»Nein, das wollte er nicht ... er war eine angesehene Person, kam aus einer Bankiersfamilie.«

»Ich hab meinen einmal, nein, zweimal gesehen. Und von ihm kommt kein Geld.«

Er umfasste ihre Taille, zog sie vorsichtig an sich, wollte sie trösten.

»Ich werde mit deiner Mutter reden«, sagte er in väterlichem Ton.

Plötzlich warf sie sich ihm um den Hals, schluchzte an seiner Brust. Er streichelte ihr über die Haare.

»Schhh, ist ja gut.«

Wie verletzlich sie war, so hilflos hinter ihrer verdrossenen Fassade. Und wie gut sie roch, nach frischem Schweiß; er umarmte sie liebevoll, wiegte sie leise. Nun spürte er, wie ihm der Kopf von Alkohol und Geilheit schwirrte. Sie presste ihren schlanken Körper fester gegen ihn und bohrte die Fingerkuppen in seinen Rücken, ließ ihre Wange auf seinem Jackettrevers ruhen.

Das Wohlbehagen, das ihn nach den Kurzen, die er intus hatte, durchströmte; die bläuliche Dämmerung mit den blassrosa Wolken; das junge Mädchen in seinem Arm – sie gingen ein Stück in den Wald hinein und legten sich im Schutz des Farnkrauts auf ein weiches, trockenes Moosbett.

Nächtliches Tagebuch

Ziehharmonikamusik und Lachen klingen vom Park herüber; Brunftgeheul und Füßestampfen vom Tanzboden. Mit wem er jetzt wohl zur Geigenmusik tanzte? Gewiss mit irgendeinem jungen Bauernmädchen mit vollen, rosigen Wangen; einer Unberührten, noch nicht befleckten, mit offenem, nacktem Blick. Ja, gewiss dreht er sich jetzt im Tanze und atmet ihren süßen, erregenden Schweißgeruch ein – den milden Tau eines jungen Mädchens –, haucht in ihr Ohr, während sein Griff um ihre Taille immer fester wird, eine Hand hüftwärts gleiten lässt, um sich dann sachte immer weiter vorzuwagen.

Ich versuche derweil sein Drama – dieses sogenannte Lustspiel – zu lesen. Es sagt mir rein gar nichts, der junge Herr Dichter ist ein Faiseur. In Gesprächen gibt er sich den Anschein, künstlerisch zu brillieren, doch was sein Handwerk betrifft, ist er seicht, ja, geradezu ein Amateur.

Nun sitze ich hier auf der Veranda und habe mir Baumwolle in die Ohren gestopft, um mir nicht die läppische Spielmannsmusik der umherstolzierenden Musiker, diese müden Tonfolgen der Indolenten anhören zu müssen. Mir wurden Hering und Kartoffeln serviert, ich habe nichts übriggelassen. Nicht weiter verwunderlich, wenn man bedenkt, dass ich ansonsten – während ich darauf warte, dass die Walderdbeeren reifen – mich nur von Äpfeln und Gurken ernähre. Bald ist der Champagner leer. Dieses prickelnde Etwas, das mir für einen flüchtigen Augenblick vorgaukelt, mich bewegen zu können, zu leben. Doch nun habe ich nur noch eine, vielleicht zwei Flaschen. Gleich ist er so kalt, wie ich ihn liebe. Ich muss mehr davon bestellen. Denn welche Genüsse bleiben einem noch, wenn das Essen und die Getränke einem nicht länger zusagen? Das Lesen, vielleicht. Und das Schreiben. Mögen meine Augen noch bis zu meinem Tode ihren Dienst verrichten.

Die Kopfschmerzen konzentrieren sich auf einen harten Punkt in meinem Hinterkopf. Ich summe vor mich hin und rufe den ganzen Hass meines Lebens zu mir.

Ein Mann stapfte in bitterer Märzenkälte durch den Wald. Dick lag der Schnee auf den Bäumen, ihre schweren Äste neigten sich zu Boden. Der Raureif verlieh dem stillen Tod dieser Jahreszeit eine gewisse Schönheit. Das Einzige, was den Mann wärmte, und die wenigen Farben, die in der Natur vorkamen, intensivierte, war – der Branntwein. Es verging kein Tag, an dem er nicht trank, aber was tat das schon zur Sache, war er doch schon so alt, dass es ihn nicht länger scherte, was die anderen von ihm hielten. Seine Kinder waren schon seit langem nicht mehr zu Besuch gekommen, und im Dorf schimpfte ihn die Jugend Ziegenbock. Für wen also sollte er sich waschen?

Nun war alles weiß und vollkommen still. Nur das Gurgeln seines leeren, hungrigen Magens war zu hören, reichte das Geld doch nur für den Alkohol. Plötzlich hatte er in den Schneemassen eine Vision – Sträucher mit kräftigen rosafarbenen, hyazinthenähnlichen Blüten und hellen grünen Blättern. Und das Ende März! Waren sie echt? Oder trieb jemand seinen Scherz mit ihm und ließ Stoffblumen wachsen? Er befühlte sie. Nein, sie waren echt. Er nahm das Klappmesser, schnitt begierig so viele Zweige ab, wie er finden konnte, und lief mit seinem Schatz nach Hause – einem so großen Bukett, dass es ihm kaum gelang, es zu tragen.

Wie schön dieses Frühlingsrosa sein Heim erstrahlen ließ! Ausgehungert nach Farbe, wie er war, schwindelte es ihn geradezu.

Lange betrachtete er den Strauß in der Vase, kippte sich noch mehr fuselfreien Branntwein ins Glas. Die Blüten nahmen sich noch exotischer aus, wo an den Zweigen scharlachrote Beeren wuchsen. Abermals spürte er in seinem Magen den Hunger gurgeln und pflückte ein paar Früchte. Sie ergaben eine ordentliche Portion; er tat noch einen kleinen Schuss Milch hinzu … Die Beeren schmeckten süßsauer. Urplötzlich verspürte er ein scharfes Brennen im Hals, ja, es brannte geradezu fürchterlich! Als er aufstand, um Wasser zu trinken, durchfuhr seinen Magen ein schmerzhafter Stich. Er stürzte zu Boden und wand sich unter Krämpfen, verlor das Bewusstsein.

Es sollte eine Woche dauern, bis die Nachbarsfrau ahnte, dass etwas nicht mit rechten Dingen zuging, als immerzu noch mehr Schnee fiel, aber niemand ihn wegschaufelte. Ihr Mann verschaffte sich gewaltsam Zutritt zur Küche des Alten. Auf dem Fußboden, inmitten von gräulichem Gestank, lag er in grotesk verdrehter Stellung. Der Blick der Nachbarsfrau wanderte zu dem großen Bukett Kellerhals auf dem Tisch, und sie dachte bei sich: Sechs Beeren töten einen Wolf.

Sie hatten Abschied voneinander genommen. Unruhig hielt sie Ausschau nach ihrem Korb, sie konnte sich nicht erinnern, wo sie ihn abgestellt hatte. Lange suchten sie den Weg ab und durchkämmten das Eichengestrüpp, doch er blieb verschwunden. Jemand musste ihn mitgenommen haben.

»Nun werde ich meine Arbeit verlieren«, wimmerte sie.

Er versuchte sie zu trösten, sagte, dass vermutlich jemand von der Badeanstalt den Korb in seine Obhut genommen hatte, aber sie wirkte zunehmend panischer, schlug um sich und eilte davon. Er rief ihr nach, sagte vor sich hin:

»Ich verspreche dir, danach zu suchen …«

Langsam ging er zum Park zurück, las unterwegs ihr Kopftuch auf und stopfte es in seine Rocktasche. Auf qualvolle Weise wurde er wieder nüchtern; ein heftiger Kopfschmerz pulsierte in seinen Schläfen. Die Musik, das Gelächter, das Aufstampfen der Tänzer, alle Geräusche verstärkten sich, ja, das Gejohle überfiel ihn geradezu. Ein paar Bauernburschen lieferten sich mit einem Jungen aus Gråbo eine Schlägerei, wahrscheinlich war es jener, der nachts immer so wimmerte. Daneben standen einige Bauernmädchen und hielten sich erschrocken die Hände vors Gesicht.

Nein, hier wollte er nicht sein, er wollte zu ihr, der anderen, dem Rotschopf. Er schlug den Weg zum Paradies ein, fand eine Flasche im Graben, schüttelte sie – ein Tropfen war noch drin. Er öffnete und leerte sie. Pfui Deiwel, war das Zeug stark, was war das nur?

Tosend schwemmte der Bach eine weißschäumende Gischt heran.

Sie hatte sich darauf gefreut, an trockenem, teurem Champagner aus einem langstielig geblasenen Kristallglas zu nippen. Die Augen zu schließen, den belebenden Schaumwein an die Lippen zu führen, das Geschwür auf der Wange in Schaum zu baden. Doch nein – sie bekam den Korken nicht heraus, für ihre kraftlosen Arme und Hände saß er zu fest. Passanten um Hilfe zu bitten wagte sie nicht, wollte sie sich doch nicht die Blöße geben, beim Trinken erwischt zu werden. Also saß sie mit der Flasche da und mühte sich wiederholt damit ab, sie zu öffnen. Sie betrachtete ihre Hände, die langen, schlanken Finger. Sie hatte an Kraft eingebüßt. Im Mund verspürte sie einen Geschmack nach Tinte.

Die Geigenmusik war einschläfernd, das Stimmengemurmel schwächte sich schließlich zu einem Laut ab, den sie weniger mit Menschen als mit Missgeburten in Verbindung brachte. Sie stellte die Flasche auf den Boden und legte die Beine auf die Bank. Starrte leer vor sich hin und nickte schließlich ein.

Sie wurde davon wach, dass der Kies knirschte. Rasche Schritte näherten sich. Vergebens versuchte sie, ihre Beine zu bewegen; sie glichen zwei Steinsäulen. Er war es. So nahe, dass sie das Weiß in seinen Augen sehen konnte. Stand in weißem, schmutzigem Hemd und mit zerzausten Locken vor ihr. Etwas Unruhiges, beinahe Gehetztes lag in seinem Blick. Sein Jackett war zerknautscht, die Fliege ein Stück Putzwolle. Seufzend, den Kopf in die Hände gestützt, ließ er sich neben ihr nieder. Sie bemerkte seine Fahne.

»Wie steht es?«

Er antwortete mit einem weiteren Seufzer.

»Sie haben also gegen die Regeln verstoßen?«

Sie sagte es neckisch, ohne Schuldzuweisung.

Er sah sie an; etwas Schwermütiges, Niedergeschlagenes umgab ihn.

»Ich habe gegen alles, wirklich alles, verstoßen.«

Er lehnte sich zurück, bis er mehr lag denn saß, wie ein sich lümmelnder Bursche. Sie nahm ihn liebevoll in den Arm.

»Also, welche schlimmen Verbrechen gegen die Menschheit haben Sie verübt?«

»Die schwersten.«

Wenn er Pech hatte, würde es zur Scheidung kommen, das Letzte, was seine Mutter sich für ihn wünschte. Er durfte nicht alles in die Binsen gehen lassen. Wenn das geschah, würde ihn niemand mehr retten können. Er musste von jetzt an seiner Mutter treu sein, sich am Riemen reißen. Er gab einen klagenden Laut von sich, wie ein kleines Kind, einen Laut, der sie erschrocken die Hand zurückziehen ließ.

Sie packte ihr Bein und hob es mit beiden Händen an, um es

auf den Fußboden zu stellen. Auffallend fahrig half er ihr zu sitzender Stellung auf. Sein Blick fiel auf die Flasche am Boden. Mit verwunderter Miene zeigte er darauf; ein Lichtschein umgab ihn, als ob er einen Engel erblickt hätte.

Sie stellte die Flasche auf den Tisch.

»Es ist meine. Aber der Korken sitzt zu fest.«

Er stieß ein sonderbares, freudiges Gurgelgeräusch aus, das aus dem Bauch kam und langsam aufstieg.

»Champagner im Gefängnisloch.«

»Ich kenne Liljedahl von früher her, mein Mann und er waren Jugendfreunde.«

»Also sind Sie von den Regeln ausgenommen.«

Er riss die Flasche an sich und machte Anstalten, sie zu öffnen. Sie gebot ihm nachdrücklich Einhalt.

»Ich würde es mir nie verzeihen, wenn Sie …«

»Lasst die Verdammten bekommen, was sie verdienen.«

Er sagte es barsch, öffnete die Flasche jedoch mit Vorsicht, ohne Knall, wodurch nur sehr wenige Tropfen des Champagners verloren gingen. Das Glas füllte sich mit dem zischenden Getränk.

Jeder trank von einer Seite des Glases; Wohlbehagen durchströmte ihn.

Seine Schmerzen verstummten, das Schuldgefühl flog davon.

»Ein Prosit auf den sonderbarsten Mittsommerabend meines Lebens«, sagte er.

Sie hob das Glas.

»Und meines«, erwiderte sie und nahm einen Schluck.

»Jetzt sind wir miteinander verbunden«, bemerkte er und musterte sie ungeniert – ihre weißschimmernde Haut, die lange gerade Nase, das volle Haar.

»Wie schön Sie sind!«

Sie tätschelte seine Schulter.

»Champagner kann einem so manches vorgaukeln.«

»Glauben Sie mir.«

In ihm war alles ein einziges Jubilieren, so musste das Leben sein! Das Perlen des Champagners, ihre Lippen. Langsam, den Blick auf ihren Amorbogen gerichtet, näherte er sich ihr, gab vor, die Wunde auf ihrer Wange und die rostbraunen Flecken auf ihrer Stirn nicht zu bemerken. Sie hob die Hand und streichelte seine Haare. Zupfte kleine Zweige, Fichtennadeln und Gras heraus, die sich in den Locken verfangen hatten.

Er sah ihr in die Augen. Was sah er? Etwas lag darin, etwas, was ihm galt, aber es war verschwommen; die Veranda schaukelte auf dem Meer.

Er trank das göttliche Getränk direkt aus der Flasche, füllte ihr Glas nach. Kippte seines hinunter, dann war es leer. Dieses beschwerliche Danach. Der Garten schien ihm von schillernden Farben erleuchtet.

Lange saßen sie schweigend da und staunten, bis Andreas' Augen klein wurden. Er blinzelte müde und kauerte sich wie ein Vogel in seinem Käfig auf der Bank zusammen – das Kinn schlummernd auf die Brust gesunken.

Sie legte seine Beine auf die Bank und breitete eine Decke über ihn. Sah in den heller werdenden Himmel. Die Apfelbäume drehten sich im Kreis.

Er erwachte mit verklebtem Mund in seinem Bett, mit Paukenschlägen im Kopf und zuckenden Blitzen vor den Augen. Das Zimmer war stickig und voller Mücken; saurer Gestank von Erbrochenem lag in der Luft. Ihm wurde übel, er schluckte ein ums andere Mal. Die Sonne schien ihm direkt ins Gesicht. Er hatte vergessen, die Gardinen vorzuziehen und war voll bekleidet auf dem Bett eingeschlafen. Sein Hemd war fleckig und schweißnass. Er stank wie ein, ja, genau, wie ein Saufigel. Ein Leuchtfeuer bruchstückhafter Erinnerungen blitzte auf – die tränenfeuchten Augen der Glanzbüglerin; Amanda, am Champagner nippend, seine Haare streichelnd. Was war dann geschehen? Alles lag unter einem undurchdringlichen Schleier.

Im Zimmer atmete jemand. War sie bei ihm? Er öffnete seine verquollenen Augen. An seiner Seite saß ein grimmiger Doktor Liljedahl, der sich ein Taschentuch vor die Nase hielt.

»Guten Abend, lieber Andreas. Es ist acht Uhr und Sie haben das Lustspiel versäumt. Sie zu wecken war ein gänzlich unmögliches Unterfangen. Sie sind sehr krank gewesen.«

Er merkte nicht, dass der Doktor ihn siezte, setzte sich im Bett auf und glaubte, sein Kopf würde zerspringen. Liljedahl!

»Sie haben wahrlich etwas angerichtet, mein guter Andreas. Ihr gereinigter Körper ist abermals voller Gift. Sie müssen wieder von vorn anfangen.«

Liljedahl, der Quälgeist, sein Tonfall brachte ihn zum Wiehern. Er versuchte mit Nachdruck zu antworten, doch seine Stimme war so angegriffen, dass sie wie ein Winseln klang.

»Ich werde alles, was ich besitze, in die Armenkasse tun.«

Allein diese wenigen Worte zu sagen war eine Kraftanstrengung, die ihn beinahe die Besinnung verlieren ließ, was Doktor Liljedahl jedoch kaum milde stimmte, im Gegenteil, seine Stimme wurde noch kälter.

»Scherze können Sie sich in Ihrer Lage nicht erlauben. Die Leute hatten bereits Eintrittsbilletts erstanden und waren erbost. Uns ist es jedoch gelungen, als erfrischende Improvisation musikalische Auftritte darzubieten. Zu unserem Glück stellte sich heraus, dass die beiden Rost-Mädchen gefällige Stimmen hatten.«

Jetzt bekam er doch tatsächlich einen Hieb des Schuldschwertes zu spüren, es brannte. Er versuchte, dem Doktor in die Augen zu sehen, aber dessen Blick blieb gesenkt.

»Ich weiß, dass ich ein Lump bin.«

Liljedahl erhob sich und wandte sich zur Tür, sah ihn streng an.

»Ich war in der Tat beunruhigt, dass Sie uns verloren gegangen wären, so schlimm stand es um Sie. Sie haben gegen eine Menge Regeln verstoßen, Sie werden sich ins Zeug legen müssen, um Ihren Ruf wiederherzustellen.«

Panik erfasste ihn – hatten sie ihn bei ihr gefunden?

»Wo haben Sie mich …?«

»Der Länge nach unter der Bank liegend, auf der Insel der Glückseligkeit.«

Die ganze Nacht hindurch schwankte das Zimmer; die Betttücher waren klamm in der südländischen Hitzewelle, die durch ihn hindurchbrandete. Er ächzte und stöhnte über seine Kopfschmerzen und trank Unmengen von Wasser. Das Fenster weit zu öffnen half nichts, statt der ersehnten Kühle kamen die Mücken. Er war dabei, zu ersticken, und sollte eigentlich hinausgehen, um eine Prise Luft zu schnuppern, lag aber da wie gelähmt. Wollte niemandem begegnen, nein, er gedachte für den Rest seines Lebens zu schweigen. Tausend schwarzzottige Teufelchen stachen mit Feuerhaken auf die empfindlichsten Teile seines Körpers ein.

Bilder vom Mittsommerabend flimmerten vor seinem inneren Auge vorüber – der magere Körper unter ihm, ihr mädchenhaftes Wimmern. Amandas Mund und die herrlichen Schaumperlen. Das Glücksgefühl, das er beim Schlucken des Getränks verspürt hatte. Das Zusammengehörigkeitsgefühl mit ihr, so intensiv und überwältigend. Wie unter Geschwistern? Liebenden?

Dann blies jemand das Licht aus.

Der ganze Sonntag verschwand im Nebel, und im Zimmer nebenan klang das Jammern eines Leidensgefährten wie eine panische Waldtaube.

Oder war er es, der diese Laute ausstieß?

Was Aline wohl gerade machte? Zum ersten Mal seit langem vermisste er sie, vermisste ihre Verlässlichkeit und die Ruhe, die sie ausstrahlte. So fremd erschien sie ihm jetzt mit ihrer ausgeprägten Fröhlichkeit, ihrer anziehenden Leichtigkeit.

Welche Farbe hatten ihre Augen noch gleich – ach ja, grün, natürlich!

Wie die der Mutter. Oh, wie er sich nach ihr sehnte! Wie sie ihn unverzüglich ermuntert hatte, Dichter zu werden, so selbstverständlich überzeugt von der Begabung und der Auserwähltheit ihres Sohnes. »Kleiner Prinz« hatte sie ihn genannt, wann immer er blau und grün geprügelt vom Hof hereingekommen war, hatte ihm zu verstehen gegeben, dass die anderen Knaben ihn schlugen, weil er etwas Besonderes war. Alle Jungen, die Wörtern statt Fäusten den Vorzug gäben, bekämen Prügel, so sei das immer schon gewesen, er müsse nur durchhalten, seine Zeit würde kommen, hatte sie gesagt und ihm warme Milch gekocht.

Und wie sehr es sie bekümmert hatte, als sie erkennen musste, dass ihr kleiner Prinz sich tagtäglich Trinkgelagen hingab. Die Sorgenfalte, die sich zwischen ihren Augenbrauen gebildet hatte, quälte ihn.

Ja, es schmerzte, dass sie nicht mehr für ihn da war.

Sie hatte schon vor langer Zeit aufgehört, ihm zu schreiben.

Ein Klopfen an der Tür. »Herr Öman, sind Sie da?« Diese Stimme, sie schien Teil seines Traumes zu sein. Der Raum war in helles Licht getaucht. Er saß mit Künstlern, Schriftstellern und Kritikern an der Bar des Grandhotels. Alle suchten seine Nähe, angezogen von seiner Strahlkraft, alle wollten nur mit ihm sprechen, seine neue, hochgelobte Gedichtsammlung preisen. Ihm, dem Erfolgsgewohnten, kribbelte es im Bauch, als er eine junge, gertenschlanke Frau mit schräg stehenden Augen bemerkte, die seinen Blick aufzufangen versuchte und einen Hitzestrahl aussandte, dass ihm heiß wurde und ihm der Kopf schwirrte. Er zog an seinem gestärkten Kragen, der höllisch kratzte, während sie in sein Ohr hauchte: Den können Sie niemals mehr abnehmen.

»Hallo, Herr Öman!«

Es war beinahe schmerzhaft, aus dem Traum zu treten und von dem gleißenden Sonnenlicht, das durch den Spalt zwischen den Gardinen fiel, getroffen zu werden.

»Kommen Sie herein.«

Sie trat samt Tüchern und Zubern ein.

»Guten Morgen.«

Als er die dunkle, liebenswürdige Stimme der Badewärterin vernahm, durchzuckte ihn ein starkes Unbehagen. Plötzlich war er hellwach. Ahnte sie etwas? Die überstürzte Flucht ihrer Tochter durch den Wald – ob Maria es bereute? Was wusste ihre Mutter, die nun vor ihm stand?

Er räusperte sich, um seine schlaftrunkene Stimme zu klären.

»Guten Morgen.«

»Wie geht es dem Herrn Öman?«

»Wie ich es verdiene.«

Sie setzte den Korb mit den Tüchern ab.

»Wie mir zu Ohren gekommen ist, sind Sie ernstlich krank gewesen.«

»Selbstverschuldet. Wie geht es Ihnen selbst?«

»Ach, danke, ich habe bisher kaum Luft geschöpft. Das Mittsommerfest hat einem so manches abverlangt.«

Er hielt den Atem an, erbebte in Erwartung dessen, was jetzt folgen würde. Wusste sie Bescheid? Ein wenig nervös hakte er nach:

»Inwiefern?«

»Wir haben so hart gearbeitet, bis wir mit unseren Kräften völlig am Ende waren. Aber es war schön, die Fröhlichkeit aller Gäste mit anzusehen.«

Als sie das Leinentuch um ihn wickelte, hätte er sie am liebsten umarmt, an ihrem mütterlichen, rundlichen Leib Trost gesucht, an ihre Brust gelehnt Gemütsruhe gefunden und sie um Verzeihung gebeten.

Er nahm all seinen Mut zusammen.

»Ihre Tochter … ist mit ihr alles in Ordnung?«

Sie hielt mitten beim Wickeln der feuchten Leinentücher inne. Sah aus dem Fenster ins Leere, antwortete kurz angebunden.

»Sie ist krank.«

»Ach so … was fehlt ihr denn?«

»Ach, Maria – sie fantasiert, will aufhören zu arbeiten, fort aus dem Dorf, obgleich sie einen Verlobten hat, weiß aber nicht, wohin. Dabei hat sie keine einzige Krone, wie ihre Mutter halt.«

Ein Verlobter, verflixt aber auch, durchfuhr es ihn kalt. Um wen handelte es sich, er musste es wissen. Wie hätte er ahnen können, dass sie bereits verlobt war?

»Kann ich Ihnen vielleicht behilflich sein und Ihnen zum Herbst hin einen kleinen Zuschuss für den Schulbesuch senden?«

»Sie sind ja von Sinnen! Wie sollte ich das jemals annehmen können?«

»Indem Sie die Hand ausstrecken. Und dann vergessen wir das Ganze.«

Sie straffte sich und presste die Lippen aufeinander. Jetzt

hatte sie schon wieder zu viel gesagt, hatte von den Ihren daheim geschwätzt. Irgendetwas an dem Vertrauen erweckenden Ton und dem treuen Blick des jungen Herrn Öman brachte sie dazu, offenherzig zu sein, wo sie doch ansonsten so auf der Hut war.

»Sie sind zu freundlich … ich muss darüber nachdenken. Es macht keinen guten Eindruck, wenn wir Badebediensteten aus den Händen der Gäste Almosen annehmen.«

»Es muss ja niemand erfahren, und freundlich ist das Letzte, was ich … aber wann immer ich Sie sehe, sehe ich meine Mutter vor mir, wenn Sie entschuldigen – Sie sind natürlich nicht so alt wie sie. Meine Mutter hat ebenso hart wie Sie gearbeitet, sie hatte aber nur ein Kind.«

Überrascht sah sie ihn an. Hielt er sie zum Besten? Nein, dafür war er nicht der Typ, das hatte sie im Gefühl.

»Wie ist aus Ihnen dann so ein … nun ja, einer aus der Herrschaft geworden?«

Er zwinkerte ihr zu.

»Daran ist mein appetitliches Äußeres schuld.«

Sie musste lächeln, eine zarte Röte überzog ihre Wangen.

»Aber vor allem habe ich das meiner liebevollen Mutter zu verdanken.«

Sie nickte. Tätschelte dem bandagierten Mann beinahe zärtlich den Arm.

Als sie sich zum Gehen wandte, sagte er mit leiser Stimme vom Bett her:

»Und meinem Glück.«

Ein sonniger, windstiller Morgen ging in einen stürmischen Nachmittag über. Er schleppte sich hinaus; sein Körper fühlte sich elefantenschwer an. Der Boden rings um die Quellen war matschig, dampfte. Mühsam bewegte er sich durch den Laubengang vorwärts; er mied die anderen Gäste, wollte nach der Blamage seine Wunden so ungestört wie möglich lecken, was einige Tage in Anspruch nehmen dürfte. Er blieb an der alten Eiche stehen, deren riesiger, von Adern durchzogener Stamm davon sprach, dass sie schon viele hundert Jahre dort stand. Er ging langsam, fasziniert davon, dass der Wind vereinzelte Zweige eines Baumes erfassen konnte, während sich das übrige Astwerk nicht rührte. Dort drüben wedelte Farnkraut unter einem jähen Windstoß wie ein Fächer hin und her. Es war Regen vorhergesagt, doch offenbar konnte noch nicht einmal das Regenwetter etwas gegen diese hartnäckige Hitzewelle ausrichten.

Als er tiefer in den Wald hineinging, kam er an einen Ort, an dem es intensiv duftete. Er fragte sich, wo der Geruch herkommen mochte, bis er die Moosglöckchen sah, die sich wie ein Teppich ausbreiteten. Er beugte sich hinab und betrachtete die zartstielige rosafarbene Blume, den Däumling im Reich der Blumen. Wie gelang es ihr – mit Stielen dünner als ein Federstrich –, aufrecht zu stehen? Ja, wie vermochten das eigentlich sämtliche Pflanzen? Ein einziger kräftiger Windstoß müsste sie doch sofort umknicken lassen? Vorsichtig pflückte er eine Blume.

Er sollte an Aline schreiben. Doch was? Worte der Liebe waren nicht selbstverständlich. Er setzte sich auf eine Bank und fühlte sich einsam, leer; als ob sein Inneres nur aus einem launenhaften Wind bestünde, und das, obwohl er es war, der sie betrogen hatte. Er hatte gesündigt, und das womöglich nicht nur mit einer. Würde er erfahren, was aus Amanda wurde? Und ob er jetzt die Französische hatte? Seine innere Unruhe wuchs; er musste das Schlimmste, das er sich ausmalte, in Worte fassen.

Würde ihm das Urteil, die Strafe zuteilwerden, ihr Schicksal zu teilen? Die Geschwüre im Hals, der Ausschlag im Gesicht, das Skelett, das zerfressen wurde, zuckende Bewegungen, ein Gehirn, das aufweichte und sich zersetzte. Die Krampfanfälle, sechs Wochen Hungerei, Säfte aus einem Extrakt von Wiesenkerbel und Stechwinden, graue Salbe und die Quecksilbervergiftung. Zumindest war es ein Glück, dass er mit ihr, der Glanzbüglerin Maria, zuerst zusammen gewesen war – und vor ihr lag noch ein langes Leben.

Ein harter Windstoß fegte herbei und riss Wassergläser, Tassen, Papier und Schreibfedern mit sich. Er ging auf sein Zimmer und setzte sich ans Pult, doch unablässig wühlte Rastlosigkeit in ihm, sodass er sich wieder erhob, um in den Park hinunterzusehen, der bis auf wenige Gäste leer war. Alle suchten vor der aufdringlichen Hitze Schutz auf ihren Zimmern und machten wie die Südländer eine Siesta.

Diese Hitze ließ jeden Arbeitswillen erlahmen; ja, sie zwang einen in die Knie, machte alle träge und meschugge, weshalb er auch sein sechs Grad kaltes Folterbad willkommen geheißen hatte und ihn die Schmerzen der vor Kälte erstarrenden Handgelenke wieder munter gemacht hatten. Ja, er hatte sogar sein Allerheiligstes eingetaucht. Abermals befand er sich auf dem Weg der Reinigung; es würde ihm gelingen!

Jetzt flogen ihm die Worte zu, und seine Formulierungen versetzten ihn in Entzücken wie einen Artisten, der einen neuen, schwindelerregenden Winkel aufgetan hatte, in dem er die Beine biegen konnte. Den donnernden Applaus, den sie hervorrufen würden – er konnte ihn bereits hören, ja, er sandte einen freudigen Schauer durch seinen Körper.

Er streckte sich und legte sich auf das Bett. Ihn überkam Lust, ihr das Stück heute Nacht vorzulesen, den Rhythmus zu erproben und währenddessen den wechselnden Ausdruck in ihrem scharfen, wachen Blick zu beobachten, der so unverkennbar war, zumindest im Dämmerlicht war es so. Er glaubte, ihre Reaktion genau vorhersehen zu können. Irgendetwas war im Verlauf seines Aufenthaltes hier mit seiner Dichtung geschehen – er schrieb nur noch für sie, damit sie kaum merkbar nickte, mit dem Fuß wippte und die Augen schloss.

Ingenieur Stenström war er in den vergangenen Tagen aus dem Weg gegangen. Er hatte ihn im Warmbadehaus sitzen gesehen, als er flüchtig hineingespäht hatte; seinen Schmerbauch, der – befreit von der Kleidung – noch ungeheurer wirkte. Er wollte kein Wort an den Ingenieur verschwenden, wollte sich schonen, in ihrer Gegenwart wie neu sein, nicht schon vom Sprechen verbraucht, sondern sich im Dialog mit ihr vorwärts tasten können, ohne ein Wort für selbstverständlich zu halten.

Er wurde immer schläfriger, sein Kopf zunehmend schwerer, bis er in den erlösenden Schlaf hinüberglitt. Als er wach wurde, war es dunkel geworden. Er rasierte sich – eine kleine Schnittwunde nur diesmal –, zog ein frisch gebügeltes Hemd an, welches sich glatt und weich auf der Haut anfühlte. Diese akribische Glanzbüglerin … ihr hübscher Mund, die Süße ihres Atems. Möge sie ihn vergessen können, und möge ihr Verlobter so betört von ihr sein, dass er seinen Stolz hinunterschluckte.

Ein jäher Wetterwechsel kündigte sich an, zum ersten Mal seit langem war es wieder bewölkt. Hoffentlich würde es Regen geben, er drohte allmählich zu ersticken.

Und das, was war das für ein Duft? Vermutlich Flieder vom benachbarten Bauernhof. Ein frischer Wind spielte in seinem Nackenhaar, als er die Anhöhe zum Paradies hinaufging. Es lag schon ein Hauch von Herbst in der Luft, seinem Retter aus diesem Gefängnis. Der Park kam ihm in der Dunkelheit unwirtlich, ja, nahezu unheimlich vor, so wie der Wind an den Bäumen zerrte. Er hatte wahrlich genug von diesem Ort! Musste er wirklich noch weitere sieben Wochen in dieser Tristesse zubringen? Er konnte sich nicht vorstellen, jemals wieder hierher zurückzukehren. Er würde nichts vermissen … doch, würde er – sie. Die Einzige, die er hatte. Die Einzige, die so etwas wie eine Kameradin war?

Er beschleunigte seinen Schritt; unter seinen Schuhen knirschte es, er war auf eine Weinbergschnecke getreten. Es begann zu regnen; leise, erfrischende Tropfen. Als er die Landstraße erreicht hatte und sich der Gartenpforte des Paradieses näherte, spürte er ein erwartungsvolles Ziehen in der Magengrube; es war Vorfreude, er hatte sich nach ihr gesehnt. Der frisch geharkte Kiesweg knirschte unter seinen Füßen, bald, ganz bald, würde sie ihn in die Arme schließen.

Doch etwas war nicht so, wie es sein sollte. Wer saß da auf ihrem Platz? Enttäuscht blieb er abrupt stehen. Es war eine schwarzgekleidete Gestalt, ein magerer Mann mit einer Krücke neben sich. Sein Gesicht war rund, glänzend und aufgedunsen.

»Guten Abend.«

Als Andreas näher trat, hätte er beinahe vor Abscheu aufgeschrien. Direkt an der Treppe stehend, hielt er sich die Hand vor den Mund. Das Gesicht des Mannes war – ja, es war derart grotesk, dass er seine Reaktion nicht verhindern konnte. Er machte zwei Schritte rückwärts.

»Guten Abend.«

Dort, wo einst die Nase gesessen hatte, klaffte ein Loch, so als ob jemand sie weggeätzt hatte.

»Ich schwöre, ich bin nicht so gefährlich, wie ich aussehe.«

Die Stimme klang freundlich, sie hatte einen hellen, beinahe femininen Klang.

Nun stieg Andreas die Treppe hinauf, machte nur einen Schritt, verharrte erneut.

»Ich war nur so … erstaunt. Ich habe nämlich eine Nachricht für Frau Eggerts, sie pflegt hier sonst des Nachts zu sitzen.«

»Frau Eggerts ist heute Vormittag an einem heftigen Fieber erkrankt und wurde von einer Droschke abgeholt.«

»Wissen Sie, wie ernst …«

Er konnte seine heftige Besorgnis nicht verbergen.

»Da müssen Sie morgen Doktor Liljedahl fragen …«

»Ah ja, nun, dann werde ich das tun. Gute Nacht.«

Er wollte schon seinen Strohhut ziehen, als ihm einfiel, dass er barhäuptig war.

Auf dem Nachhauseweg flatterte ein Grünspecht wie ein zusammengeklappter Regenschirm über seinem Kopf. Sein Gezeter traf ihn wie ein Messerstich.

Nun hatten alle Gäste am Tisch Platz genommen, der Hering war serviert worden, und Liljedahl hatte seine traditionelle Mittsommerrede beendet. Als die Stimmen in den wolkenlosen Sommerhimmel stiegen, in dem sich die Schwalben verlustierten, konnte sie endlich einen Augenblick verschnaufen. Ihr war schon übel vor Erschöpfung, und die gleißende Sonne raubte ihr jede Kraft, musste sie doch ständig die Butter, die in den Krügen so rasch dahinschmolz, und den Käse, der so schnell schwitzte und weich wurde, im Blick behalten. Wie viel Essen jetzt verdarb, seitdem der Eisblock geschmolzen war! Ihre Nasenspitze war sonnenverbrannt und spannte, und sie hatte einen bitteren Geschmack nach Abfall im Mund. So wie immer, wenn sie es nicht schaffte, etwas zu essen, weil das Arbeitspensum so hoch war. Und heute war sie sogar kaum dazu gekommen, Wasser zu trinken.

Man stelle sich vor, all dieses Wasser, welches um sie herum sprudelte, aus der Chinesischen Quelle, der Gotischen Quelle, der Eisenquelle, den Duschen, unter der Erde und in den Bächen – fließend, brausend, perlend, schäumend. Wie flink sie nicht mehrere hundert Gäste bediente, die es in der Hitze dürstete. Und was war mit ihr?

Als niemand hinsah, schenkte sie sich ein Glas ein, schlich um die Ecke des Bewegungshauses und trank es in gierigen, gluckernden Schlucken aus, beugte sich vornüber, um das Blut in den Kopf strömen zu lassen, richtete sich wieder auf und verknotete fest ihre Schürze. Zwickte sich in die Wangen, klatschte sie. Im Schutz ihres Verstecks stieg sie aus den Holzschuhen und umfasste ihren geschwollenen Fuß, massierte die wunde Stelle am großen Zeh.

Wie viele Stunden hatte sie jetzt ohne Pause geschuftet? Sie musste die Kraft aufbringen, weiterzumachen; musste an etwas Schönes denken. Am Sonntag in vier Wochen, da würde sie einen ganzen Tag lang frei haben. Samuel hatte ihr versprochen, sie mit zu seinen Eltern nach Äs zu nehmen. Er meinte es ernst mit ihr, sagte er. Aber bis dahin ... ja bis dahin lagen noch unzählige Arbeitsstunden vor ihr.

Also wieder hinein ins Getümmel, wo das Lachen der Gäste immer schriller wurde und die Kinder juchzend im Park umherrannten und Haschen spielten. Der dunkelgelockte Dichter, ein wenig abseits am kurzen Ende der langen Tafel sitzend, winkte ihr zu – diese dunklen Augen und sein schmächtiger Körper ... Seine Fliege saß leicht schief, ein unbestimmtes, ein klein wenig betrübtes Lächeln lag auf seinen Lippen. Er war ein seltsamer Herr, war nicht wie die anderen Gäste. Es lag irgendwie an seiner Stimme, was auch immer es war ... doch, genau, ihr fehlte dieser harsche Ton, den sie zu hören gewohnt war. Jener gebieterische Ton, der sich über Generationen herausgebildet hatte, bei Herrschaften, die schon immer von Dienerscharen umgeben gewesen waren. Sein Blick hatte dagegen etwas, was die anderen aus der ersten Klasse vermissen ließen.

Hinwendung, vielleicht?

Zaghaft winkte sie zurück, wandte sich dann aber ab, wagte es nicht, mit ihm zu sprechen. Doktor Liljedahl sah es nicht gern, wenn die Bediensteten die Gäste belästigten. Der Dichter schwenkte eifrig die Hand. Er und sie ... ihre Wangen wurden heiß, wenn sie daran dachte. Wenn sie ein anderes Leben führen würde, aus einer besseren Familie käme ... dann, ja, dann hätte sie sich neben ihn gesetzt und erzählt, wie es um sie stand. Ihm Vertraulichkeiten ins Ohr geflüstert. Und sie würde einen in Paris gekauften Hut tragen, der mit einer Pfauenfeder geschmückt war.

Seine Augen waren gütig. Nein, das stimmte nicht ganz. Sie waren vielmehr warm und weit offen. Sie spürte seinen Blick auf sich, als sie den Tisch deckte, servierte, abtrug ... er wachte über sie. Die Hitze in ihren Wangen vertiefte sich.

Hoppla! Sie schrie auf, als sie ein Trinkglas fallen ließ, und bückte sich rasch, um es aufzufangen. Es war ganz geblieben, ein Grasbüschel hatte sie gerettet. Jetzt musste sie Doktor Liljedahl kein neues Glas bezahlen, was Schlamperei betraf, war er streng.

Der Blick des Dichters ... so warm und einladend; er sah sie an, als ob er sie schon ewig kannte. Nicht weiter verwunderlich, dass die Mutter ... sie hatte mit Zärtlichkeit von »diesem Dichterjüngling« gesprochen. Nicht zu Beginn, da hatte sie darüber geklagt, wie distanzlos er war, wie redselig, wie angestrengt seine Scherze waren. Was hatte es mit diesen gezwungenen Scherzen der Männer nur auf sich? Es sei so banal wie ein Schnapslied, pflegte die Mutter stets mit gespielt einfältiger Miene zu sagen. Diese Härte, die sie den Männern gegenüber an den Tag legte – hatten sie wirklich keine einzige gute

Seite an sich? Sie, Maria, wollte daran glauben, zumindest was Samuel betraf, von ihm konnte man wirklich nur Gutes denken.

Was sollte der Dichterjüngling denn mit ihr anfangen … einer Badewärterin mittleren Alters, allein mit fünf Kindern – das konnte die Mutter sich freiheraus fragen, quer über den Küchentisch hinweg. Was sollte er da auch noch mit ihr, Maria? Sie sah immer errötend hinab auf das Wachstuch, wenn Mutter sich so albern gebärdete. Fixierte starr den braunen Fleck, den die Glut von Vaters Zigarre dort hinterlassen hatte, an jenem einzigen Mal, da er zu Besuch gekommen war. Was bildete sie sich ein, dieses beinahe schon alt zu nennende Weib? Wie närrisch von ihr!

Doch schon nach ein paar Wochen hatte das Geschwätz über den sonderbaren Andreas andere Züge angenommen. Ja, die Mutter hatte fast zärtlich von ihm gesprochen, wie von einem Sohn. Wie drollig er war, wenn er ins kalte Bad steigen sollte, so empfindlich wie ein kleiner Junge und so unbekümmert darüber, nicht wie ein ganzer Kerl zu erscheinen. Es war offensichtlich gewesen, dass diese gesprächige Memme von Badegast ihr die Arbeit leichter von der Hand gehen ließ. »Er bringt einen zum Lachen«, hatte die Mutter gesagt. Wann hatte sie selbst zuletzt bei der Arbeit etwas zu lachen gehabt? »Das ist geradezu gotteslästerlich!«, hatte die Mutter ergänzt.

Nur gut, dass sie nicht der Versuchung erlegen war, beim Dichter stehenzubleiben und mit ihm zu plaudern, kam doch Doktor Liljedahl – stöhnend, mit watschelndem Gang wie eine Schwangere – hinter ihr hergegangen. Ihr war stets unbehaglich zumute, wenn er sich näherte, sie hielt diese Selbstgefälligkeit, die zur Schau zu tragen er selten unterließ, nicht aus – dass er der Mutter und ihr aus schwerer Not geholfen habe, und das mehr als einmal. Immer wieder rief er ihnen das ins Gedächtnis zurück, nicht einen Augenblick waren sie von der Dankesschuld befreit.

»Du musst dabei helfen, die Waren der Meierin in Empfang zu nehmen, Maria, sie bringt noch mehr Butter und Käse.«

Aus dem Augenwinkel sah sie, dass Liljedahl sich neben den Dichter setzte. Registrierte, wie der Schöngelockte sich beim Anblick des alten, wichtigtuerischen Mannes mit dem schütteren Haar und der schweißnassen Stirn versteifte. Ihr Gespräch war nicht von langer Dauer. Der Doktor ging weiter, um sich mit anderen Badegästen und ausgelassenen Dorfbewohnern zu unterhalten, die jeden Sommer gleichermaßen neugierig waren, welche Badegäste in dieser Saison wohl Glanz im Dorf verbreiten würden. »Welch eine Hitze!« Liljedahl tupfte sich mit einem großen Taschentuch die Stirn ab.

Diskret und beunruhigt behielt sie den Dichter im Auge. Jetzt stand er auf, um zur Kaffeebude hinüberzuschlendern, wo er Ingenieur Stenström und die Italienerin begrüßte. Sie verspürte eine Spur von Neid gegenüber der hübschen Frau mit dem schönen Hut und dem extra für die Sommerfrische angefertigten Kleid, die so selbstverständlich mit zwei Herren plauderte. Woran sie wohl leiden mochte? Ihr Blick war matt, das Gesicht fast maskenhaft starr, ihre Bewegungen verlangsamt, so als ob sie schlafwandeln würde. Maria hatte gelernt, aufgrund des Gesichtsausdruckes, der Gesten und Launen der Badegäste auf ihre Krankheiten zu schließen. Sie verstand sich auf Gicht, Trunksucht, Fallsucht, Syphilis und die Schwindsucht, von der Liljedahl behauptete, dass sie selbst einen Anflug davon habe. Das aber? Mutter würde es sicherlich wissen.

Die Spielleute stimmten vor der provisorisch angelegten, mit Birkenreisig geschmückten Tanzbahn eine Polka an. Ihr gefiel der Tanz, dieses wilde im Kreis Herumwirbeln, ja, sie bekam selbst Lust, sich um Sinn und Verstand zu tanzen und wunde Füße davon zu bekommen. Das musste ein anderer Schmerz sein als der, den einem wunde Arbeitsfüße bescherten.

Sie blieb stehen, träumte vor sich hin, als jemand nach ihr griff. Eine Aufforderung zum Tanz? Nein, es war an der Zeit, die Tische wegzutragen. Schnell fügte sie sich ein und stemmte Tische, wäre dabei fast über ein paar kleine Buben gestolpert, die einem Ball hinterherjagten. Jetzt spielten sie einen Hambo. War er es, der dort tanzte? Mit Frau Rost, ausgerechnet ... welch ungleiches Paar! Sie steif wie ein Brett, er redselig und tanzlustig. Der Mann blubbert gewiss noch im Schlaf!, dachte sie in sich hineinkichernd.

Wann würde sie endlich einmal Mittsommer feiern und in einem schönen Sommerkleid tanzen können? Nächstes Jahr vielleicht? Sie vermochte sich nichts anderes vorzustellen, als dass sie erneut hier stehen und servieren würde. Sollte sie denn etwa in ihrem ganzen Leben nicht einmal an Mittsommer tanzen?

Irgendwann gegen Mitternacht, nachdem die Tische abgeräumt waren, das Geschirr gespült war und die Spielleute zusammengepackt hatten, ging sie, vor Erschöpfung den Tränen nahe, durch den Laubengang nach Hause. Dieser elende Fußknöchel tat höllisch weh, ihre Schultern schmerzten. Jetzt noch sieben verschiedene Sorten Blumen zu pflücken, wie es an Mittsommer Brauch war, dazu brachte sie nicht mehr die Kraft auf. Sie sehnte sich danach, sich auf der Küchenbank auszustrecken, und bereute, dass sie Samuel versprochen hatte, noch einmal am Lazarett vorbeizuschauen. Nun gut – trotz allem war es ja ein besonderer Abend.

In der Dämmerung war die Luft frisch; in der Ferne rief der Kuckuck. Sie blieb stehen und horchte. Der erste Kuckucksruf des Jahres war immer etwas Besonderes, ungefähr so wie die ersten Schneeflocken im Winter. Doch nun wurde der Kuckuck von lautem Geschrei übertönt. Betrunkene Badegäste näherten sich auf dem Weg. Grölend und hochrot im Gesicht taumelten die Männer vorwärts, blieben stehen und ließen eine Flasche kreisen. Ein vergnügter Mann, aus dessen Rocktaschen Flaschen hervorlugten, stimmte einen brüllenden Gesang an – den Vers kannte niemand. Sie band sich das Kopftuch um, ahmte das Unsichtbarkeitsspiel ihrer Mutter nach: *zu Boden starren und den Schritt beschleunigen.*

Es funktionierte.

Sie sah Samuel mit fünf Kameraden auf den Gartenbänken des Lazaretts sitzen und Branntwein aus einer Saftflasche trinken. Sie wurde flugs versteckt, als die Kerle sie von weitem sahen. Sie war sich unschlüssig. Sollte sie hingehen? Sie ertrug heute kein dummes Geplapper mehr. Aber Samuel, der mit Alkohol immer Maß hielt, machte einen respektablen Eindruck. Auf seinem Gesicht machte sich ein Lächeln breit, als er sie erkannte. Er stand auf und empfing sie mit einer Umarmung. Seine Trinkkumpane ließen ein neckisches Pfeifen hören.

Er trug sein feines Jackett – nur sie wusste, dass das Futter zerrissen war – und das weiße Hemd, welches sie ihm gebügelt hatte. Samuel war eigen mit seinen Sachen, ja, geradezu penibel in fast allem.

Spaßeshalber sank sie wie eine Lumpenpuppe mit schlaffen Armen in Samuels Umarmung.

»Ich bin völlig am Ende, muss wohl heim.«

Er lachte und half ihr, sie liebevoll stützend, aus der Lumpenpuppenpose.

»Das kann ich mir vorstellen, nach so einem Höllenritt!«

Sie trat vor und begrüßte die anderen, die vom Trinken ein

wenig wirr zu sein schienen. Die Blumenkränze aus Margeriten wollten bei einigen Frauen partout nicht gerade auf dem Kopf sitzen. Alfhild trug dieses gepunktete Kleid, um das sie sie immer ein wenig beneidete.

Ivan bot ihr seine Flasche an, aber sie lehnte ab. Alfhild fragte, ob sie nicht einen Schluck Kaffee haben wolle, aber sie war zu kaputt. Sie hatten Verständnis für sie, drängten sie jedoch, wenigstens einen Adélekuchen als Wegzehrung mitzunehmen.

Samuel begleitete sie ein Stück des Weges. Als er einen Arm um ihre Schultern legte, kam ihr eine Idee.

»Wir könnten uns morgen früh ein Weilchen sehen. Bevor ich anfange ... wenn du dann nicht zu müde bist.«

Er streichelte ihre Wange, mit Händen, die mit jedem Tag, an dem er im Lazarett weilte, weniger rau waren. Streifte mit dem Zeigefinger ihre Lippen.

»Ich gehe um halb sechs hinunter.«

Ihr Gesicht erhellte sich.

»Gut, dann können wir eine Tasse Kaffee zusammen trinken und ein bisschen reden.«

Er nickte und umarmte sie schnell.

»Schlaf gut. Und versprich mir, in der Mittsommernacht von niemand anderem zu träumen als von mir, sonst bin ich beleidigt.«

»Versprochen.«

Sie wandte sich um und ging zum Laubengang, wo die Birkenstämme im Licht der Mittsommernacht hell leuchteten. Er ging noch ein paar Schritte auf sie zu.

»Und gib auf deinen Korb acht.«

Sie wollte schnell heim und eilte den Weg entlang, so rasch wie es mit einem Korb voller Hemdkragen, Hemdbrüste, Manschetten und Leinentischtüchern aus der Gastwirtschaft eben möglich war. Auf der Höhe von Pershälls Lusthaus schrie ein Mann eine Frau an, die zu lachen anfing und überhaupt nicht mehr aufhören konnte. Bald darauf lachten beide. Wiesenkerbel wuchs dicht an dicht neben der Eichenallee, und in der Kurve, wo sie links, das Brunnengebiet hinter sich lassend, abbog, kam mit schwankendem Gang ein Mann aus dem Wald. Er war stark betrunken, wie es schien, torkelte gleichsam schief den Weg entlang. *Sieh starr zu Boden, umklammere deinen Korb, mach dich unsichtbar.* Als der Mann ihren Namen rief, durchfuhr sie ein Stich. Das war ja er – Andreas. Er blieb stehen, strich sich durch seine dunklen, zerzausten Haare, trat vor und verbeugte sich ritterlich. Hätte dabei beinahe das Gleichgewicht verloren, fragte sie mit verwaschener Stimme, weshalb sie das Fest verließ. Was sollte sie sagen? Dieser Abend war nicht unbedingt ihr Abend, und die Feierlichkeiten im Kurpark waren schließlich beendet.

Andreas versuchte von seinem Abend zu erzählen, zeigte zum Lazarett, doch sie konnte sich kaum einen Reim auf das Kauderwelsch machen, das er nuschelnd hervorbrachte. Dann fasste er nach ihrem Korb und sagte, er wollte sie gerne nach Hause begleiten. Sie hatte schon viele betrunkene Männer gesehen – aufbrausende, aufdringliche und abstoßende. Er aber – ja, er war sogar in beschickertem Zustand reizend. Er strengte sich so sehr an, gerade zu stehen und deutlich zu sprechen, dass sie nicht anders konnte, als in Lachen auszubrechen. Und es ging einfach nicht, wieder aufzuhören, sie lachte und lachte, bis ihr die Bauchmuskeln wehtaten und sie sich auf einen großen, von Moos umwachsenen Findling am Wegrand setzen musste.

Ihr Lachen ermunterte ihn dazu, ihr ein paar Margeriten zu pflücken, die er ihr in Form eines zerzausten Buketts überreichte. Er ließ sich neben sie sinken und nuschelte, dass sie nicht vergessen solle, sie unters Kopfkissen zu legen und an ihn zu denken. Gewiss doch, sagte sie mit einem Augenzwinkern und machte sich bereit, aufzubrechen.

Da begann er über ihre Mutter zu schwafeln. Er gebrauchte feierliche Worte, die sie noch nie jemanden über die Mutter hatte sagen hören – auch über niemanden sonst aus ihrem Bekanntenkreis. »Großartige Frau.« Sie wusste nicht, ob sie das gut oder albern finden sollte. Mutter, natürlich – ihre Tüchtigkeit suchte ihresgleichen im Dorf, und ihre gutmütige Ausstrahlung konnte gar einen Selbstmordgefährdeten dazu bringen, wieder an das Leben und an ein menschliches Miteinander zu glauben. Zurzeit hielt sie es jedoch nicht mit ihr aus. Das erzählte sie Andreas, sagte, dass ihre Mutter wie eine störrische Ziege sei. Jedes Mal, wenn sie ihr Vorhaben zur Sprache brachte, die Volkshochschule des Doktors zu besuchen, beendete ihre Mutter abrupt das Gespräch, hörte ihr nicht mehr zu, antwortete nicht einmal, wenn sie sie ansprach. Und ihr Mund war dann stets so schmal wie ein Strich.

»Natürlich musst du zur Schule!«

Wie simpel es klang, wenn er das sagte, so selbstverständlich.

Er berührte sie feierlich mit der Hand in der Herzgegend, als würde er sie adeln. Er könne ihr womöglich behilflich sein, bemerkte er. In ebendiesem Augenblick glaubte sie es, hoffte es nicht nur und träumte davon, sondern glaubte tatsächlich daran – dass es möglich sei. Aus ihr würde mehr als nur ein Dienstmädchen werden, das wollte sie – und so würde es kommen! Sie sah ihm direkt in die braunen Augen und verspürte ein Ziehen; ein Sog erfasste sie, eine starke Strömung, die sie mitriss, ein Gefühl, das sie noch nie gehabt hatte, wenn sie mit Samuel zusammen war.

Dann erfasste sie eine Gegenwelle, jene, die ihr sagte, dass sie eine Träumerin war. Sie versuchte dem betrunkenen, schönen Mann mit dem verschwommenen Blick zu erklären, wie die Wirklichkeit aussah – ihre Wirklichkeit, die er – als Erstklässler – sich wahrscheinlich nicht ausmalen konnte.

Ihre Stimme ließ sie im Stich, als sie es ihm sagen wollte; ihm von den Geschwistern erzählen wollte, um die sie sich kümmern musste, vom Lohn der Mutter, der nicht ausreichte. Sie schluckte unablässig, während sie ihm davon berichtete.

Er nahm ihre Hand und behauptete mit ernster Miene und etwas weniger lallend, dass ihre Mutter der seinen ähnele – auch sie sei eine Alleingelassene, weshalb er solche Hochachtung vor ihrer Mutter habe. Besonders jetzt, da seine eigene Mutter schmerzlicherweise in einen absonderlichen Zustand abgedriftet sei, in dem ihr nur noch die Erinnerung an King, Wolf und Herrman – die Namen der Hunde, die sie in ihrem Leben besessen hatte – präsent sei.

Mit Verwunderung nahm sie zur Kenntnis, dass er ebenfalls ein Hurenbalg war. Dieses schreckliche Wort gebrauchte er natürlich nicht, jenes, welches ihr so oft um die Ohren geflogen war, dass es sie nicht länger berührte – nein, er sagte vaterlos. Das klang beinahe schön – vaterlos –, dieses Wort würde sie in Zukunft benutzen.

Von all dem Wirrwarr, der aus seinem Mund kam, gelang es ihr, aufzufassen, dass er seinen Vater nie kennengelernt, aber die Schule besucht hatte, da Geld gekommen war. Der große Unterschied zwischen ihm und ihr bestand darin, dass sein Vater Bankier war, ihrer ein nicht sonderlich bemittelter Bauernsohn.

Nun begann es allmählich zu dämmern, was ihr ins Bewusstsein zurückrief, wie unschicklich es war, mitten in der Nacht mit einem Mann, noch dazu einem Badegast, im Wald zu sitzen. Abermals stand sie auf. Da fasste er nach ihrem Arm und versprach ihr, mit der Mutter über die Sache zu reden. Da standen sie nun und sahen sich an. Sie wusste nicht, was sie sagen sollte. Jetzt Abschied zu nehmen, wo doch soeben in der milden Sommernacht etwas so Bedeutsames gesagt worden war, war in ihren Augen – und angesichts des Flehens, das in seinen stand – schwierig. Ihre Blicke ließen einander nicht los.

In ihrer Brust tobte die Verzweiflung und mittendrin ein Hoffnungsfunke. Etwas fuhr in sie, es geschah überwältigend rasch. Er breitete erstaunt die Arme aus, als sie ihm um den Hals fiel. Es fühlte sich so gut an, von ihm gehalten zu werden; diese Wärme, als er ihren Rücken umschlang. Sie erwiderte die Umarmung zunehmend fester. Dieser Geruch nach Tabak, der seinem Jackett anhaftete, als er ihre Haare streichelte und irgendetwas murmelte … – was, wusste sie nicht. Er schwankte, sodass sie beinahe gestürzt wären, ineinander verschlungen.

Was geschehen musste, geschah. Es geschah mit Leichtigkeit. Sie schlichen wie Katzen in den Fichtenwald. Schützende Zweige; weiches Moos; sein Jackett als Unterlage; seine Bartstoppeln kratzten ihre sonnenverbrannte Nasenspitze. Seine sanften Hände … der Rock nach oben geschlagen, ihr in Falten über den Bauch fallend. Ein kühler Luftzug an den Schenkeln, sein Gewicht; sie schloss die Augen. Spielte mit den weichen Locken in seinem dichten Nackenhaar.

Sie stieg gleichsam in ihn hinein, verweilte dort.

Sie wurde davon wach, dass ihr der Schweiß herunterrann und schnappte in der stickigen Kate nach Luft. Für gewöhnlich war es in der Küche sommertags kühl, doch nun hatte sich die unablässige Hitze durch das dicke Holz gebrannt. Wenn Liljedahl jetzt hereingekommen wäre, hätte er gerufen: Die Fenster auf, hinaus mit der schlechten Luft! Sie selbst jedoch zog die miefige Luft Mücken und Fliegen vor. Es war schön, die Küche einmal für sich zu haben. Sie hatte noch nicht einmal gehört, wie Gerda sich aufgerappelt hatte. Gerda, die gereizt nach ihr zu treten pflegte, weil sie, die Füße gegeneinander, gemeinsam im Bett liegen mussten.

Draußen hustete die Kleinste im Badezuber vor sich hin. Ein verschwindend flüchtiges Glücksgefühl kribbelte durch sie hindurch, ja, sie fühlte sich wie neu geboren und ausgeschlafen. Ihr Körper war von einem Mann berührt worden; einem schneidigen Mann mit sanften Händen, keinen Knechthänden mit Schwielen, wie Samuel sie hatte. Nun war es Zeit, aufzustehen und ein neues Leben zu beginnen!

Aber dann überfiel sie Angst. Was hatte sie bloß angerichtet? Ihr Mund war so trocken wie Papier, ihr Herz pochte schnell und unregelmäßig. Nein, das durfte nicht wahr sein! Zum ersten Mal in ihrem Leben hatte sie verschlafen.

Jetzt fragte Samuel sich bestimmt … und die Wäsche, die sie gebügelt hätte abliefern müssen, der Korb mit einem Batzen Kragen und Hemden, den sie verloren hatte, sie waren unersetzlich. Das war ihr Tod!

Gemischte Gefühle durchfuhren sie. Im einen Moment Angst vor dem, was folgen würde, vor der schweren Strafe – der Schande. Sie dachte daran, wie böse Doktor Liljedahl aussehen konnte, wenn er die Beherrschung verlor. Seine Augenbrauen, die sich dann senkten; die Falte auf seiner breiten Stirn; die Verachtung, die er ausstrahlte. So als ob er dächte: Du bist nicht besser als der Taubenkot auf dem Verandageländer! Sie hatte gehört, dass man Leute wie sie Lumpengesindel nannte. Er musste schon immer da gewesen sein – dieser Ekel –, aber manche Menschen verstanden sich auf die schwere Kunst der Selbstbeherrschung.

Und im nächsten Moment … ja, im nächsten Moment empfand sie Hochmut und fühlte sich irgendwie erhaben und gestärkt durch das, was passiert war. Sie warf die Decke beiseite, strich sachte, ganz sachte mit der Hand über einen Schenkel, führte sie über ihren Bauch hinauf und legte sie auf eine Schulter. Die andere tat sie auf die andere Schulter, sich so gleichsam selbst umarmend. Sie meinte, seinen schwachen, angenehmen Geruch zu riechen; seine weichen Lippen, die auf ihren lagen, zu spüren, die nach Tabak schmeckende Zunge, die Bartstoppeln, die ihre Nase kratzten. Wie schnell alles gegangen war, weil ihre Sinne weit geöffnet gewesen waren.

Sie nestelte voll innerem Aufruhr an ihrer Unterwäsche und den Strümpfen herum, wusch sich sorgfältig, aß eine Scheibe Brot. Rief die Geschwister herein und sorgte dafür, dass sie ihr Essen bekamen, bevor sie sie rüde hinaus auf den Hof schubste – geht spielen! Das ließen sie sich nicht zweimal sagen, wenn ein Wasserzuber auf dem Rasen stand.

Jetzt überrollte sie das Ausmaß des ganzen Elends: Samuel, Andreas, Mutter, Doktor Liljedahl. Sie brachte es nicht über sich, zur Arbeit zu gehen, konnte keinem von ihnen in die Augen sehen, ohne vor Scham blutrot anzulaufen. Ein bisschen Zeit musste verstreichen, ein Tag zumindest; hoffentlich herrschte heute, am Mittsommertag, noch so etwas wie ein Ausnahmezustand.

Mochte kommen, was wolle – geschehen war geschehen.

Sie legte sich wieder auf die Küchenbank, um sich auszuruhen, schlummerte ein, schlief tief und fest, obwohl zwei kleine Fliegen sie umschwirrten und sich auf ihr Gesicht setzten. Träumte von einer gewaltigen Schlange, die dort, wo der Laubengang in den Kurpark überging, am Wegesrand lag. Der Kopf der Schlange bewegte sich, kam näher. Sie hatte Andreas' braune Augen und seinen Mund. Sie erwachte jäh, als jemand sie schüttelte.

Mutter. Die Augen schwarz, der Mund zusammengekniffen.

Die Mutter war drauf und dran, ihrer Tochter eine saftige Ohrfeige zu geben, hielt sich aber im letzten Moment zurück.

»Hier liegst du also und aalst dich faul im Bett!«

Das Letzte, was sie nun hören wollte, war die vorwurfsvolle Stimme ihrer Mutter. Sie verkroch sich unter der Decke.

Die Mutter rüttelte sie hart am Arm.

»Du sollst deine Plättarbeiten abgeben, du … du verfluchtes Gör! Ich werde ein Wort mit Doktor Liljedahl wechseln, er wird sich gewiss die rechte Strafe für dich einfallen lassen.«

Ihre Mutter besaß zwar ein heftiges Temperament, war sich für Schimpfwörter aber für gewöhnlich zu fein. So außer sich wie jetzt hatte sie sie noch nie erlebt. Sie zischte, dass der Speichel flog.

Maria setzte sich auf der Küchenbank auf und hielt sich die Hände vor das Gesicht, als ihre Mutter so laut brüllte, dass ihre Geschwister sich auf der Vortreppe klein machten. Die Antwort, die sie gab, kam kleinlaut:

»Ich war so erschöpft.«

»Erschöpft! Solche Albernheiten können wir uns nicht leisten! Du hättest bei der Soiree zur Hand gehen sollen.«

»Ich konnte nicht …«

»Ich sag dir was! Ich habe gehört, wann du nach Hause gekommen bist. Wenn du dich weiterhin des Nachts draußen herumtreibst, geschieht bald ein Unglück. Zwar heißt es, er sei ein guter und redlicher Kerl, der die Schule besuchen will … aber sie alle wollen dir nur einen reinstecken, vergiss das nicht! Alle miteinander.«

Was sollte sie darauf antworten, sie schwieg. Ja, von nun an sollte Schweigen zwischen ihnen herrschen, ein undurchdringlicher Urwald wuchs zwischen ihnen.

Mutter deckte den eingelegten Zwiebelhering auf, der von den Mittsommerfeierlichkeiten übriggeblieben war. Der Anblick des Herings – er schnürte ihr die Kehle zu; die Nelkenpfefferkörner sahen sie wie Pupillen an. Still kaute sie an einem Stück Brot, aß von den Kartoffeln.

Sie machte einen Umweg, als sie den Wäschekorb für diesen Tag holen musste. Den Laubengang, das Lazarett, das wie ein stummes Gefängnis im Wald lag, mied sie. Versteckte sich in einem Haselgebüsch, als Leute auf dem Weg erschienen. Ging quer durch Eichenhaine, um dann zur Wäscherei abzubiegen. Dort hockte eine Wäscherin am Bach, die ihr unbekannt war, und hieb mit einem Waschholz auf einen Flickenteppich ein. Maria spähte in die Wäscherei hinein, in der Stina und Vera in der Weißwäsche rührten.

»Gut, dass du kommst, wir haben deinen Korb gefunden.«

Sie fiel Stina um den Hals.

»Oh, danke, du Liebste, Beste!«

Sie streichelte den Korb wie ein weggelaufenes, wiedergefundenes Kätzchen.

»Ja, ja, dergleichen geschieht an Mittsommer … kriegt man keinen Korb, verliert man ihn.«

Vera ließ ihr lustiges durchdringendes Lachen hören, das Maria so gut leiden konnte. Sie plauderten ein wenig, bis sie einen weiteren Korb voll sauberer Wäsche, darunter sogar Damenblusen, mitbekam; musste sie jetzt, zur Hochsaison, doch so manche Feinplätterei besorgen.

»Und versenge um Gottes willen nicht die da, da steht der Name von dieser entzückenden Schneiderin im Kragen.«

Ohne jemandem begegnet zu sein, traf sie mit beiden Körben wieder daheim ein. Aber sie musste unbedingt mit Samuel sprechen, das musste sie … morgen. Liljedahl konnte toben und schimpfen, wie er wollte, bisher hatte sie allerdings noch nichts von ihm gehört. Die Angst drückte ihr die Luft ab, war doch das Warten auf die Strafe schlimmer als die Strafe selbst.

Schon bevor sie mit Birkenholzscheiten Feuer im Herd gemacht hatte, war es warm in der Küche gewesen. Während sie darauf wartete, dass die Glut entfacht wurde, setzte sie sich auf die Vortreppe und schloss die Augen. Versuchte, die Angst in den hintersten Winkel ihres Bewusstseins zu verbannen, versuchte, sich einzureden, dass Liljedahl Mutter und sie brauchte, dass er sie für die nicht rechtzeitig abgelieferten Kragen nicht allzu sehr strafen würde. Selbst die Besten machten einmal Fehler.

Als die Mücken zu angriffslustig wurden, ging sie hinein und mischte Stärke unter das Wasser, das in dem großen Zuber auf dem Herd stand. Das Rezept für die Wäschestärke war geheim und existierte allein in ihrem Kopf. Zuerst die Kerzenstumpen in das Wasser, dann ein Schuss Mehlkleister hinein. Ab und an, wenn die Wäsche schlaff war, tat sie noch etwas Seife hinzu und rührte in der Mischung, bis die Flüssigkeit warm und sämig war. Zwar war ihr Reisstärke angeboten worden, die es neuerdings im Kaufladen gab, doch lehnte sie diese entschieden ab. Andere Plättfrauen behaupteten, dass mit der Fabrikstärke, die in diesen hübschen kleinen Kartons verkauft wurde, alles viel einfacher geworden sei, man müsse die Stärke nur noch in Milch auflösen, und schwupp! war sie fertig. Doch sie hielt beharrlich an ihrem Rezept fest. Die besten Ergebnisse erzielte sie ganz sicherlich mit ihrer eigenen, geheimen Mischung.

Wenn jemand sie nach den Zutaten fragte, schüttelte sie nur den Kopf. Sollten sie sich nur fragen, was sie enthielt, schließlich hatte sie sich selbst mühselig bis zur Perfektion vorgearbeitet; dieses Wort hatte sie Liljedahl häufig gebrauchen hören. Die anderen Weiber mussten fürwahr ebenso hart arbeiten.

Jetzt, ja, jetzt fängst du an zu sieden, mein Hexengebräu, murmelte sie und ließ ihren eigenen Unterrock mit hineingleiten, als sie die Ernte dieses Tages in den Zuber tauchte. Sie fand Gefallen daran, wie ihr Unterrock sich um die Hemdbrüste der Männer schlängelte.

An warmen Sommertagen bügelte sie stets nur in Unterrock und Hemd.

Sie breitete das Plätttuch auf dem Küchentisch aus, darauf kam das Laken. Zwei Plättbolzen lagen in der roten Glut. Dann tauchte sie behutsam die Kragen in die Stärke, wrang sie aus und legte sie auf den Tisch. Und hinein mit dem glühend heißen Eisen in die Achterluke des Herds!

Während sie wartete, trank sie ein Glas Wasser. Anschließend befeuchtete sie den Finger und tippte vorsichtig gegen das Eisen. Zischend heiß! Sie griff nach dem Plätteisen und arbeitete sorgfältig und geschickt, summte ein Liedchen vor sich hin und vergaß die Zeit, bis das Eisen erneut kalt war und sie es gegen ein anderes, rotglühendes austauschen musste.

Wieder einmal würde sie unter Beweis stellen, dass sie von allen im Dorf am besten mit den am schwersten zu hantierenden und allerwichtigsten Kleidungsstücken umzugehen wusste: den Hemdbrüsten und den gestärkten Hemdkragen der Herren, den sogenannten Vatermördern.

Ein sanfter Regen fiel herab und trug Gerüche von Gras und Rotklee mit sich. Es war ein sonderbarer Regen, wurde die Luft danach doch nicht frisch, wie sonst nach einem sommerlichen Regenguss, nein, sie war tropisch schwül. Samuel kauerte unter einer Eiche, als sie auf ihn zuging. Sie erkannte ihn schon von weitem an seinem schwarzen Hut, doch sein Blick war kalt und fremd, als sie näher kam. Seine steife Körperhaltung flößte ihr Unbehagen, ein Gefühl von Unwirklichkeit ein.

»Nun bist du mir aber eine Erklärung schuldig!«

Dieser kurz angebundene Tonfall! Er verursachte ihr umgehend Schweißausbrüche und ließ zugleich Schauer über ihren Rücken jagen.

Wo, verflixt, sollte sie die Worte hernehmen; sie runzelte die Stirn, kratzte sich am Hals, wie sie es tat, wenn sie nervös war.

»Ich war zu erschlagen, habe mich krank gefühlt.«

»Erschlagen! Ich weiß genau, was du getan hast, du wurdest beobachtet.«

Hatten sie gesehen ... hatten sie etwa gesehen, dass Andreas und sie ... Die Beine gaben unter ihr nach, sie wich Samuels herausforderndem Blick aus, stammelte nahezu:

»Kannst du mir verzeihen?«

»Verzeihen! Du sagst, du musst heim ins Bett, und dann sitzt du mit diesem Dichter da und unterhältst dich Gott weiß wie lange mit ihm! Vor dem Mittsommertag hättest du gewiss anderes im Kopf haben sollen.«

»Verzeih.«

Sein Gesicht ... sie hatte ihn noch nie so grimmig, ja, abweisend erlebt; die Hände in der Jacketttasche zu Fäusten geballt. Sein Blick wanderte zu dem an eine Kaserne erinnernden Lazarett, zu den acht hohen, nebeneinanderliegenden Fenstern im ersten Stock.

»Vergiss nicht, dass wir ... unseren Schwur ... all das, von dem wir geredet haben, von dem, was wir tun werden.«

Beschämt sah sie zu Boden. Musste daran denken, wie sie stundenlang mit Wörterbüchern, schwedisch- und englischsprachigen, zugebracht hatten, die Worte wie Karamellen in sich aufgesogen und einander abgefragt hatten. Texte geschrieben und sie dem anderen gezeigt hatten.

Sie heftete ihren Blick auf einen Ameisenhaufen auf dem Weg.

»Sieh mir in die Augen, Maria. Wir werden diesen aufgeblasenen Wohltätern den Rücken kehren … jenen, welche uns viel zu wenig bezahlen … uns nur benutzen.«

Nun fing er schon wieder damit an! Obwohl sie eigentlich seiner Meinung war, störte und beunruhigte sie sein Gerede über die sogenannten Unterdrücker. Sie fand seine Haltung etwas übertrieben und wollte am liebsten einwenden, dass es ihm schließlich so übel nicht ergehe. Sie hatte einfach keine Lust, sich wie ein armer Tropf zu fühlen. Im Großen und Ganzen war Liljedahl schließlich eine freundliche Seele, die es gut meinte, das wussten sie beide; Tyrannen waren ihnen im Leben schon mehr als genug begegnet.

»Aber wir haben es Liljedahl zu verdanken, dass solche wie wir auch Badegäste sein können. Und du darfst sogar seine Schule besuchen.«

»Maria, das sollte doch eine Selbstverständlichkeit sein! Stattdessen sollen wir uns vor Dankbarkeit in den Staub werfen. Die ganze Gegend sieht in Liljedahl doch einen Jesus, der sich wie niemand sonst im ganzen Land für das Wohl der Arbeiter und Häusler einsetzt. Aber Lazarette finden sich in den meisten Kurorten in diesem Land, das ist nichts, was Liljedahl sich hat einfallen lassen, glaub mir, das habe ich gelesen.«

Wie war Samuel so geworden, wie er war? Manche Menschen kannten ihren Wert und ihre Rechte und hätten ebenso gut von Baronen wie von Häuslern abstammen können. Es schien etwas zu sein, mit dem sie geboren worden waren.

Wusste sie um ihren Wert? Doch, in ihrem tiefsten Inneren, aber das sagte sie nicht laut. Nur Mutter ahnte, dass es dort, tief in ihr drinnen, wie ein kleiner roter Lebensfunke brannte. Womöglich lag es daran, dass die Mutter ihren eigenen roten Lebensfunken tief in ihrem Innersten verborgen hatte, dass es sie so in Rage brachte, wenn andere offen Forderungen stellten. Ob das der Preis dafür war, dass sie, Maria, das Unsichtbarkeitsspiel der Mutter zu häufig gespielt hatte? Der Schutz, der sich als Falle entpuppte.

Samuel redete, als ob er vor Publikum stünde. Er hob den Arm und predigte, wie es sein sollte, wenn Gerechtigkeit herrschen würde, ja, predigte wie dieser Schneider aus Schonen, dem er nur allzu gerne einmal lauschen wollte.

Erneut guckte er zum Lazarett, das von dieser Stelle aus hinter den herabhängenden Ästen der Eichen und Linden fast nicht zu sehen war.

»Jede Nacht liege ich in diesem stickigen Saal wach und höre neun anderen Männern beim Schnarchen und Furzen zu. Die Matratzen sind so hart, dass sich die Schmerzen verdoppeln. Nur eine dünne Wand trennt uns von zehn weiteren Männern, die daliegen und husten und stöhnen. Ich muss die Eisenquelle mitten in der Nacht aufsuchen, damit die Reichen sich nicht gestört fühlen. Jeden Morgen nichts als gebratenen Hering zum Frühstück und Grütze oder dünne Suppe zum Mittagessen.«

Zu wem sprach er? Ihr war, als ob er sie dazu benutzte, sich im Putschen zu üben. Sie fiel ihm ins Wort.

»Ich weiß, meine Großmutter hat mir erzählt, wie es dort ist. Sie war Aufwartefrau in der Badeanstalt, hat solche schlimmen Schmerzen gehabt, dass man ihr aus dem Bett helfen musste. Dann hat sie eines Sommertags hier im Lazarett für ein paar Wochen einen Platz bekommen, das war eine große Sache. Obwohl sie natürlich bei den Frauen einquartiert war.«

»Ich werde das jedenfalls hinter mir lassen … und ich hatte

gedacht, dass du mir in die Volkshochschule folgen wolltest! Und dann sieht man dich mit einem aus der Ersten – ausgerechnet an Mittsommer!«

Wie viel musste sie noch ertragen? Wann war es genug? Sie antwortete einsilbig und monoton.

»Es ist einfach so gekommen. Es war, als ob ich … nichts dazu konnte.«

Seine Augen wurden schwarz, sie glühten noch schlimmer als die der Mutter.

»Ist so gekommen! Hast du denn keinen eigenen Willen?«

Er packte ihre Schultern und schüttelte sie. Sie fürchtete sich nicht vor ihm, aber es kam ihr vor, als ob er ihr eine Tracht Prügel verabreicht hätte.

»Doch, aber er hat gesagt, dass er mir vielleicht helfen könne … ihm ist es auch einmal so wie uns ergangen.«

»Diese Leute aus der Ersten! Ha! Einmal haben sie in ihrer Kindheit nachmittags keine Rouladen bekommen, und dann jammern sie einem ihre Leidensgeschichte vor. Na, danke!«

Sie sagten beide kein Sterbenswort mehr. Das Schweigen dehnte sich unangenehm aus. Ein jeder von ihnen wartete darauf, dass der andere etwas Entscheidendes sagen würde.

Sie fasste Mut. Es krachte wie Gewehrfeuer von der Kegelbahn. »Ist es aus zwischen uns?«

Resigniert sah sie ihn an.

Er zuckte die Schultern, richtete seinen Hut.

»Wir müssen ein paar Tage über die Sache nachdenken.«

Er drehte sich auf dem Absatz um und hielt mit steifen Schritten auf das Lazarett zu, während sie zurückblieb und sah, wie sein Rücken sich immer mehr von ihr entfernte.

Sie spürte genau, als sein Samen anbiss. Von da an verschmolzen die Tage miteinander – sie konnte nicht länger auf dem Bauch schlafen, ihre Brüste spannten, also ob sie zerspringen wollten. Sie ging umher wie in Trance, gähnte ausgiebig … diese Wärme vom Herd, die Eisen, welche bald heiß genug waren. Als sie das Plätteisen anhob, drehte sich plötzlich der Raum so stark um sie, dass sie sich setzen musste. Sie tupfte sich die Stirn mit der Schürze ab und wusch sich bei der Arbeit mit einem Kragen gleich mehrmals die Hände. Ein Fettfleck und sie war Paria, ein Brandmal und sie war geliefert.

Es dauerte. Schon als sie mit der Arbeit begonnen hatte, war es warm in der Küche gewesen, jetzt war es hier drinnen heiß wie in der Sauna. Momentan befanden sich ungewöhnlich viele Gäste zur selben Zeit im Kurbad, sodass sie selten vor Mitternacht fertig war, bevor sie die letzten Kragen in den Korb packte. Anschließend ging sie hinaus und setzte sich in der herrlich kühlen Sommernachtluft auf die Vortreppe, um ein Glas Rhabarbersaft zu trinken. Das war der schönste Augenblick des Tages; kein Blatt bewegte sich, sogar die Zitterpappel schwieg still.

Das waren vermutlich die heißesten Sommertage ihres Lebens. Sie tätschelte ihren Bauch, er war genauso flach wie sonst, aber irgendetwas war passiert, er war nicht mehr ganz wie zuvor. Das Ziehen, das sie verspürte, hatte nichts mit den üblichen monatlichen Krämpfen gemein.

Was sollte sie Samuel sagen? Der Mutter? Dem Dichter?

Ihr wollte noch nicht einmal mehr einfallen, wie er hieß. Doch, genau – Andreas.

Ihr war schwindelig, als sie von der Küchenbank aufstand. Ihr Körper stand so unter Spannung, dass sie kaum hatte schlafen können, stattdessen hatte sie ihrer kleinen Schwester die ganze Nacht beim Husten zugehört. Die Mutter kehrte ihr den Rücken zu, schweigend rührte sie am Herd in der Gerstengrütze. Ob sie irgendeinen stillen Krieg gegen sie führte?

Sie setzte sich, und ihre Mutter stellte einen Teller vor sie hin.

»Danke.«

Sie wagte nicht, um Preiselbeermarmelade zu bitten, goss Milch in den Teller, nahm einen Löffel Grütze und führte ihn zum Mund. Der Drang, sich zu erbrechen, wallte jäh in ihr auf, sie schaffte es kaum hinaus auf die Treppe, bevor alles hochkam. Sie ließ sich auf die Vortreppe sinken und rieb sich die Stirn, hinter der es stach wie von tausend Nadeln. Die Mutter kam heraus und ließ sich neben ihr nieder.

»Was fangen wir jetzt an?«

In ihrer Stimme lag kein Vorwurf. Etwas Hartes, Verkrampftes löste sich in ihr, die Tränen begannen zu fließen. Sie schnäuzte sich in die Schürze.

»Ich wünschte, ich würde an einem richtigen Fluss ... und nicht nur an so einem dummen Bach wohnen«, schluchzte sie.

Sie hörte selbst, wie kindisch das klang. Ihre Mutter legte einen Arm um sie. Starr sahen sie hinaus in den Garten, wo die sich windenden Bohnenstengel allmählich über die Stützstreben wucherten, die Feldbohnen in ihren prallen Hülsen gediehen. Sie lehnte sich an die Schulter der Mutter. Wann hatte sie das zuletzt getan? Mutter roch nach Fichtennadeln; nicht viele konnten von sich behaupten, Mütter zu haben, die bei all der schweren Arbeit so gut rochen.

»Ihr müsst euch mit der Eheschließung halt beeilen«, sagte die Mutter, als dächte sie: Das ist zwar eine schlimme Geschichte, aber machen wir das Beste daraus.

Maria schnäuzte sich abermals. Seufzte resigniert. Schluchzte es heraus.

»Es ist nicht, wie du denkst.«

Hastig, als ob sie sich verbrannt hätte, zog ihre Mutter den Arm zurück.

»Was willst du damit …?«

Trotz der Hitze fror sie. Sie zögerte mit der Antwort, schlug nach einer mit Blut vollgesogenen Mücke auf ihrem Arm.

»Er ist nicht der Vater. Und ich werde nicht länger zur Kuranstalt gehen, nein, ich weigere mich!«

Ihre Mutter stand auf, ging in die Kammer und knallte die Tür hinter sich zu.

Fragte nicht, um wen es sich handelte.

JULI

52. Der Ungeübte will unter der Douche gerne hüpfen und zappeln. Das taugt nichts, schenkt ein schlechtes Bad, indes der Großtheil des Wassers den Körper verfehlet – und durch die heftige Aufregung einen starken Blutandrang nach dem Kopfe und den Lungen nach sich zieht, worauf dem Badenden häufig der Atem stockt und er nach dem Bade eine gewisse Kopfschwere verspürt.

Alle redeten nur noch von der Hitze. Jeder ersann seine eigene Strategie, um ächzend die heißesten Stunden des Tages zu überstehen – eine Woche verging so in sonnenflimmerndem, drückendem Dunst.

An diesem Morgen war es bereits zum Frühstück heiß. Danach, im Schatten einer Eiche auf der Bank sitzend, betrachtete Andreas die üppige Vegetation des Parks und zählte von Läusen und Larven zerfressene Rosenblätter. In diesem Park wucherte alles wie in einem Dschungel. Natürlich musste es so sprießen, bei dem vielen Wasser, das hier unter dem Boden dahinströmte.

Mit dem Schreibheft in der Hand sah er jedes Mal auf, wenn ein Dienstmädchen vorüberging. Es schien, als ob alle Wasserträgerinnen, Dienstmägde, Aufwartefrauen, Wäscherinnen und Badewärterinnen von Augustenbad an ihm vorbeikamen, nur sie mit ihren Siebenmeilenschritten nicht. Seit Mittsommer schon – und das war mittlerweile Ewigkeiten her – hatte er sie nicht mehr zu Gesicht bekommen. Ob sie krank war? Eine unbestimmte Angst ergriff ihn und machte sich in Gestalt eines vagen Bauchzwickens bemerkbar.

Das Gras gelb und trocken, stellenweise versengt, aber rings um die Quellen morastiger Boden. Wiesenkerbel und rote Lichtnelken am Kneippbad; Mückenschwärme mit einem ewigen Summen, das einem auf die Nerven ging. Die Mückenstiche wie harter Wundschorf an den Fußknöcheln, als ob die

Hitze den Mücken ein stärkeres Gift in den Rüsseln beschert hätte.

Er hatte es gründlich satt, in so unmittelbarer Nähe zu der sich ihm aufdrängenden Natur zu leben – Fliegen, Bienen, Mücken, Mäuse, Vögel gönnten ihm keine Ruhe. Bis auf – ja, bis auf die Schmetterlinge. Die störten niemanden. Wer schlug schon einen Zitronenfalter tot?

Zur Mittagszeit brannte die Sonne so heiß, dass die Rosenblätter schrumpelig wurden. Die vielen Rosen des Parks zu pflegen war eine mühsame Aufgabe für den Herrn Gärtnermeister. Die Badegäste krochen mit schleppenden Bewegungen vorwärts und trachteten nach Schatten; Stock folgte auf Krücke, Krücke auf Stock. Ein älterer, schwergewichtiger Mann, der so gebeugt wie eine Wünschelrute ging, die Wasser ausfindig gemacht hatte, kippte auf dem Weg zur Insel der Glückseligkeit um. Liljedahl wurde herbeigerufen – da war schon der röchelnde Atem des Doktors zu hören. Zwei Heizer schleiften den besinnungslosen Mann in das Bäderkontor.

Der Speisesaal – wie leergefegt. Andreas' Appetit entsprach dem eines frisch Verschiedenen. Also wieder hinaus in den Schatten der Pappeln. Kreisende, jäh hinabstürzende Schwalben.

Wasser, Wasser, Wasser.

Nicht zum ersten Mal sah er dem Bad in sechs Grad kaltem Wasser mit Freude entgegen – empfand es als eine Linderung. Doch wandte er den Blick ab, als er Frau Björks sorgenvolle Miene und ihre traurigen, müden Augen sah. Hoffte, dass sie von sich aus etwas über die Befindlichkeit ihrer Tochter äußern würde, aber sie verrichtete ihre Arbeit stillschweigend, ja, fast ein kleines bisschen mechanisch. Er schwieg. Es war eine Feuerprobe – sich das Reden zu verkneifen.

Tage wie im Nebel, ein harter Druck hinter der Stirn. Schweiß rann ihm in kitzelnden Bächen von den Schläfen den Hals hinab und weiter über die Brust. Noch immer keine Spur von ihr, doch was blieb ihm übrig, als darüber zu schweigen?

Vor dem Kneippbad eine Schlange, aber er hatte es sich für diesen frühen Morgen vorgenommen und harrte aus, bis die Reihe an ihn kam. Herumstapfen in kaltem, zwischen den Zehen hervorsickerndem Schlamm, gefolgt von ausgelassenem Umherspringen in taufeuchtem Gras. Ein Zucken fuhr ihm in die Glieder, das einen von der Hitze Zusammengestauchten wie ihn dazu brachte, sich wie ein Bajonett zu strecken.

Was sollte er mit diesem Tag anfangen? Er musste sich vom Schreiben erholen; ewig still zu sitzen und in sich hineinzuhorchen bereitete ihm Schädelbrummen und einen krummen Rücken. Mittlerweile hätte er eigentlich schon eine halbe Gedichtsammlung fertig geschrieben haben müssen. An manchen Tagen fiel es ihm schwer, sich mit den Arbeitsvoraussetzungen eines Dichters – Geduld – auszusöhnen. Die Ungeduld trieb ihn fortwährend um. Ob man sich in Geduld und in der Beharrlichkeit, bewusst zu sehen und selbst die allerkleinsten Details zu bezeichnen, üben konnte? Das Auge der Ameise zum Beispiel. Er entschloss sich, das Desinteresse, das er den Tieren und Pflanzen des Parks entgegenbrachte, zu bezwingen und einen langen Spaziergang zu unternehmen, um verschiedene Arten von Gräsern zu sammeln, um sich dann ihre Namen unter Zuhilfenahme der *Flora* einzuprägen. Anschließend würde er jedem einzelnen Halm ein Gedicht widmen.

Äußerst zufrieden mit seinem brillanten Einfall setzte er den Strohhut auf und steckte eine Schere in die Brusttasche seines Jacketts. Er ging und ging, sah aber vor allem Brennnesseln. Ihm wurde klar, dass er sich hinunterbeugen musste, nahe herangehen musste, um zu sehen. Stundenlang lief er umher, bis er einen Strauß mit etwa zehn verschiedenen Gräsern gesammelt hatte.

Jetzt war er nahe daran, die *Flora* in den Kachelofen zu pfeffern! Wie, bitte schön, sollte man alle Halme in der Familie der Riedgräser unterscheiden können?! Oder Schmielen? Knaulgras? Gar nicht zu reden von Rispengras. Aber jetzt, ja jetzt hatte er sie alle gefunden:

Schmalblättriges Wollgras (mit seinen rasigen Halmen)
Gemeines Knaulgras (hoch, mit dichten Rispen)
Waldflattergras (mit seinen ausgebreiteten Rispen)
Gemeiner Schafschwingel (mit seinen fädlichen Blättern, die Borsten bilden)
Jähriges Rispengras (das übliche am Gehweg)
Gemeines Straußgras (sehr feine, kleine Ährchen)
Wiesenfuchsschwanz (länglich, weiche Rispe)
Wiesenlieschgras (länglich, raue Rispe)
Duftendes Mariengras (einen halben Meter hoch, jedes Ährchen trägt Blüten)
Zittergras (wunderbare, herzförmige Ährchen)

Wie viele Stunden Schlaf hatte er eigentlich gefunden in den letzten tropisch heißen Nächten, in denen die Bäume lautlos verharrten und sich danach sehnten, mit dem Wind zu spielen? Er wurde immer wieder wach und lauschte den Schnarchlauten aus dem Nachbarzimmer. Auf der Treppe erklang geräuschvolles Trampeln und im Korridor weithin hörbares Gerede. Er würde darauf wetten, dass sie zusammengesessen und Grog gebechert hatten, ja, hatte selbst ganz deutlich den Geschmack von Grog im Mund, schmeckte, wie sich die ersten guten Schlucke anfühlten, fühlte, wie seine Beinmuskeln erschlafften.

Würde ihm nichts anderes übrigbleiben, als heimlich zu Chloral zu greifen? Warum sollte er sich eigentlich für den eitlen Doktor hergeben, der nur auf seinen eigenen Ruf bedacht war? Und Ende August als ein Geschwächter, seiner Manneskraft Beraubter zu ihr heimkehren? Ob sie ihn mit offenen Armen empfangen würde?

Er mied Doktor Liljedahl, blieb den vereinbarten wöchentlichen Treffen fern, nahm nicht an den Verdauungsspaziergängen mit ihm an der Spitze teil. Die Begegnung mit ihm nach Mittsommer war so fürchterlich erniedrigend gewesen! Und Liljedahl würde Aline alles über seinen Rückfall berichten. Sie wollte erfahren, wie die Kur anschlug, das hatte sie verlangt, und das zu fordern war ihr gutes Recht, war es doch ihre Familie, die seinen Aufenthalt hier finanzierte.

Er hatte es auch noch nicht über sich gebracht, sich bei dem Doktor nach Amandas Befinden zu erkundigen; die Ungewissheit quälte ihn. Liljedahl seinerseits hatte sein Ausbleiben bisher nicht moniert, womöglich fand er es erholsam, sich nicht mit diesem undankbaren Sünder herumschlagen zu müssen – dem Stinker. So nannten sie im Dorf Leute wie ihn – Leute, die Branntwein wie Wasser soffen und ihr eigenes und das Leben anderer beschmutzten. Oder aber der Doktor war erschöpft, ja, tatsächlich wirkte er sehr angegriffen. Dreihundert Gäste in einem einzigen Sommer … es war ein hartes Stück Arbeit, die Last – von den Schmerzen, Wunden und der Todesangst – so vieler Menschen auf seinen Schultern zu tragen.

Verwelkte braune Pflanzen im Laubengang; hohe Disteln mit lilafarbenen Blüten, stachelig gezähnt – die einzige Farbenpracht. Das mittlere Grün der Vegetation war in ein sattes Dunkelgrün übergegangen.

Nun, Mitte Juli, zeigte sich die Natur ebenso trist wie an einem schneeweißen Wintertag. Konnte man sich an der Farbe

Grün sattsehen? Konnte man genug von üppig wucherndem Pflanzengrün bekommen?

Beim Lazarett, dort, wo der Weg nach rechts bog, lag frischer schwarzer Pferdemist, übersät von kleinen Fliegen, die sich daran gütlich taten; ein durchdringendes, dumpfes Surren lag in der Luft. Auf der Höhe der Kegelbahn knackte es im Gebüsch, ein Rehkitz sprang auf seinen dünnen Beinen in den Wald.

Vor ihm, wo der Weg in gleißendes Sonnenlicht getaucht war, sonnte sich eine Ringelnatter.

Diesen Sommer schien es wieder viele Schlangen zu geben.

Über hundert Gäste reisten nach der ersten Sommerhälfte ab, neue trafen ein und stiegen mühsam mit Stöcken und Krücken aus den Equipagen, andere sprangen geschmeidig aus ihren Droschken. Sie freuten sich auf müßige Tage in angenehmer Gesellschaft. Wie viele Fragen es zu beantworten gab, während die mitgebrachten Möpse einander ankläfften und das Kurorchester die ersten Töne anstimmte. Für die Kinder gab es an der Quelle Pfefferkuchen.

Über einen zunächst verheißungsvollen, angenehm kühlen Morgen gewann mittags wieder die Hitze die Oberhand. Eine sonderbare Stille, ja, eine große Leere herrschte, nachdem die Vögel zu singen aufgehört hatten, und ebenda, in dieser Monotonie geschah es – das Schreiben ging ihm leicht von der Hand, ja, die Worte flogen ihm nur so zu, er war wie berauscht.

Die Grillen zirpten abends, als es wieder kühl wurde und die Dunkelheit senkte sich bereits vor Mitternacht herab. Er machte einen Spaziergang, entschied sich, der Eisenquelle einen Besuch abzustatten. Oben auf der Landstraße, die sich auf dem Hügelrücken entlangschlängelte, blieb er vor den hübschen rotgestrichenen Holzkaten stehen. Stockrosen streckten sich in den Beeten in die Höhe. Er wünschte, eines dieser Häuser sein Heim nennen zu können, wünschte, einfach so hineingehen, sich in eine Kammer legen und auf diese Weise allen Blicken entziehen zu können, die über ihn wachten. Sehnte sich nach einem eigenen Häuschen, in dem er sich ganz der Dichtung widmen konnte.

Die Eisenquelle lag einsam und verlassen da. Er trank das widerliche mineralienreiche Wasser und hockte sich ins Gras. Wehmut überfiel ihn, eine Wehmut, die zunahm, je länger er in die Sommernacht starrte. Wo mochte Amanda abgeblieben sein? Ob sie im Sterben lag? Und die Glanzbüglerin, wie hieß sie noch gleich – ach ja, Maria. Er sah ihren mageren, zähen Körper, ihre Wolfsaugen vor sich.

Gemächlich schlenderte er zurück und wollte beim Paradies abbiegen, um dem Bachlauf bis Gråbo zu folgen. Meinte ein leises Flüstern zu hören. Wisperte da etwa jemand seinen Namen? Als er sich dem Paradies näherte, leuchtete das weiße Haus in der Sommernacht.

Auf der Veranda saß der Herr ohne Nasenbein auf dem Platz, auf dem sonst Amanda gesessen hatte, und räusperte sich. Leise ging Andreas über den knirschenden Kies auf den Mann zu, welcher sich unablässig den Mund mit einem Handtuch abwischte. Andreas hielt inne, versuchte gleichmäßig zu atmen. Der schiefe Mund des Mannes, der mit einem Grinsen die restlichen, noch existierenden Zahnstumpen entblößte, löste eine Welle von Übelkeit in ihm aus; es war fast noch schlimmer als beim letzten Mal. Im Schattenspiel der Petroleumlampe nahmen sich die Geschwüre des Syphiliskranken besonders ekelerregend aus.

Andreas grüßte, und der Mann antwortete mit seiner hellen Frauenstimme.

»Gute Nacht.«

»Wie ist Ihr Befinden?«, fragte Andreas übertrieben höflich.

»Nun ja, ich sieche leise dahin.«

Andreas wollte am liebsten kehrtmachen und sich erst einmal verpusten. Den Blick auf einem entstellten Gesicht ruhen zu lassen kostete mehr Kraft, als in einem anschwellenden Sturm zu rudern. Nur seiner Willensstärke war es zu verdanken, dass er wie festgenagelt im Kies stehenblieb.

Er erkundigte sich bei dem Mann, ob dieser noch etwas über Frau Eggerts gehört habe.

Der Entstellte zeigte zu dem geöffneten Schlafzimmerfenster hinauf, hielt sich einen Finger vor den Mund und bat ihn flüsternd, näher zu treten.

»Man sagt, dass sie schwer krank, jedoch noch am Leben sei. Sie weilt in Uppsala in der Obhut eines Spezialisten.«

»Vielen Dank, dann weiß ich Bescheid. Verzeihen Sie die Störung.«

Der Mann räusperte sich erneut und speite in einen Spucknapf.

»Der Sinn der Sache ist, sich des Giftes mithilfe des Speichels zu entledigen – wer's glaubt, wird selig!«

Andreas machte zwei Schritte zurück, rührte sich aber nicht von der Stelle.

»Kann ich Ihnen mit irgendetwas behilflich sein?«

Die Antwort des Mannes erfolgte unter mehrfachem Räuspern; er schwenkte das Handtuch.

»Mir ist nicht mehr zu helfen.«

Er sagte es mit so viel Ironie, dass Andreas auflachte und sich wieder näherte.

»Ich habe gehört, Sie seien Dichter?«

Andreas nickte. Es kam ihm großtuerisch vor, sich Dichter zu nennen. Er erzählte von seinem Dichtwerk, ein interessierter Funke glomm in den Augen des von Krankheit gezeichneten Mannes auf.

»Würden Sie … würden Sie es aushalten … mir etwas daraus vorzutragen?«

Ihm etwas vorzutragen? Warum nicht, er konnte den Ton und die Wirkung seiner Worte durchaus an diesem Herrn erproben, dem höchstwahrscheinlich keine Zeit mehr für Unsinn blieb.

Andreas nickte eifrig.

»Ich komme morgen darauf zurück.«

Der Mann erhob sich mühsam, langte nach zwei Krücken.

»Dann werden Sie es einem jungen, gesunden Mann mit appetitlichem Äußeren vortragen.«

Was meinte er damit? Würde er jemand anderen schicken, jemand, der ihm seinerseits davon berichten würde? Er wollte nicht nachfragen, das war, als würde man einem Drama vorausgreifen.

»Das klingt spannend. Und Ihr Name war …?«

Der Mann vollführte eine ausgedehnte Verbeugung.

»Nennen Sie mich einfach Onkel T.«

Andreas erwiderte die Verbeugung, stellte sich ebenfalls vor, hakte nach:

»Wofür steht das T?«

Der Mann zuckte die Schultern.

»Theatralisch, tollkühn – was Sie wollen. Tod.«

Er kippte drei Gläser Wasser hinunter. Nach mehreren Stunden hochkonzentrierten Dichtens leer im Kopf, begab er sich auf einen längeren Abendspaziergang. Zuerst eine Runde durch den Laubengang, dann zur Eisenquelle, so sein Plan.

Die Luft war feucht und frisch; nach dem nächtlichen Regen fiel ihm das Atmen wieder leichter. Zahlreiche kleine Frösche hüpften über den Weg. Er beugte sich hinab und nahm einen Frosch auf, umschloss mit der Hand das kleine, sich glatt anfühlende Tierchen, das so zappelte, dass es seine Handfläche kitzelte. Wie leicht es doch war, ein Leben auszulöschen. Er setzte den Frosch zurück ins Gras.

In der Nähe des Lazaretts kam ihm die in Rock, Tuch und Hut gekleidete Badewärterin entgegen. Wie fremd und schmuck sie in ihrer Zivilkleidung ausschaute, nachdem er sie bisher nur mit Schürze gesehen hatte – stattlich, breitschultrig, langbeinig. Ihm ging auf, woher die Tochter ihre Züge hatte. Er rief ihren Namen – vergebens. Hieß sie vielleicht anders? Vielleicht hatte sie ja auch ein schlechtes Hörvermögen, oder aber sie wusste etwas und verschloss ihm gegenüber ihr Ohr?

Links und rechts des Laubengangs reiften an den Böschungen allmählich die Waldhimbeeren heran, doch viele von ihnen waren aufgrund der gnadenlos sengenden Hitze braun und vertrocknet. Drei reife Beeren steckte er sich gierig in den Mund und schloss hingebungsvoll die Augen – mmmm, süß, nein, geradezu himmlisch! Er schlug sich ins Dickicht, drehte die stacheligen Zweige in der Hoffnung um, mehr davon zu finden, hatte er doch schon seit Tagen keine ordentliche Mahlzeit mehr zu sich genommen. Ihm war, als sei sein Bauch geschrumpft, als hätte sein Kiefer das Kauen satt.

Auf schwachen Beinen schlug er den Weg zum Speisesaal ein und setzte sich auf seinen Platz. Am Nachbartisch saß eine knochige Frau, die mit »Baronesse« angesprochen wurde. Sie fütterte ihren rauhaarigen, griesgrämig schauenden Foxterrier mit Wurststückchen, obwohl Hunde im Speisezimmer untersagt waren.

Andreas hatte soeben sein Kalbsbries hinuntergeschluckt und der Kellnerin die Hand getätschelt, als Ingenieur Stenström mit einer Leidensmiene hereinkam, als ob der Staatsminister alle technischen Berufe verboten hätte. Andreas winkte ihn zu sich an den Tisch. Stenström grüßte ihn, nahm Platz und spielte unruhig an seinem Wasserglas herum.

»Ich habe Sie seit Mittsommer gar nicht mehr gesehen. Haben Sie sich auch vor der Hitze auf Ihr Zimmer geflüchtet und sich erholt?«, fragte Andreas.

»Ja, obgleich man es kaum erholen nennen kann.«

»Womit haben Sie sich denn beschäftigt?«

Er wand sich bekümmert; gab keine Antwort auf die Frage. Andreas' Neugierde war geweckt.

»Wo haben Sie denn die Florentinerin gelassen?«

Stenström versteifte sich und sah Andreas misstrauisch an, als ob er ahnte, dass dieser etwas wusste, das er nicht wissen sollte.

»Sie ist abgereist.«

Andreas kaute zu Ende, betrachtete Stenströms wehmütige Miene und bohrte nicht weiter nach, doch schien es, als ob sich durch ebendiese Rücksichtnahme etwas in ihm löste. Er musste sein Herz ausschütten, und wem sollte man von seinen Gemütsqualen erzählen, wenn nicht dem Dichter mit den liebenswürdigen Augen?

»Sie hatte ein nervöses Gemüt, hat sich gespritzt … zunehmend häufiger. Zunächst machte es sie munter und rege, doch dann … Sie können es sich nicht vorstellen! Zuletzt hat sie nur noch Himbeeren gegessen, sonst nichts. Vielleicht lag es ja an meiner Gesellschaft … ich weiß es nicht … oder an der Kur … sie hat diese eiskalten Bäder nicht ertragen … und dann hatte sie ihren Mann daheim in Florenz, der sich mit jungen Damen umgeben hat.«

»Aber war sie nicht Witwe?«

Stenström legte sein Besteck auf den Teller, heftete seinen Blick verlegen auf das Tischtuch.

»Sie schien so vieles zu sein, zu Anfang.«

Andreas hörte zu, kaute langsam, ließ ihn sich alles von der Seele reden, begann dann selbst an dem für ihn unerschöpflichen Thema zu rühren.

»Als wir, meine Frau und ich, letztes Jahr in Paris waren, trugen die Damen der Gesellschaft ihre kleine Spritze in der Handtasche bei sich. Meine Gattin erfuhr von guten Freunden, dass diese Damen so Kraft für lange Opernvorstellungen oder für ausgedehnte Konversationen bei Abendgesellschaften schöpften. Aber das gibt es auch in Stockholm. Wir kennen mehrere Frauenzimmer, die sich bei starker Migräne eine Spritze setzen.«

Stenström runzelte die Stirn, und Andreas meinte in dem Rationalisten ihm gegenüber eine ungeahnte Sensibilität zu erkennen. Aber weshalb sollte ein Ingenieur auch keinen empfindsamen Kern haben?

»Ich habe die Male von den Einstichstellen gesehen, kleine nässende Quaddeln, eine schrecklich übel riechende Flüssigkeit«, sagte Stenström und verzog noch gequälter das Gesicht.

Andreas versuchte, sich diese elegante, in Seide und Spitzen gekleidete Italienerin mit dieser unliebsamen Schwäche vorzustellen.

»Und was sagt Liljedahl dazu? Glaubt er, dass sich die Sucht nach dem Genuss eines Pfefferkuchens in marterkaltem Sitzbad in Luft auflöst?«

Andreas zog eine spöttische Miene, während Stenström den Kopf schüttelte.

»Er sagt, dass Morphium schwieriger als Alkohol in den Griff zu bekommen sei … viel schwieriger.«

Schweigend saßen sie da, aßen ihren Adélekuchen und rührten in den Kaffeetassen. Dann hatte die Stunde des Abschieds geschlagen. Das Servierfräulein teilte Stenström mit, dass seine Droschke eingetroffen sei.

Stenström räusperte sich, tupfte sich das Kinn mit der Serviette ab.

»Ich reise ab, nach Stockholm. Ich freue mich darauf, auch wenn ich bei meiner Ankunft besseren Mutes war. Ich darf mich für die angenehme Gesellschaft während meines Aufenthaltes bedanken. Hier haben Sie meine Adresse – falls Sie sich noch daran erinnern, was Sie mir versprochen haben.«

Nachdem Stenström ihm seine Visitenkarte überreicht hatte, überfiel Andreas Trübsinn – noch anderthalb Monate! Er hatte noch einen halben Sommer in diesem Zuchthaus vor sich, wie sollte er das nur überstehen?

»Ich beneide Sie. Und viel Erfolg bei der Erleuchtung des Landes.«

Stenströms Miene hellte sich flüchtig auf.

»In ein paar Jahren sind die hier vergessen.«

Er deutete auf die riesigen Petroleumlampen an der Decke, bevor er fortfuhr:

»Dann wird dieses finstere Nest wahrhaftig in hellem Licht erstrahlen.«

Andreas war sich nicht sicher, ob Stenström sich damit auf das ganze Reich oder auf Augustenbad bezog. Mit halbem Ohr hörte er zu, welche Veränderungen den hiesigen Ortschaften bevorstanden – und jetzt: dreißig Petroleumlampen auf eintausendfünfhundert Einwohner! Andreas fiel es schwer, sich ein Bild von den Zahlen zu machen, mit denen Stenström jonglierte. Wenn er sie nicht aufgeschrieben sah, flimmerten sie gleichsam an ihm vorüber.

Als der Ingenieur seine Hand schüttelte, stellte Andreas fest, dass dessen Jackett lockerer als zuvor saß, sein Bauch flacher war. Er hatte also tatsächlich an Gewicht verloren. Doch ob das wirklich Liljedahls Verdienst und nicht vielmehr das einer gewissen Florentinerin war?

Nasskaltes, herbstliches Wetter; Regen prasselte gegen das Fenster. Er zitterte, als er aus dem Bett stieg. Es war das erste Mal, dass er im Juli den Kachelofen anmachen musste. Wie schwer es doch war, das Feuer in Gang zu bringen! Er wartete, bis kräftige Flammen aufloderten, sodass er reichlich Birkenholz hineinschieben konnte, bevor er sein gefüttertes Tweedjackett anzog und einen Hut aufsetzte. Unten auf der Veranda zögerte er, als er feststellte, wie heftig es wehte; kräftiger Regen peitschte ihm ins Gesicht.

Noch sechs Wochen, noch sechs Wochen, hallte es wie eine Litanei in seinem Kopf wider. Nein, er konnte sich jetzt nicht zu einem Spaziergang aufraffen!

Also zurück auf das Zimmer und mehr Holz in den Ofen! Er tigerte hin und her, setzte sich mit Feder und Papier in den Sessel, brachte kein Wort heraus. Heute würde er sich vor dem Wasserquatsch und dem Durchkneten drücken! Sämtliche Rituale, die sich in diesem Bad zutrugen, kamen ihm mit einem Mal so lächerlich und ominös vor. Dieser sogenannte Doktor – ein Stutzer, ein Scharlatan war er! Trieb mit leidenden, schwer kranken Menschen sein Spiel. Eiskalte, nasse Laken, wo andere Kurärzte warme Umschläge empfahlen. Und dann dieser kalte Gürtel um den Leib, sodass der Schwanz Erfrierungen davontrug. Und dafür knöpfte er ihnen auch noch Geld ab! All das zeigte doch, wie leicht sich die Menschheit ins Bockshorn jagen ließ.

Er versperrte die Tür, antwortete nicht auf das wiederholte Klopfen, wollte noch nicht einmal mehr mit Frau Björk schwatzen, ließ sie seine Gedanken doch unwillkürlich zu ihrer Tochter wandern, wo immer sie auch abgeblieben war. Ja, er pfiff sogar auf den morgendlichen Brunnengang, verbarrikadierte sich hinter zugezogenen Gardinen. Ertrug nicht die Vorstellung, sich unterhalten zu müssen, zuvorkommend zu sein, Nonsens zu lauschen, ein Stückchen Kalb hier und ein Salatblatt da zu futtern, was weder schmeckte noch sättigte, und wie ein stumpfsinniger Löwe mit mattem Fell durch den Park zu streifen. Nein, er beabsichtigte, die restlichen eineinhalb Monate exakt an dieser Stelle, versteckt im Dunkel seines Zimmers, zu verbringen ... – Ach was, nein, er musste fort von hier! Aber wie sollte das gehen?

Monoton klatschte der Regen gegen die Fensterscheibe; Donnergrollen in der Ferne. Kaum waren ein paar Tage vergangen, und schon hatte er vergessen, wie sich die brütende Hitze angefühlt hatte. Seine Nase lief, er fühlte sich erkältet, und sein Hals war von der ewigen Feuchtigkeit und den durchwachten Nächten ganz wund. Er stopfte Holz in den Kachelofen, zog die Gardinen auf und sah auf den wassergetränkten, matschigen Park hinaus. Ein grauer Himmel, der die Gäste dazu brachte, drinnen zu hocken.

Im Kurhaus spielte eine Gesellschaft Bridge. Man hatte ihn gefragt, ob er sich ihnen anschließen wollte, doch war es ihm gelungen, dankend abzulehnen, ohne preiszugeben, dass er die Einladung wegen Geldmangel ausschlug. Heimlich hantierten die Spieler nämlich mit großen Scheinen, ja, in jedem Haus wurde gegen Liljedahls Regeln verstoßen – Flachmänner in Rocktaschen; Morphiumspritzen in Puderdosen; Schmerztabletten in Halspastillenschachteln; Champagnerflaschen, die im Bach zur Kühlung lagen.

Für Andreas war das Kurbad eine gigantische Spielwiese, auf der ein Haufen erwachsener Gören ihrem Häuptling trotzte. Wie schön es doch war, von Regeln eingeengt zu werden, die Ungehorsam ermöglichten, gab es doch nichts, das einen so anstachelte wie Trotz.

Dennoch war es einfacher, mit viel Geld in der Hinterhand

aufsässig zu sein und die Ehre nicht in Gefahr zu wissen. Wenn er doch nur Geld in der Tasche hätte! Aber Aline hatte für den ganzen Sommer im Voraus bezahlt, und was blieb ihm? Ein wenig zusammengekratztes Kleingeld. Er wollte nicht daran denken, wie demütigend das war; eine Handvoll Münzen, die man ihm wie einem Schuhputzerjungen zugeteilt hatte. Gewiss kostete dieser Sommer Unsummen, aber er hatte ja auch nicht darauf bestanden.

Ihr Geld. Was wollte sie eigentlich mit ihm, einem brotlosen Dichter von ärmlicher Herkunft? Sie behauptete, ihn aus Liebe, nicht aus Konvenienz gewählt zu haben. Die Kaufmannsfamilie, aus der sie stammte, war bekannt für ihr kulturelles Interesse, und sie selbst fasste sich als moderne Frau auf, welche die Regeln, nach denen sie lebte, selbst bestimmen wollte, die sich von Künstlern angezogen fühlte, irgendwie durch sie befreit werden wollte. Hatte sie genug Verstand und Geschmack bewiesen, sich für den richtigen Künstler zu entscheiden? Wessen Urteil sollte sie trauen? Eine kümmerliche Gedichtsammlung hatte er herausgegeben, sie war nahezu sang- und klanglos in der Versenkung verschwunden. Allerdings war ihr eine kleine, wohlwollende Rezension in *Nya Dagligt Allehanda* zuteilgeworden, die sowohl seiner Gattin als auch den Schwiegereltern imponiert hatte, welche diese sogleich ausschnitten und Freunden gezeigt hatten.

Er hatte Aline nicht erzählt, dass er den Verfasser ebendieser Rezension in Rydbergs Bar schon mehr als einmal aus Geldnöten gerettet hatte.

Alines Eltern waren Freidenker, die lebhaft soziale Fragen diskutierten. Sie sonnten sich in ihrer liberalen Einstellung, was den Vormarsch der Arbeiterbewegung betraf. Andreas hörte ihnen still zu und verhielt sich abwartend. Für welche Seite würden die Sozialliberalen Partei ergreifen, wenn es tatsächlich hart auf hart kam? Nicht für die Arbeiter, so viel war gewiss!

Das Gesicht seiner Schwiegermutter erhellte sich stets, wenn sie ihn sah, wollte sie sich doch liebend gerne über moderne Autoren mit ihm austauschen – radikale Schriftsteller und mutige Frauen, die sich für ihre Rechte engagierten. Liljedahl, über dessen Erfolge sie sich auf dem Laufenden hielten, wurde oft erwähnt, war er doch wie sie ein Verfechter des Wahlrechts, sogar des Frauenwahlrechts.

Alines Vater begegnete ihm vorsichtiger; er betrachtete seinen Schwiegersohn mit einem milden Blick, der bis auf den Grund seiner Seele zu dringen schien, und einer leisen Unschlüssigkeit, die Andreas verunsicherte und ein klein wenig anbiedernd auftreten ließ. Doch auch sein Schwiegervater fand durchaus Vergnügen daran, sich mit Andreas zu unterhalten. Gelegentlich bat er ihn auf einen Cognac in die Bibliothek, zu einem Gespräch unter vier Augen, das von einem ernsten Pathos getragen wurde. Ob er sich vorstellen könne, für das Familienunternehmen tätig zu werden? Oder hätte er eine andere Arbeit in Aussicht? Die Dichtung brächte schließlich keine Einkünfte, und mit irgendetwas müsse er schließlich zum Familienunterhalt beitragen, wo er doch einen so kostspieligen Lebensstil pflegte. Andreas verursachten diese Gespräche, in denen ein gereizter Unterton mitschwang, stets Anspannung und Bauchschmerzen. Ahhh, welch feiner Cognac! Doch seinen Blick hielt er unablässig auf das Cognacglas seines Schwiegervaters gerichtet, wollte sein Glas nicht vor ihm leeren. Weshalb tobte der Schwiegervater nicht? Schimpfte ihn für seinen Müßiggang und seine ins Leere gehenden Schreibversuche aus? Andreas schämte sich für seine Unfähigkeit und sein Schmarotzertum. Bemühte sich, nicht an seinen Hemdmanschetten herumzufingern, während er seinem Schwiegervater versicherte, dass er mehrere Angebote und Anfragen hätte, für Redakteurstätigkeiten und das Schreiben von Kritiken. Er würde sich schon ein Auskommen besorgen, sein Schwiegervater bräuchte nicht daran zweifeln.

War er verliebt in Aline? Er wusste weder ein noch aus. Also schloss er die Augen und bemühte sich, sich ihre grünen Augen zu vergegenwärtigen. Die Erinnerung an sie war merkwürdig verschwommen, wie er da an seinem Pult saß, die Feder in ihr schwarzes Bad tauchte und versuchte, seine Sinne zum Klingen zu bringen.

Stattdessen aber tauchte eine abschreckende und zugleich faszinierende Fratze vor seinem inneren Auge auf – die Fratze von Onkel T. Er hatte ganz vergessen, dass er versprochen hatte, ihm Gedichte vorzutragen.

Hatte er etwas Neues, das er zum Besten geben konnte? Er blätterte seine Manuskripte durch – zu düster, zu viel Tod. Er suchte nach etwas anderem, etwas, was Leben hatte, Trost schenkte. Er blieb an einem Gedicht hängen, das von einer trauernden Frau handelte, die ihre Nächte auf dem Friedhof zubrachte; auf einem Bett aus Efeu ruhend, die Wange gegen den Grabstein ihres frisch verschiedenen Gatten geschmiegt. Er las es laut, mit sanfter, tröstender Stimme zunächst. Wurde von der Stimmung und dem Rhythmus der Verse mitgerissen, sodass seine Stimme, ohne dass er es merkte, merklich kraftvoller wurde. Es versetzte ihn in Trance, doch kam er rasch wieder zur Besinnung, als sein Zimmernachbar gegen die Wand hämmerte: »Halten Sie die Klappe, ich halte Mittagsschlaf!«

Um Mitternacht schlug er mit leeren Händen den Weg zum Paradies ein. Der Park lag einsam und ungastlich da, in lange Schatten getaucht. Der Regen rann ihm die Wangen hinab, den Hals hinunter und in den Kragen; schon waren seine Strümpfe durchnässt. Der Bach toste wie ein Wasserfall.

Die Veranda des Paradieses war leer. Er sah zu den Fenstern im ersten Stock hinauf, warf einen Stein an Onkel T.s Scheibe. Ein Schatten rührte sich dort drinnen, das Fenster ging auf, ein Arm wurde hinausgestreckt, die Hand winkte.

Andreas setzte sich und lauschte dem Klopfen des Regens auf dem Verandadach. Schlurfende Schritte auf der Treppe; ein dumpfes Plumpsen. Langsam knarrend schwang die Tür auf.

»Hatten Sie eine Schreibblockade?«

Es fiel ihm schwer, sich an Onkel T.s hohe Stimme und seine koketten Betonungen zu gewöhnen, besonders, da er dies mit blondgelockter Perücke äußerte. Vor seinem Gesicht hatte er eine Maske befestigt, die einen schönen jungen Mann mit energischer gerader Nase, wohlgeformtem Mund mit vollen Lippen und einem Grübchen im Kinn zeigte. Durch die auf Augenhöhe liegenden Löcher funkelten Onkel T.s strahlend blaue Augen. Der Kontrast zwischen dem alternden, gleichsam von Schmerzen und Knochenfraß gebeugten und verdrehten Körper und dem engelsgleichen Gesicht war enorm.

Andreas sah in die himmelblauen Augen.

»Nein, aber ich fand nichts Passendes.«

»Inwiefern passend?«, sagte Onkel T. herausfordernd und blickte ihn mit großen Augen an.

Dieser Mann konnte streng sein. Andreas riss sich zusammen, senkte den Blick.

»Alles, was ich geschrieben habe, schien mir … wie für den Galgenmann geschrieben.«

Onkel T. reckte geschwind einen Zeigefinger in die Luft.

»So etwas muntert einen doch auf.«

Die Antwort kam wie aus der Pistole geschossen. Aber wie

sollte man in einem auf eine Maske aufgemalten Gesicht lesen, wie das neckische Verziehen eines Mundwinkels erkennen können?

»Ich habe nichts Trostspendendes finden können.«

»Wie angenehm.«

Er setzte sich Andreas gegenüber in einen laut knarrenden Korbstuhl und zündete eine Petroleumlampe an. Wischte sich mit einem Taschentuch den Speichel ab, der aus seinem Mund rann.

»Beim nächsten Mal können Sie ja etwas richtig Nachtschwarzes mitbringen.«

Andreas nickte. Diesem Mann gegenüber brauchte er nicht schönzutun und Worte wie kleine fedrige Wölkchen zu wählen. In der Hinsicht war er ein wenig wie sie, Amanda. Wie sehr sie in diesem Moment wohl litt? Ob sie noch lebte?

»Was, glauben Sie, kommt danach?«

»Nach Augustenbad, meinen Sie?«

»Nein, nach dem …«

Andreas machte ausladende Gesten, als ob er das Universum umarmen wollte.

»Ein Vorhang aus dickem, schwarzem Samt.«

»Das ist alles?«

»Ja.«

»Keine Spur von Leben also?«

»Nein, Gott sei Dank nicht. Ein ewiges Leben wäre … ja, das wäre der reinste Tod.«

Onkel T. vollführte eine dramatische abwehrende Geste und hätte dabei beinahe ein Wasserglas zu Boden gefegt. Er sprach so gebärdenreich, dass Andreas ausnahmsweise einmal verstummte.

»Hat es Ihnen nie gefallen zu leben?«

»Doch, doch, verstehen Sie mich nicht falsch! Im Großen

und Ganzen habe ich gelebt … sogar zufrieden, beinahe, trotz des bitteren Endes, dem ich nun unerbittlich entgegengehe. Aber … das Leben ist dazu da, es hinter sich zu bringen, selbst als ich noch gesund war, war das für mich so – jeden Tag zu bewältigen, ihn mit einem Stoßseufzer abzurunden: So, nun liegt auch dieser hinter mir.«

»Für mich klingt das wie … ein Alptraum.«

»Andere nehmen dafür mit Tagträumen vorlieb. Mit der Malerei … für dich ist es die Dichtung. Das schenkt einem, trotz allem, in den besten Momenten … so etwas wie eine Flamme.«

»Haben Sie die Maske selbst bemalt?«

Onkel T. nickte, wischte sich abermals den Mund ab, brummte, was die graue Salbe dem Körper antäte. Stammelte die Namen von Cremes und Medikamenten: Amykos, Anthyllion – es klang wie ein Gedicht, ein Gedicht auf Griechisch.

Dann fiel ihm ein, dass ihm nicht grundlos eine Frage gestellt worden war, sondern Andreas auf seine Antwort wartete.

»Ja. Ich habe die Maske nach einem Lichtbild gemalt, welches mich jung und schön zeigt … Sie können es sich nicht vorstellen«, sagte er und lachte zufrieden und gedämpft in sich hinein.

»Hatten Sie viele Damen?«

»Schon, aber vor allem Männer«, erwiderte er und stellte fest, dass Andreas durch diese Enthüllung nicht geniert war.

»Du liebe Zeit, was ich mich mit der Maske in der Lusthöhle amüsiert habe, in jenen Jahren, als ich noch nicht auf Krücken angewiesen war. Wie ich getanzt habe!«

»Lusthöhle?«

»Ein exklusiver Klub, nur für Mitglieder. Wenn du keine Lustseuche hast oder gehabt hast, wirst du schlicht und einfach nicht hineingelassen.«

Wodurch der Begriff »exklusiv« ganz neue Dimensionen bekam. Andreas war zufrieden, eine Erklärung dafür erhalten zu haben, weshalb es in Stockholm einen Klub gab, den selbst er noch nicht kannte.

Der ältere Mann lehnte sich zu Andreas hinüber.

»Aber meine schönste Maske zeigt eine noch entstelltere Fratze als mein gegenwärtiges Gesicht. Ich will auf das vorbereitet sein, was mich erwartet. Mich mit dem Ekel vertraut machen. Sofern ich das Glück – oder Unglück – habe, noch ein Weilchen zu leben ... Je nachdem, wie man es betrachtet.«

»Darf ich sie sehen?«

Onkel T. erhob sich, bereit, die Maske zu holen, geriet ins Wanken, setzte sich wieder. Seine Beine, ja, der ganze Mann zitterte. Wenn er nur keinen epileptischen Anfall bekam!

»Ich muss mich jetzt hinlegen ... sehen Sie!«

Er streckte den Arm unter dem Verandadach hervor.

»Es wird schon hell.«

Schwer stützte sich Onkel T. auf seine Krücken. Seine Knöchel wurden weiß, beinahe durchsichtig; rote und blaue Striemen durchzogen seine Haut. Das Handtuch stopfte er in die Rocktasche.

»Ich will Ihnen eine Hausaufgabe stellen ... Sie dürfen mein Gesicht jetzt, im klaren Dämmerlicht, sehen. Studieren Sie es gründlich. Gehen Sie dann heim und fassen Sie das, was sie gesehen haben, unmittelbar in Worte. Und beim nächsten Mal ... lesen Sie mir mein Gesicht vor.«

Er zog die Perücke herunter und entblößte einen kahlen Schädel. Nahm vorsichtig die Maske ab. In seinem Eifer strauchelte er, sodass Andreas seinen Arm fasste, ihn festhielt, bis er sein Gleichgewicht wiedergefunden hatte. Andreas schnappte nach Luft, als er die nässenden, eitrigen Wunden, Vertiefungen und Geschwüre aus nächster Nähe sah. Er schloss die Augen und konzentrierte sich angestrengt. Langsam, ganz langsam öffnete er sie wieder und betrachtete im unbarmherzigen Morgenlicht starr die abstoßenden Gesichtszüge. Der geschwürige Mund öffnete sich. Andreas keuchte auf.

»Nehmen Sie es mit den Details genau, seien Sie nicht feige. Durch Feigheit ist der Welt schon so manche bedeutsame Kunst entgangen.«

Die rechte Wange gleicht einem prallen Ball. Der Mundwinkel zieht sich schief verzerrt zur Wange hinauf, wo er an einem rosenknospenförmigen offenen Geschwür befestigt zu sein scheint. Die Stirn ist in zwei Hälften geteilt: eine ovale, eitrige Wunde, die so faltig wie die Schamlippen einer Frau ist. Wo einst die Nase gesessen hat: ein klaffendes Loch. Aus dem Mundwinkel sickert Speichel. Schwarze Augenbrauen, welche nach unten, zur Nasenwurzel gezogen sind, was dem Gesicht einen gewissen diabolischen Ausdruck verleiht, der wiederum in starkem Kontrast zu den himmelblauen, unschuldig leuchtenden Augen steht. Geweitete Pupillen; lange, dichte Wimpern.

Schläfrig legte sie sich auf einem bewaldeten Hang ins Moos und atmete die frische, nach Kiefern duftende, feucht-kühle Luft ein. All ihre Glieder waren angenehm entspannt, als sie mit ihrem Blick die mächtigen, hohen und schlanken Kiefernstämme nachzeichnete, die so spärlich wuchsen, dass jeder Baum in einem eigenen Lichtkranz erstrahlte. Das Licht reichte bis zum Boden, im Frühjahr war der ganze Hang leberblümchenblau. In den Wipfeln der Kiefern flitzten Eichhörnchen auf und ab. Maria stellte sich diese Lichtung als ihr Schlafzimmer vor; ein geräumiges Schlafzimmer mit dunkelgrünen Samttapeten und brauner Holzvertäfelung.

Sie schlummerte vor Erschöpfung ein, eine den ganzen Körper erfassende Erschöpfung, die total, aber sanfter als jene war, die nach harter Arbeit über sie kam. Kleine Fliegen, die sonderbarerweise stachen, setzten sich auf ihre Arme. Dieser Sommer war verrückt.

Die Vögel sangen ausgelassen, als sie aufstand, um tiefer in den Wald hineinzugehen, wo sie – dort, wo das Heidelbeerkraut schwer unter seiner Last zu Boden sank – in die Hocke ging. In diesem Jahr waren die Beeren besonders groß und prall; einfach alles wuchs und gedieh üppig und schoss kraftvoll in die Höhe.

Als sie sich sicher sein konnte, dass die Mutter bei der Arbeit war, trug sie große Pfifferlinge in der Schürzentasche nach Hause und briet sie in frischer Butter, die ihre Mutter aus der Kuranstalt mitgebracht hatte, tat die Pilze auf ein Stück Brot und verschlang sie gierig. Dieser Hunger! Die ungebändigte Kraft ihres Hungers machte ihr Angst. Ausgehungert war sie früher schon gewesen, aber das – wie sollte sie dem Herr werden? Vor Grütze und Hering hatte sie sich zu ekeln begonnen. Sollte sie zu Zeiten, in denen alles und jeder schlief, um den Erdkeller des Kurbads streichen und sich ein Stück Speck oder einen Käse mopsen? Was wäre, wenn sie dabei ertappt wurde?

Sie ging in die Kammer, verriegelte die Tür und stellte sich vor den Spiegel. Dann drehte sie das Foto ihres Stiefvaters um, das in einem Rahmen aus Birkenholz auf der Kommode stand, wollte seine kalten Augen nicht auf sich spüren. Sie öffnete die Bluse und betrachtete ihre Brust – von vorn, von der Seite. Über den vorstehenden Rippen nahmen sie sich groß aus. Sie tastete eine Brust ab, die gespannt und empfindlich war, musterte die geröteten Äderchen und tippte so eben gegen die stur aufgerichtete Brustwarze, die sonst in der Haut versenkt war und ihr Erblühen zur Frau gleichsam bremste. Die Warze juckte ein wenig.

»Was tust du da?«

Gerda, ihre zwei Jahre jüngere Schwester, klopfte an die Tür. Flink streifte sich Maria wieder das Unterhemd über und knöpfte die Bluse schief zu, sperrte gereizt auf, ging hinaus und stampfte auf dem Fußboden auf:

»Was kümmert dich das!«

Gerdas schnippischer Gesichtsausdruck; das runde, sommersprossige Gesicht.

»Es ist ja wohl noch gestattet, sich zu kämmen!«

Gerda schritt herein und stellte sich vor den einzigen Spiegel im Haus.

»War das jetzt so wichtig? Nur, weil ich hier drinnen war«, fuhr Maria sie an.

Gerda zischte zurück:

»Schließlich muss ich ja bald *deinen* Wäschekorb holen gehen.«

Maria sah ihre Schwester überheblich an.

»Fein, aber wer schert sich schon darum, wie du unter dem Kopftuch ausschaust?«

Gerda steckte die Nase in die Luft und schob die Lippen vor.

»Ich.«

Das kriegerische Schweigen der Mutter dauerte an – sie schwieg beim Frühstück, kehrte ihr abends den Rücken zu, obwohl sie mit Taschen voller Pilze nach Hause kam, um sie zu besänftigen. Sie stellte die Pfifferlinge auf die Spüle, wölbte die Hände um ihre Nase und schloss die Augen. Sie würde niemals laut sagen, woran der Geruch sie erinnerte.

Den Hering zwang sie hinunter, obwohl ihr übel davon wurde, nahm eine weitere Kartoffel. Betrachtete den Rücken ihrer Mutter, als diese abwusch, sah, wie sie gelegentlich innehielt und aus dem Fenster sah. Was mochte ihr durch den Kopf gehen? Marias Blick schweifte zu den von Krampfadern gestreiften Waden der Mutter; unter der Haut spielenden Muskeln. Sie folgte den blauen Linien der Adern, die sich wie ein Flussdelta verzweigten und teilten.

Sie trug ihren Teller ab, ohne eine Antwort auf ihr »Danke« zu erhalten, ging hinaus und setzte sich auf die Vortreppe. Pulte zerstreut einen Farbsplitter ab; das Haus konnte wahrlich einen neuen Anstrich vertragen. Aber wann würden sie Zeit dafür finden? Sie konnten schließlich nicht mitten in der Nacht streichen. Und sonntags wollte niemand mitanpacken, und da waren Mutter und sie sowieso so erschöpft, dass sie nichts taten außer sitzen, liegen und essen.

Wie schön die Abendluft war! Die Hände um den Bauch gelegt, machte sie tiefe Atemzüge und zuckte zusammen, ja erschrak beinahe, als sie die Stimme ihrer Mutter hörte, die plötzlich neben ihr auf der Vortreppe stand. Sie redete wieder!

Ja, die Mutter redete mit ihr, wenn auch in einem brüsken, verdrossenen Ton.

»Wo treibst du dich den ganzen Tag lang herum?«

Sie antwortete ruhig und zaghaft, sah ihrer Mutter in die Augen.

»Im Wald.«

Die Mutter setzte sich neben sie, stellte die Kaffeekanne aus Weißblech ab, ließ ihre geschwollenen Füße von der kühlen Luft umspielen.

»Hast du dich im Spiegel angesehen?«

Sie befühlte die Wangen und den Mund, flüsterte ein verständnisloses »Ja«.

»Du rennst ja umher wie ein Waldgespenst. Du musst dir etwas überlegen.«

»Das habe ich getan.«

»Aha. Und was?«

»Ich werde es behalten.«

Die Mutter erstarrte, ihre Gesichtszüge wechselten zwischen Verzweiflung und Zorn. Sie erhob sich, um hitzig das Unkraut rings um den untersten, gerundeten Treppenstein auszurupfen, setzte sich dann mit einem kaum wahrnehmbaren Seufzer wieder hin.

Bis auf das Hundegebell vom Nachbarhof herrschte Stille. Dass er sich die Mühe machte, von früh bis spät so wütend zu kläffen, der alte Frechdachs!

»Und wer soll euch versorgen?«, fragte die Mutter resigniert.

Sie zuckte die Schultern.

»Es trifft keinen Armen, falls Mutter das glaubt.«

»Aber so sag doch, wer es ist!«

Schweigen, ein langes, unerträgliches, bis auf – dieser Hund müsste erschossen werden, dachte Maria bei sich.

Der auffordernde Blick der Mutter, der nach einer Antwort verlangte.

»Der Dichter.«

Die Mutter sackte von Kopf bis Fuß in sich zusammen, stieß einen langgezogenen Seufzer aus.

»Stell dir vor, ich hab es beinahe geahnt … wer sollte es auch sonst sein – diese sanft funkelnden Augen. Der Teufel soll ihn holen!«

Die Mutter schloss die Tür zur Kate, sodass der Kleinste nichts mehr hörte, und setzte sich neben ihre vom Unglück getroffene Tochter.

»Weiß er es?«

Maria schüttelte den Kopf. Die Mutter erhob einen strengen Finger.

»Sag es ihm nicht zu früh. Wenn du Glück hast, ist es abgängig.«

Ist es abgängig – das klang schrecklich. Wie konnte Mutter so etwas sagen! In einer beschützenden Geste legte sie die Hände über den Bauch, damit das Kleine, das dort drinnen wuchs, nicht spüren musste, dass es in verbotene Gewässer geraten war.

Erneut wurde es still zwischen ihnen. Beide saßen sie da und starrten in die Dämmerung, die sich über das Gärtchen senkte.

Ihre Mutter kaute wieder, und das machte sie nervös; ja, Mutter kaute sich die Nagelhaut ab, kaute an den Fingerknöcheln. Es war so leicht, bis hinunter auf das rohe Fleisch, bis aufs Blut draufloszukauen, waren ihre Hände doch von der Arbeit mit dem Wasser grau und schwammig.

Da ergriff ihre Mutter das Wort.

»Du, was deine Vorstellungen, die Schule des Doktors zu besuchen, anbelangt …«

Maria traten Tränen in die Augen, sie schluckte hart.

»Es hat sowieso keinen Zweck.«

Ihre Mutter sah sie fragend an.

»Ach, ernster war es dir also nicht mit diesem Traum?«

Ihr Traum, was sollte sie noch damit. Sie hätte es gleich wissen müssen – was für ein dummer Traum das war.

»Dort werden sowieso nur Mannsleute sein«, sagte sie und knöpfte ihre Strickjacke in der heraufziehenden Abendkühle zu, das Wort »Mannsleute« war kaum zu verstehen. Abermals saßen sie schweigend da, und Mutter kaute erneut auf den Knöcheln herum.

»Du wirst …«

Weiter kam sie nicht. Mutter machte zwar Anstalten, etwas zu sagen, doch die Worte blieben auf halbem Wege stecken.

»Was werde ich?«

Wollte sie jetzt etwa wieder mit diesem kriegerischen Schweigen anfangen? Sie bekam Lust, ihre Mutter zu schütteln, sie gegen die Schulter zu boxen.

»Nun sag schon!«

Ihre Mutter sah ihr geradewegs in die Augen. Hielt die Worte zurück.

»Jetzt sag's endlich!«

Der Mund der Mutter – ein Strich; der Blick leer.

»Du wirst enden wie ich.«

Maria erhob sich, klopfte sich den Kies und den Staub vom Rock, stellte sich vor die Mutter.

»Und wäre das … das Allerschlimmste?«

Ihre Mutter erwiderte nichts, holte nur die Gießkanne und wässerte die gelben Stockrosen, die in der Hitze die Köpfe hängen ließen.

AUGUST

53. Jegliche Bewegungen im kalten Bade müssen, wie zuvor erwähnt, mit einer gewissen Ruhe vonstatten gehen, gleichwie Schwimmbewegungen. Sind die Bewegungen zu heftig und aufregend, so geht man unter, sowohl der Badende als auch der Schwimmende.

Bereits zehn Minuten vor dem vereinbarten Gesprächstermin stand sie vor dem Bäderkontor. Sie setzte sich auf die Veranda und probte, was sie sagen wollte. Ihre Hände zitterten. Sie befeuchtete den Daumen und rieb einen Fleck auf ihrer Bluse fort, umklammerte hart die Handtasche.

Die Hitze war zurückgekehrt, die Luft vibrierte, Feuchtigkeit sammelte sich unter ihren Achseln. An jenem Tag vor sechzehn Jahren war es nicht heiß gewesen. Damals hatten zwanzig Grad minus geherrscht, es war der kälteste Winter seit Menschengedenken gewesen. Die Fensterscheiben waren von Frost überzogen gewesen, beim Atmen hatten sich kleine Dampfwölkchen gebildet.

Sie hatte mithilfe ihrer Mutter geboren. Ihre Geschwister hatten alles, was sie besaßen, anziehen und unterdessen im Stall warten müssen, hatten sich an Klara gewärmt.

Es sei rasch gegangen, hatte ihr die Mutter erzählt.

Drei Tage nach der Geburt war sie schon wieder bei der Arbeit gewesen. Pastor Dagerstam hatte um ein Gespräch mit ihr gebeten. Sie erinnerte sich noch an seine gutmütig dreinblickenden Augen, seine milde Stimme. Frauen, die außerehelich ein Kind geboren hätten, könnten Verdammnis über sittenreine schwangere Frauen bringen. Mit liebenswürdigster Stimme bedauerte er das Ganze. Der Blick einer solchen Frau auf den Bauch einer verheirateten Schwangeren könne eine Missgeburt zur Folge haben, das solle sie nur wissen. Wenn sie den Hauptgottesdienst besuchen würde, würden andere fernbleiben, so sei es eben. Doch wenn sie trotzdem Gottes Wort lauschen wolle, sei er willens, ihr daheim seine Aufwartung zu machen.

Ihre Geschwister hatten nach dem kleinen Mädchen gesehen, wenn sie arbeiten ging.

Von ihm war kein Wort gekommen.

Sie schreckte zusammen, als Doktor Liljedahls Stimme polternd aus der Aufnahme herüberklang: »Karl Johan Andersson! Wie in aller Welt soll ich diese vielen Karl Johan Anderssons auseinanderhalten können, wo ich schon vier davon in diesem verfluchten Armenbad habe!«

Eine knarrende Stimme antwortete:

»Kalle geht auch in Ordnung.«

»Das sagen mir alle! Nein, dann müssen wir eben Jösse sagen.«

Eine Erwiderung hörte sie nicht mehr. Schon ging die Tür auf und wurde gleich darauf wieder geschlossen. Ein junger Mann mit blondem, strubbeligem Haar trat aus dem Büro. Er sah ordentlich aus, aber seine Kleider saßen schlecht, waren eine Nummer zu groß. Er sah zum Hof, wo ein paar Damen in Rock und Bluse unter den forschen Anfeuerungsrufen des Gymnastiklehrers seitliche Rumpfbeugen machten. Ein Paar, das sich untergehakt hatte, ging vorüber; sie trug ein raschelndes, dunkelgrünes Kleid.

Der junge Mann setzte seine Kappe auf und hielt mit energischen Schritten auf das Lazarett zu.

»Der Nächste!«

Liljedahls gereizt klingende Stimme ließ ihre Nervosität nicht eben schwinden. Wie sollte sie in seinem überhitzten Zustand zu ihm durchdringen? Sie tat einen tiefen Atemzug, bevor sie die warme Türklinke hinunterdrückte und leise eintrat.

Das Zimmer lag im Dunkeln, die Gardinen waren vorgezogen, um die Hitze auszusperren. Liljedahls Gesicht war hochrot; die weißen Haare bauschten sich wie eine Wolke um sein Haupt, sie hörte ihn brummeln. »Vermaledeite Sonne, diese hartnäckige Hitze, nichts als Elend verursacht sie – Bakterien, Ansteckungen und Krankheiten. Einen Durchzug frischer Luft, das bräuchten wir!«

Seine Augenbrauen saßen weit oben am Haaransatz; er sah aus wie ein Verrückter, ein Irrer. Diesen Wesenszug hatte sie schon früher an ihm bemerkt, wenn er Tag und Nacht ohne Unterlass gearbeitet hatte.

Sie war in höchster Anspannung.

»Bitte sehr, tritt vor, Anna.«

Kleine Schritte vorwärts, ein Knicks; sie nahm Platz auf dem Sprossenstuhl vor Liljedahls Schreibtisch.

Sie versuchte ruhig zu atmen, aber ihr Herz pochte hart.

»Wäre es möglich, unter vier Augen mit dem Herrn Doktor zu sprechen?«

Ihre Stimme klang spröde, tastend.

Der Sekretär starrte sie aus seiner Ecke an, und die beiden Schwestern, die Liljedahl zur Hand gingen, spitzten die Ohren.

»In diesem Raum gibt es keine Geheimnisse. Offenheit ist eine Voraussetzung für jede Heilung und Genesung.«

Wie sollte sie es nur anfangen. Sie stammelte und gab Unzusammenhängendes von sich.

»Sprich lauter, wenn ich bitten darf. Es geht um deine Tochter, nicht wahr. Ein paar Gäste haben ihre Kragen vermisst. Wenn sie nicht bis zum Schlosstanz am Sonntag vorliegen, dann …«

Jetzt, mochte es biegen oder brechen!

»Sie ist … in Umständen.«

Der Doktor ließ die Faust so hart auf den Tisch herabsausen, dass ein Wasserglas umkippte, die Unterlage sowie einen Stoß Papiere durchnässte. Schwester Karin eilte mit einem Lappen herbei und wischte die Schreibtischplatte ab, während Schwester Ellen mit einem anderen Wischlappen die Tropfen vom Boden aufnahm.

»Sie müsste doch noch eine ganze Weile arbeitsfähig sein, wenigstens bis zum Ende des Sommers.«

»Das ist sie, aber sie ist aufsässig, will nicht die Badeanstalt aufsuchen. Sie sagt, dass sie wie gewöhnlich plätten könne, das Abholen und die Lieferung der Wäsche jedoch unmöglich seien.«

»Das ist das Törichteste, das ich je gehört habe! Was bildet sie sich ein?! Ich habe keine Zeit für Tollköpfe.«

Sie umklammerte die Handtasche noch härter und fuhr mit ausdrucksloser Stimme fort – so, wie sie die Worte geprobt hatte.

»Die Arbeit wird selbstverständlich zu Ihrer vollständigen Zufriedenheit verrichtet. Ihre Schwester kann die Wäschekörbe holen und bringen, ab und an ich. Sie werden den Unterschied nicht merken, auch die Gäste nicht.«

Der Doktor erhob sich hinter seinem Schreibtisch, trat ans Fenster und sah hinaus in die fast blendend weiße Sonne. Drehte sich um und ließ seinen Blick auf ihr ruhen.

»Anna, meine Anna – du bist meine beste Badewärterin, und ich habe dir schon aus den verzwicktesten Situationen geholfen, und das mehr als einmal … als deine Mutter an Rheuma erkrankte und als dein seliger Gatte dahinschied.«

Er sah sie scharf an. Obwohl sie saß, knickste sie.

»Wie sollte ich jemals Ihre Güte vergessen können. Ich habe mein Allerbestes getan, um meine Dankbarkeit zu beteuern.«

Liljedahl drehte eine Runde durch das Zimmer, sah aus dem anderen Fenster und ließ eine missmutige Bemerkung darüber fallen, dass manche Gäste den halben Tag lang nur an der Kaffeebude zubrächten, bevor er sich hinter Anna stellte, ihr die Hände auf ihre Schultern legte und sie massierte. Sie vernahm seinen Schweißgeruch, spürte seine schweren Atemzüge in ihrem Nacken. Verkrampft hielt sie den Atem an. Sich zu entspannen war in einem Augenblick wie diesem ein Ding der Unmöglichkeit, das müsste er eigentlich wissen. Er fuhr fort, sie zu massieren; bearbeitete sie mit zunehmend härteren Fäusten. Sie heftete den Blick auf das Spruchband. Es war schlampig geplättet und nachlässig bestickt.

»Ich habe Ihnen mein vollstes Vertrauen geschenkt, aber nun bin ich mit meiner Geduld am Ende.« Er ließ von ihr ab und nahm wieder hinter dem Schreibtisch Platz. »Jeder Mensch muss selbst alles aufbieten, was in seinen Kräften steht, muss sein Möglichstes tun und kämpfen, um sich aus dem Dreck zu ziehen. Jetzt stapft Maria dort hinein, wo schon ihre Mutter gewesen ist und sich ihr ganzes Leben lang abstrampelt.«

Sie spürte, wie ihr die Tränen kamen; ihre Wangen brannten, ihr ganzer Körper war in Aufruhr. Schweißtropfen rannen ihr vom Haaransatz. Sie sollte aufstehen und gehen, blieb jedoch wie festgenagelt auf dem Stuhl sitzen.

»Aber zumindest weiß man doch, wer der Vater ist, nicht?«

Es wurde so still, dass das Ticken der Wanduhr wie Zimbeln klang. Der Sekretär legte die Feder nieder. Die Schwestern hörten auf, Badehandtücher zusammenzufalten. Was sollte sie anderes sagen als die Wahrheit, alles andere würde ja doch irgendwann ans Tageslicht kommen.

»Das habe ich auch gedacht ... ihr Verlobter Samuel ... aber er war es nicht. Er hat sie im Zorn verlassen.«

Liljedahl schlug erneut mit der Faust auf den Tisch. Eingeschüchtert verfolgten die Krankenschwestern die wilden Gesten des Doktors.

»Daran hat er Recht getan! Samuel ist ein junger Mann von Charakter, in allem klug und maßvoll. Dieser Mann ist sogar achtsam, was den Genuss von Kaffee betrifft. Er kann es weit bringen, im Herbst beginnt er als Zögling an der Schule. Aber deine Tochter, Maria, was soll nun aus ihr werden?«

Dieser gebieterische Ton, der in seiner Frage lag, was sollte sie nur darauf antworten. Sie krallte die Finger in ihren Rock; jetzt nur nicht unter den Blicken des Doktors die Nägel blutig kauen.

Liljedahls Stimmlage änderte sich, er sprach jetzt tief, es klang wie ein dumpfes Knurren.

»Dass es so schwer ist, seine kleine Pforte nachts verschlossen zu halten, wo man doch weiß, dass man dadurch all dessen beraubt werden kann, was man sein Eigen nennt – Ehrbarkeit, Redlichkeit.«

Die Worte schmerzten, nun vermochte sie nicht länger die Tränen zurückzuhalten. Da kamen sie schon; sie schluchzte laut auf, unterdrückte die Tränenflut mit schierer Willenskraft.

Doktor Liljedahl zog eine Schreibtischschublade auf, nahm ein riesiges Taschentuch heraus und gab es ihr.

Zögernd nahm sie es; sollte sie sich wirklich in so ein feines, sauberes Taschentuch schnäuzen?

»Ist ja gut, meine liebe Signe. Weißt du, ich habe mein ganzes Leben dafür gekämpft, meine Mitmenschen dazu zu bewegen, von ihrer sittlichen Kraft Gebrauch zu machen … um den Versuchungen zu widerstehen. Aber ich bin enttäuscht, fühle mich ausgelaugt, denn der Schmutz übt eine stärkere Anziehungskraft auf den Menschen aus, als ich es je für möglich gehalten hätte. Meine Gäste haben die Möglichkeit, jeden Tag zu duschen, schlafen stattdessen doch lieber in den Tag hinein und verspielen ihr Vermögen, trinken lieber Gift als Wasser, rauchen Zigarren im Bad. Wenn es im Gesellschaftsleben heiß hergeht, begehen sie Ehebruch, obwohl sie riskieren, dadurch das einzige Leben, das sie besitzen, zu zerstören – durch die Französische oder als verarmte Frau unter der Hurenhaube.«

Ihr war, als hätte sie eine Backpfeife bekommen. Der Raum drehte sich um sie, ja, nun würde sie in Ohnmacht fallen! Schwester Ellen und Schwester Karin musterten sie besorgt. Da klopfte es an die Haustür.

»Danke, meine Signe. Du kannst gehen. Wir müssen an einem anderen Tag weiter darüber sprechen.«

»Anna, ich bin doch Anna … aber woher weiß ich … soll ich weitermachen … soll Maria?«

»Du machst weiter wie bisher, aber ich werde nach einer neuen Glanzbüglerin Ausschau halten.«

»Das können Sie nicht tun …«

»Ich kann keine Arbeiterinnen gebrauchen, die meine Gäste in Aufruhr versetzen, schließlich betreibe ich kein Boudoir.«

Ein von rosa Streifen durchzogener Lichtschein am Horizont; ein leichter Frühnebel, wie Gischt über dem Park. Man konnte der Natur in dieser feuchten Luft fast beim Wachsen zusehen. Er war gestern beim Schreiben wie beflügelt gewesen. Nun saß er auf einer Bank und versuchte, die Einsamkeit in seinem Inneren zu ertragen. Seinen Kummer, dass der Sommer bald ein Ende hatte, dass alles so verkehrt gekommen war. Er schluchzte gleichsam den ganzen Tag innerlich vor sich hin.

Seine Ängste schwächten sich am Nachmittag bei dem ekstatischen Zirpen der Grillen ein wenig ab, wenn er sich in Tagträumen in südeuropäischen Bodegas mit einem Glas Apfelbranntwein in der Hand im Schatten der Platanen sitzen sah. Von einem Mädchen mit geschwärzten Augenbrauen und glutvollem Blick träumte.

Er las durch, was er zu Papier gebracht hatte, bereinigte den Text. Trug ihn laut vor, betonte ausgewählte Silben. Welch feiner, beschwingter Rhythmus ihm gelungen war! Wie ein Dirigent schwenkte er die Hand.

»Verzeihen Sie die Störung.«

Er schreckte zusammen, die Sonne blendete ihn. Ein rundlicher Junge – der Briefzusteller – stand vor ihm, verbeugte sich leicht, überbrachte ihm ein Kuvert. Andreas erkannte die Handschrift auf dem Umschlag, diese fein säuberliche Schrift. Er nahm den Brief und hielt ihn fest, als ob er sich von seiner Echtheit überzeugen müsste.

Aline. Sie hatte ihm den ganzen Sommer über nicht einmal geschrieben.

Mein liebster Andreas,

mein Teurer, Tapferer.

Nun stehen nur noch wenige Wochen deines Aufenthalts aus, weshalb ich dir hier deinen Fahrschein sende. Am letzten Augusttag wird dich eine Droschke abholen und dich zum Zug bringen. Mein Bruder und ich werden dich auf dem Perron in Stockholm in Empfang nehmen.

Wie ich Doktor Liljedahls Berichten entnommen habe, ist deine Behandlung erfolgreich gewesen. Du hast deine dir innewohnenden moralischen Kräfte heraufbeschworen und sich ziemende, gesunde Lebensgewohnheiten gefunden. Die wüsten Folgen eines geringfügigen Fehltrittes an Mittsommer in zunehmende Stärke und Reinheit umzukehren ist dir gelungen. All das erfreut mich, wie natürlich auch Vater und Mutter.

Es wird eine Freude sein, meinen (neuen) Mann wiederzusehen.

Deine Ehefrau, in Liebe und Ergebenheit,

Aline

Da, ein Hase, wie erstarrt am Waldrand verharrend. Sie rührte sich nicht von der Stelle, betrachtete seine langen Ohren; dass Hasen so groß sein konnten! Das von Feuchtigkeit triefende Gras hatte ihre Strümpfe durchnässt, ihr großer Zeh lugte durch ein Loch im Strumpf. Die Vegetation malte mittlerweile keine frischen Farben mehr; eine Butterblume hier und ein Rotklee da zeugten als Einzige von der einstigen Sommerpracht.

In dieser Stille wartete sie auf Samuel. Nur ihre Atemzüge waren zu hören, bis auf das Knurren ihres Magens und das einsame Klopfgeräusch eines Grünspechts, der auf einen hohlen Eichenstamm einhämmerte – niemand daheim. Ein ziehender Schmerz schoss durch ihren Kopf, fuhr den Hals hinunter, ihr in den Bauch hinein und weiter in die Schenkel; in ihren Füßen stach es; die Baumkronen kamen auf sie zu. Dazwischen ein schwarzer, knorriger Baum, der ihr entgegenkam – Samuel.

Der Hase schnellte davon.

Wie schneidig er war, vom Scheitel bis zur Sohle – sein aufrechter Gang, der geschmeidige Körper, das dichte blonde Haar. Sein wacher Gesichtsausdruck. Er, der verlässlichste Mann, dem sie je begegnet war – nun war er für sie verloren, daran gab es nichts zu rütteln. Sie, der unruhige Geist, würde sich nie mehr an seiner Ausgeglichenheit laben können.

Jetzt hatte er sie erreicht. Zum ersten Mal war sie vor einer Begegnung mit ihm aufgewühlt – war voller Scham. Diese Anklage, die in seinem festen Blick stand. Flüchtige Gesten; dieses Treffen würde rasch beendet sein.

Keine Umarmung. Ein steifer Händedruck nur, wie vor einem Geschäftsabschluss, von dem beide wussten, dass sie als Verlierer daraus hervorgehen würden.

»Wir können zu Pershäll gehen, dort ist niemand.«

Langsam gingen sie zum Lusthaus und setzten sich einander gegenüber auf die runde Bank. Ein denkbar schlecht gewählter Ort, dieser Aussichtsplatz für lustvolle Begegnungen.

Sie fröstelte, hielt die Arme vor dem Körper verschränkt. »Es wird allmählich kalt.«

Er hatte keine Zeit für Gewäsch, kam ohne Umschweife zur Sache.

»Habt ihr etwas miteinander?«

»Nein, ganz und gar nicht.«

Sie wusste, dass ihre Antwort nicht ganz aufrichtig war.

»Wir haben nichts miteinander, aber …«

»Nun sag schon, Maria! Was ist da zwischen euch?«

Sie zögerte, dann tätschelte sie verhalten ihren gespannten Bauch.

Er starrte auf ihren Bauch, sank in sich zusammen.

»Mittsommer?«

Sie nickte.

»Bist du dir ganz sicher?«

»Ja, fast jedenfalls … Mutter sagt allerdings, dass es noch abgängig sein könne.«

Jeglicher Stolz, der aus seiner Haltung gesprochen hatte, war durch ihre Geste zunichtegemacht. Er lehnte sich zurück und kniff die Augen zusammen. Sie hätte gern seine Wange gestreichelt, wusste jedoch, dass dies nicht der rechte Zeitpunkt für Zärtlichkeiten war.

»Das … mit dem wir warten wollten.«

Samuels Stimme klang gebrochen. Mit glühendem Blick sah er sie an.

»Dabei habe ich gedacht … ich habe an dich geglaubt.«

Er stand auf und schlug den Weg zum Laubengang ein, bog nach links zum Lazarett ab.

Drehte sich kein einziges Mal mehr um.

Nach ein paar sehr heißen Tagen, an denen er transpiriert und unter Atemnot gelitten hatte, machte er einen langen Nachmittagsspaziergang. Welch eine angenehme Brise; sie ließ ihn eine überraschende Kraft verspüren, schenkte ihm klare Gedanken. Schwer beugte sich der Roggen auf den gelben Feldern nach unten, die Gräben waren von Kornblumen übersät. Die einzige Geißel in dieser Spätsommeridylle war der Gestank des Misthaufens. Pfui! Er hielt sich die Nase zu. Von einem Bienenstock drang ein dumpfes, kompaktes Summen herüber. Als er die Stöcke passierte, verhedderte sich eine Biene in den Locken seines Nackenhaars. Er verspürte ein jähes Brennen, zog und zerrte an den Haaren, um das Tier abzuschütteln, das schmerzhaft zustach. Von nun an würde er stets seinen Strohhut tragen, selbst wenn das bei kräftigem Wind ein hoffnungsloses Unterfangen war.

Es tat gut, sich die Beine zu vertreten, sie liefen gleichsam wie von selbst. Ja, er könnte jetzt geradewegs die ganze lange, liebgewonnene Strecke bis zum Kungsträdgården gehen. Er stellte sich vor, wie er durstig und verschwitzt dort eintreffen und sich in irgendeiner Wirtschaft einen Krug Bier bestellen würde. Ihn rasch leerte, sich noch einen kommen ließ. Die Ideen würden nur so sprießen; dieser wunderbare Scharfsinn. Gedichte würden ihm zufliegen und ihm allesamt glänzend vorkommen. Wie sollte er, dieses herrlichen Zustands beraubt, nur weiterleben können? Die Vorstellung, von nun an zur Abstinenz verurteilt zu sein, stimmte ihn missmutig. Wie mühselig, es immerzu nüchtern mit dem Leben aufnehmen zu müssen!

Was Aline jetzt wohl machte? Womöglich richtete sie sich gerade hübsch her, um zu einem Krebssouper aufzubrechen. Er versuchte sich ein Krebsessen ohne Schnaps vorzustellen – unmöglich. Dann lieber ein Sommer ohne Krebse und dafür mit Schnäpsen, statt eines langen restlichen Lebens ohne Schnäpse, aber mit Krebsscheren.

Er schlug neue, unbekannte Pfade ein und geriet in lichten Nadelwald. Hohe Fichten mit dünnen Stämmen; das Moos erstreckte sich wie ein hellgrüner Teppich vor ihm; ein Bach mit bernsteinfarbenem Wasser schlängelte sich von der Anhöhe hinab durch den Wald. Hier würde der Wassermann höchstpersönlich zum Spielen aufgelegt sein, die Najaden singen. Wenn nicht hier, dann nirgends.

Er legte sich auf einen baumbestandenen Hang, und gerade, als er das Hellblau des Himmels zwischen den Baumkronen hindurchschimmern sah, holte ihn der Schlaf.

Er wurde von dem Geräusch knackender Zweige geweckt, setzte sich hellwach auf und sah jemanden über die rutschige, provisorisch über den Bach errichtete Brücke kommen. Die Glanzbüglerin, die hübsche, wie lange hatte er sie nicht mehr gesehen! Er setzte sich auf und rief ihren Namen. Sie horchte auf, erkannte ihn und begann schnell in die entgegengesetzte Richtung zu gehen, stolperte jedoch über einen Zweig, der auf dem Weg lag. Er ging ihr nach und half ihr hoch.

»Geht es?«, fragte er, bürstete ihren erdverschmierten Rock ab und umarmte sie. Sie zitterte in seinen Armen, als ob sie Schüttelfrost hätte, schob ihn von sich.

»Liebchen, ich habe dich seitdem ja gar nicht mehr gesehen …«

Sie wandte den Kopf ab, sah zu Boden, begegnete kein einziges Mal seinem Blick.

»Liebe, kleine Maria, so schlimm war es doch wohl nicht?«

Sie atmete, als wäre sie im Laufschritt gerannt, legte beschützend die Hand auf ihren Bauch, ihr ganzes Gesicht verzog sich zu einem Autschdastutweh.

»Ist dir nicht gut?«

Sie nickte, wandte sich um und erbrach sich hinter einem Stein. Er reichte ihr ein sauberes Taschentuch.

»Ich habe mir schon gedacht, dass du krank gewesen bist … du hast doch keine giftigen Pilze gegessen, oder?«

Sie rupfte Moos aus dem Boden und wischte sich den Mund damit ab, nahm das Taschentuch, nachdem sie das Schlimmste weggewischt hatte, setzte sich auf den Stein und atmete ein, als täte sie es zum ersten Mal.

Er setzte sich neben sie und hielt sie. Mit blasser Miene und geschwollenen Augen sah sie ihn an.

»Du hast gesagt, dass du mir helfen könntest.«

Was auch immer er schon wieder mit seinem losen Mundwerk gesagt hatte, er konnte sich nicht mehr daran erinnern.

»Helfen? Ach so, ja, das habe ich.«

Sie deutete mit einer Geste einen schwellenden Bauch an. Er starrte auf ihren Bauch, stand auf, setzte sich wieder, stand erneut auf.

»Du willst damit doch nicht sagen … Du meinst doch wohl nicht, dass …«

»Doch, so ist es.«

Jetzt war es an ihm, hörbar einzuatmen.

»Aber dein Verlobter …«

»Wir haben nie …«

Er heftete seinen Blick auf die Wipfel der Fichten, sie sah hinab in das Preiselbeerkraut. So saßen sie eine ganze Weile schweigend da, bis er sich erhob, ihr stützend den Arm bot und sie über Unebenheiten und Wurzeln führte, die auf dem Weg lagen, als ob sie Verlobte seien. Er begleitete sie bis zu dem Seitenweg, der auf das weiß verputzte Häuschen zulief, das sich neben den roten Katen der Nachbarn als etwas Besonderes ausnahm. Unser kleines Paradies, nannte die Mutter es.

Keine Umarmung zum Abschied; er sah sie mit kameradschaftlicher Miene an. Einer Miene, die sie bestürzt machte, ihr ein Gefühl von Unwirklichkeit einflößte. Das, was geschehen war, war gewiss alles andere als kameradschaftlich.

»Wir überlegen uns etwas.«

Dann ging er in gemächlichem Tempo zum Kurppark. Der Vollmond war so riesig, dass er aufgewühlt stehenblieb und zum Himmel sah. In Gråbo setzte er sich auf die Veranda und starrte mehrere Stunden lang hinaus in den Mondschein.

Ein paar Fledermäuse stürzten sich vom Dach der Gotischen Quelle.

Das Licht des Spätsommers inszenierte ein Schattenspiel in den Birkenkronen, die infolge der Hitze schon früh gelb geworden waren. Die Vegetation war braun und struppig, welkte knisternd dahin. Maria unternahm vor dem Schlafengehen einen Spaziergang, fand wässrig schmeckende Blaubeeren. Ihr war noch immer recht warm, obwohl sie nur eine Strickjacke trug. In das Säuseln des Windes mischte sich das beruhigende Zirpen der Grillen. Da, noch mehr Blaubeeren!

Sie ließ sich auf einem Baumstumpf nieder, legte eine Hand auf ihren Bauch und sah Samuels und Andreas' Gesicht vor sich. Es tat weh, sie hatte beide so gern. Der eine blond und ernst, ein Tagesblick; der andere dunkel und spöttisch – die Nacht. Ob es das war, worum es in diesem Leben ging? Eine unmögliche Wahl zu treffen, sich zwischen Tag und Nacht zu entscheiden? Wer hatte das so bestimmt? Was, wenn man sich nun beides wünschte? Langsam schlenderte sie heimwärts, atmete tief ein, um so viel Fichtennadel- und Moosgeruch mit heimzunehmen, wie es ging. Murmelte vor sich hin: Das hat sich gewiss eine einfallen lassen, die niemals zwei Männer hätte haben können und daher entschieden hatte, dass es hoch moralisch sei, sich mit einem zu begnügen. Ganz gewiss war es so!

Ob sie nun beide verloren hatte? Wie trostlos ihr jetzt alles vorkam. Wie würde ihr Leben von nun an aussehen, nun, da sie eine Befleckte war? Arbeit, Arbeit und nochmals Arbeit und sonst – nichts. Wie schnell sich alles geändert hatte – trotz allem nur innerhalb weniger Sommermonate. Jahrelang geschah nichts, und dann kam plötzlich alles auf einmal, in einem einzigen Sommer.

Es war, als ob jemand über ihren Kopf hinweg über ihr Leben bestimmte. Und dieser Jemand schien ihr nicht sonderlich wohlgesinnt zu sein.

Er wollte sich im Park ausstrecken und von den Sternen bewacht schlafen. Ein Weilchen lag er auf einem verdorrten Grasfleck, den er zwischen dem Bewegungshaus und dem Badehaus der Damen aufgetan hatte, aber die Mücken, die ihn in die Wangen stachen, und die Ameisen, welche sich seine Waden aufwärts eine lebhaft frequentierte Straße erschlossen, brachten ihn dazu, sich nach drinnen in sein stickiges Schlafzimmer zurückzuziehen. Nun denn, das war ebenso gut; wer auch immer ihn mitten im Sommer wie ein Schneeengel die Arme von sich gestreckt im Gras liegend entdeckt hätte, hätte glauben müssen, er habe den Verstand verloren.

War die Spinne im Waschbecken etwa noch größer geworden?

Er trank so viel Wasser, dass es gluckerte, als er sich im Bett auf den Bauch drehte. Was sollte er nur mit dem armen Mädchen, der Plätterin, anfangen? Während sich mit Aline partout kein Nachwuchs einstellen wollte, hatte ein einziges, kurzes Mal mit der Glanzbüglerin ausgereicht. Er kam sich vor wie ein Idiot, als sei er verraten worden, ja, gleichsam seiner

Lebensaufgabe und ihrer Freuden beraubt. Wie sollte er die Gemütsqualen ertragen? Lag es an ihm oder an Aline? Wie häufig hatte er sich diese Frage schon gestellt. Sie waren beide von einem Arzt untersucht worden, der jedoch nur festgestellt hatte, dass alles normal und gesund auszusehen schien.

Nun hatte er Gewissheit. Was sollte er jemals für so ein kleines Bündel tun können, das außerhalb aller Sittlichkeit und Sicherheit geboren wurde? Sein vorlauter Mund hatte behauptet, dass er helfen könne. Ausgerechnet er, ein dem Äußeren nach wohlhabender Mittelloser! Dem Gesetz zufolge konnte er sich das Geld seiner Ehefrau zwar überschreiben lassen – schließlich war er der Herr im Hause –, doch das würde ihr Königsadler von Vater niemals zulassen. Er wachte über das Vermögen und warf Andreas hier und da einen Blick zu, der besagte: Vergiss nicht, wo du herkommst und wer dich ernährt!

War es das, was ihn daheim erwartete? Das Gefühl, nur durch die Gnade anderer zu leben, ließ sich nicht abschütteln. Einer, der geboren worden war, um um Verzeihung zu bitten. Einer, der durch Höflichkeit, Schöntuerei und ein appetitliches Aussehen den Kopf über Wasser hielt, durch ein Schild aus Lobhudelei. Die Gefallsucht gedieh üppig, und die einzige Möglichkeit, zu seinem eigenen Wesen zurückzufinden – wenn es denn so etwas wie eine eigene Seele gab –, war mithilfe seiner besten Freunde, der Schnäpse, und seiner zweitbesten – der Grogs. Erwartete ihn zu Hause jetzt die allumfassende Leere? Auf Nimmerwiedersehen, Freunde, Trinkbrüder! Bis auf Alines Großmutter kannte er niemanden, der ganz dem Alkohol abgeschworen hatte. Was sollte er seinen Kameraden im Rydbergs sagen? Er sah vor sich, wie er ihnen im Kungsträdgården über den Weg lief. »Guten Abend, dürfen wir dich auf ein Glas einladen?« Sie hatten ja keine Ahnung, er hatte es ihnen nicht erzählt. Es war zu vertrackt gewesen, um es in Worte zu fassen und aufrecht seine Niederlage einzugestehen. Konnte ihm jemand helfen und eine gute Antwort auf diese Frage finden, sodass seine Würde unangetastet blieb? Doktor Liljedahl vielleicht? Nein, der nicht.

Er verschränkte die Hände so fest ineinander, dass die Fingerknöchel weiß wurden. Welche Einsamkeit, welche unerträgliche Einsamkeit ihn erwartete. Wenngleich … er hatte schließlich noch Aline. Gewiss war es so.

Wie war er zu dem geworden, der er war? Seiner Schale nach ein Bürger, ein Bürger mit dem Firnis eines Bohemiens. Wie hatte jemand wie er überhaupt jemals aufsteigen können? Wie häufig stellte er sich hellwach diese Frage: Wie hatte es dazu kommen können?

Und was hatte den Stolz der Mutter bewirkt, die von Häuslern, Armenhäuslern und Kleindieben abstammte? Wann hatte sie sich dafür entschieden – trotz der Plackerei, die ihr Leben bestimmte –, den Kopf hoch zu tragen? War sie schon so geboren worden, oder war sie so geworden, als sie festgestellt hatte, dass ihr Körper stark und geschmeidig war, dass ihre Wangenknochen und ihre seelenvoll blickenden Augen den Männern den Atem stocken ließen? Oder war sie vielleicht dadurch so stark geworden, dass sie sich frühzeitig dazu entschlossen hatte, nicht zu heiraten? Sie hatte ihr Geld selbst verwalten wollen und hatte – das vor allem – malen und zeichnen wollen.

Ja, in jeder freien Minute – und das waren nicht viele gewesen, wenngleich ihr der eine oder andere Sonntag ohne Aufwarte- und Waschpflichten im Armenhaus geblieben war – saß sie mit ihrem Skizzenblock da und malte Aquarelle. Fing beharrlich und penibel die faltendurchzogenen Gesichter alter Menschen ein, den Schein, der auf ihren Gesichtern lag, die

Trostlosigkeit, die sie umgab. »Das ist unser Geheimnis«, hatte sie zu ihm gesagt und war mit der Hand durch seine dunklen Locken gefahren. Er sah vor sich, wie sie den Finger vor den Mund hielt und Psst! sagte; erinnerte sich an ihre vollen Lippen. Sie wusste nur zu gut, wie leicht über solche künstlerischen Anwandlungen gespottet wurde, weshalb sie die Bilder auch niemandem, bis auf ihn natürlich, hatte zeigen wollen.

Am schönsten war gewesen, dass er bei ihr so viel hatte malen und zeichnen dürfen, wie er wollte. Welche Schnörkel er auch immer zu Papier brachte – sie befand es für gut. Woher mochte sie wohl das Geld für die Farben und das Papier gehabt haben? Offenbar traf Geld ein, kleine Summen zwar nur, aber dennoch, es war etwas gekommen. Sein illegitimer Vater hatte eine Stellung inne, die nicht aufs Spiel gesetzt werden durfte, worunter dieser jedoch mehr zu leiden schien als die Mutter. Sein Vater hatte ihr gesagt, dass er sie – in einem anderen Leben, unter anderen Umständen – zur Frau genommen hätte. Insgeheim war es nämlich sie, die er sich am meisten ersehnte. Aber in seinem verheirateten, großbürgerlichen Leben, im Familienunternehmen – ein Ding der Unmöglichkeit. Er war nicht der Mensch, der mit der Schande fertig geworden wäre, der den Ruf der Bank aufs Spiel gesetzt hätte.

Aber die Mutter hatte sowieso nicht heiraten wollen, niemanden – wollte hingegen gerne das Kind, das in ihrem Bauch heranwuchs. Sie gebar in reifem Alter. Das Kainsmal »Vater unbekannt« war weitaus leichter zu handhaben, wenn man bereits das sechsunddreißigste Lebensjahr erreicht hatte. Sie machte sich einfach nichts daraus. Und die Großmutter hatte sich seiner angenommen, wenn seine Mutter gearbeitet hatte, er hatte also keine Not gelitten. Er wurde nicht allein daheim gelassen, wie so viele andere Kinder. Seine Mutter konnte weiterhin den Kopf hoch tragen, hatte es doch keine Gemeinschaft gegeben, aus der sie hätte ausgestoßen werden können.

Ganz anders verhielt es sich mit ihm, Andreas. Was sollte werden, wenn sein Dichtwerk herausgegeben wurde und es sang- und klanglos unterging? Was sollte werden, wenn ans Licht käme, dass er nur Mittelmaß, ja, womöglich noch nicht einmal das war – sondern vielmehr ein schändlicher Wurm, ein Nichts. Ein Gelegenheitsdichter. Dem Mittellosen kam in manchen gesegneten Fällen sein Kopf zuhilfe, doch was, wenn es noch nicht einmal den gab – sondern nur ein hohles Nichts? Wer war er? Geistigen Getränken gegenüber war er ein armseliges, stupides und hilfloses Etwas. Ein Saufigel, der in seinem eigenen Leid ertrank. Er wurde das Wort nicht los – Saufigel. Es dröhnte wie eine hartnäckige Stimme in seinem Kopf.

Früher Morgen. Vereinzelte Baumkronen wurden von starkem Licht beschienen, als seien sie von der Sonne besonders auserwählt worden. Er verfasste eine Antwort: Geliebte Aline. Liebevolle Sätze fügte er wie passgenaue Versatzstücke ein. Die Worte hatten nicht ihren üblichen Weg vom Bauch über den Kopf durch die Fingerspitzen hinaus in den Federkiel genommen. Die Formulierungen erschienen ihm fremd.

Donnergrollen in der Ferne; gefolgt von harten Schlägen, die auf das Dach einprasselten, als ob Steine darauf fielen. Gütiger Himmel, was für ein Lärm! Was war da los? War das Gebäude etwa dabei, einzustürzen? Er fühlte sich angegriffen. Sollte er hinausrennen oder sitzen bleiben? Dann, rätselhaft jäh, war das ganze Getöse vorbei. Wie erstarrt saß er am Pult, als ob er mit etwas noch Gewaltigerem, einem Blitzeinschlag, rechnete.

Doch nein – Stille. Er warf seinen Rock über und lief hinaus in den Park. Was war denn das? Der ganze Rasen war ja winterweiß! Hatte er den Verstand verloren? Schnee! Er beugte sich hinab und nahm eine weiße Kugel in die Hand – nein, Hagel. Murmelgroße Hagelkörner hatten die prachtvollen Blätter der Funkie durchschlagen. Der Bach brauste mit neu gewonnener Kraft.

Die Vogelbeeren schienen dagegen dem ganzen Weiß zuzurufen: Wir sind feuerrot!

Die Sonne senkte sich, die Schatten wurden lang. Als Gerda den Wäschekorb nach Hause schleppte, zogen die Gänse gen Süden; unter wildem Geschrei formierten sie sich zu schwarzen Strichen am Himmel. Maria plättete indes so achtsam und geschickt wie eh und je. Noch hatte Liljedahl keine Glanzbüglerin aufgetrieben, die kurzfristig zur Verfügung stand, weshalb sie weiterarbeitete, mit der ihr eigenen wohldosierten Mischung aus Kraft, Entschlossenheit und Leichtigkeit. Auch wenn sie von dem heißen Herd, in dem die Eisen im Feuer glühten, Schweißausbrüche bekam.

Schwindel überfiel sie. Sie legte sich auf die Küchenbank und schloss die Augen, hieß die schwere Müdigkeit willkommen. Als ihr die Lider zufielen, sahen sie wieder beide Gesichter an, das Tages- und das Nachtgesicht.

In ihren Träumen erschien ihr jedoch – nein, nicht Andreas oder Samuel, sondern Liljedahl: Eines Tages, als sie nach einem Streifzug durch den Wald mit blaubeerverschmiertem Mund nach Hause kam, saß er da – neben der Mutter auf der Küchenbank. Ihre Gesichter waren rot und erhitzt, die Haare zerwühlt. Fröhlich lachend winkten sie ihr zu, als sie die Küche betrat.

Liljedahl griff nach einem großen Gegenstand, der auf dem Küchentisch lag.

»Komm her, kleines Mädchen.«

Es handelte sich um einen Angelhaken gigantischen Ausmaßes. Mit wurstdicken Fingern, die Fingernägel lang, gelb und spitz, hielt der Doktor ihn vor ihr in die Höhe.

»Die Trunksucht, Maria, Herzchen, hat so manche unschuldigen Leiber zum Schwellen gebracht. Aus hübschen, reinen Mädchen wurden unreine Huren.«

Die Mutter kicherte mit aufgeknöpfter, weißer Bluse. Da, der Spalt zwischen ihren Brüsten; Mutters dumpfe, Furcht einflößende Stimme.

»Doch nun wird alles gut … letztlich kommt alles ins Lot.«

Dieser Alptraum verfolgte Maria. Die Freude über das Kleine, das in ihr heranwuchs, das Gefühl der Veränderung und der Trotz, der damit einhergegangen war, hatten sich verloren. Nächtelang lag sie wach, lauschte dem Rufen der Eulen, das wie das Geschrei gequälter Katzen klang. Ihr war klargeworden, dass sie alles verlieren würde – ihre Arbeit, Samuel, den Traum, die Schule zu besuchen, die schönen gemeinsamen Stunden mit der Mutter: die warmen Frühlingstage, an denen sie beide auf der Vortreppe zu sitzen pflegten, Kaffee aus den besten Tassen tranken und Milchbrötchen hineinstippten, welche die Mutter von der Schule mit heimgebracht hatte, wo sie im Winter putzte. Dort Pläne für den Sommer schmiedeten – wie fein sie das Blumengärtchen herrichten würden, den Kartoffelanbau ausweiten und weiterhin Feldbohnen und Mohrrüben anbauen würden. Womöglich Radieschen setzen würden, um auszuprobieren, ob sie sich machten. Frischgeerntete Mohrrüben schmeckten nach Nüssen.

Aber die Schule konnte sie vergessen, sie wurde bei der Arbeit gebraucht. Das war nichts, womit sie sich brüsten konnte, nein, es war, wie es war. Die Mutter war weniger böswillig als klug – vor allen Dingen musste man etwas zu beißen haben.

Doch andererseits – diese Freude, die sie die seltenen Male durchströmt hatte, als sie dem Unterricht hatte beiwohnen dürfen! Die Wörter, die sie gelernt hatte, die Bücher, die zu lesen sie frohgemut gemacht hatten – ja, auf irgendeine Weise hatte sie sich als etwas Besonderes gefühlt. Schlauer Kopf, hatte die Lehrerin sie genannt. Sie hatte alles in sich aufgesogen, wie Vanillecreme.

Im Nu hatte sie Lesen und Schreiben gelernt. Magister Karlberg hatte mit der Mutter über ihre Begabung gesprochen. Dann hatte sie Samuel, der ein paar Klassen über ihr war, kennengelernt. Wie nicht anders zu erwarten, wurde er Erster Knecht und sie Glanzbüglerin – sich dort, wo man sich befand, an die Spitze zu stellen war ihr erklärtes Ziel gewesen. Nichts durfte verpfuscht werden. Samuel hatte gesagt, dass Ideen im Umlauf seien, Bewegung in die Stände zu bringen. Besonders Begabten unter dem Bauernvolk, unter den Arbeitern solle der Weg bereitet werden … zum Wohle der Gesellschaft. Ja, das hatte er gehört, zum Wohle der Gesellschaft.

Samuel las Zeitungen im Kurhaus, Liljedahl hatte ihn dazu ermuntert. Samuel wusste viel über das, was außerhalb des Dorfes, in der Hauptstadt, ja sogar im ganzen Land vor sich ging. Er hatte vor, zum Kongress der Arbeiterbewegung nach Stockholm zu fahren. Dort würden sie – in irgendeinem piekfeinen Hotel – über einen einheitlichen, gesetzlichen Arbeitstag diskutieren. Sie vermochte sich das kaum vorzustellen – dass Arbeiter sich in einem Hotel in der Hauptstadt versammeln durften! Ein Achtstundenarbeitstag – ein Traum! Sie glaubte allerdings nicht, dass die Bauern und Ärzte das mittragen würden, schließlich musste die Arbeit irgendwie verrichtet, mussten die Kühe in aller Herrgottsfrühe und in der Abenddämmerung gemolken, die Gäste gebadet werden. Wie sollte das gehen? Nein, das wollte ihr nicht in den Kopf.

Ob auch sie …? Sie sah sich selbst auf der Schulbank, im Gespräch über wichtige gesellschaftliche Fragen, über Politik und Geschichte diskutierend. Ihr sagten Menschen zu, die mit Worten umzugehen wussten – nicht, weil sie etwas von Andreas, dem Dichter, gelesen hätte – nein. Allein die Tatsache, dass er ein Mann des Wortes war, reichte ihr.

Sie tastete ihren schwellenden Bauch ab, berührte die spannenden Brüste.

Wollte wieder sie selbst sein … wie man dem Wachstum wohl Einhalt gebieten konnte?

Durch Austrocknung?

Mit austreibenden Säften?

Streichholzschwefel?

Strumpfstricknadeln?

Oder durch Doktor Liljedahls Gelächter aus ihrem Alptraum?

Die Mutter stand verbissen am Herd, rührte unablässig im Grütztopf. Sie kochte die geschmeidigste Grütze von allen. Maria musterte ihre breiten, runden Schultern; das große Hinterteil. Geduld war erforderlich. Umrühren, achtgeben, die Flamme durfte weder zu heiß noch zu kalt sein.

Die Stille war so kompakt, als habe sich das Dach bis über ihren Kopf gesenkt. Maria sagte es frei heraus am Esstisch.

»Es muss weg.«

Die Mutter drehte sich um, sah sie an, wartete auf die Fortsetzung. Ihre kleinen Geschwister sperrten die Ohren auf, sahen mitten beim Essen von ihren Tellern auf.

Sie verließ den Tisch, stellte ihren Grützteller auf die Spüle. Trat zu ihrer Mutter hin, fasste sie vorsichtig am Arm, roch den Schweiß ihrer Achseln, flüsterte ihr ins Ohr. »Oder?« Sie musste es ein zweites Mal flüstern.

Die kleinen Geschwister wimmerten.

Die Mutter sah sie an, schüttelte entsetzt den Kopf.

»Kommt nicht in Frage.«

Er nahm mittlerweile an allen Baderitualen teil, sie waren wie ein Spielplan, den er für sich aufgestellt hatte. Ingenieur Stenström hatte schon Recht gehabt – er ging einfach dorthin, ohne nachzudenken. Es diente dazu, den Tag mit Leben zu füllen, ihn irgendwie herumzubringen: Halbbad, Dusche, Kneippbad, Verdauungsspaziergang, Billard. Mittagessen und Souper und Sonntagstanz im Schloss. Doch alles erfüllte ihn mit Abscheu – diese Konversation, die so inhaltsleer wie seine Brieftasche war. Er konnte den anderen Gästen nicht die Schuld dafür geben, es lag an ihm – er war für diese Welt einfach nicht geschaffen. Er würde sein Leben gerne – für einen Tag nur – mit einer leutseligen und lebensfrohen Person tauschen und ihrer beider Leben miteinander vergleichen. Wie mochte es sein, ein helles Gemüt zu haben und Freude und Offenheit in sich zu tragen?

Die Rückfahrt, die Abreise, der Abschied näherte sich. Wem sollte er Adieu sagen?

Dem jungen Mädchen? Wohl kaum. Frau Björk? Nein, obwohl er es gerne täte. Doktor Liljedahl? Das würde zweifelsohne der schmerzloseste Abschied seines Lebens werden.

»Es wächst, aber du könntest sein Vater werden. Oder soll ich es wegmachen?«

Sie hatte ihn angefleht, mit ihr zu reden, alles in Ordnung zu bringen. Widerwillig war er darauf eingegangen. Jetzt saßen sie vor dem Lazarett auf einer von blauen Blumen übersäten Decke im Gras. Sie hatte die Haare stramm zurückgekämmt und sie zu einem dicken Knoten hochgesteckt. Zu ihrem braunen Sonntagsrock trug sie ihre weiße, perfekt gebügelte Bluse. Ihre Brust zierte eine Brosche in Form eines Tausendschönchens.

Es war Sonntag. Ein freier Sonntag, an dem sie seine Eltern hätten besuchen können, im Aspen hätten baden können – wenn nicht. Was er ihnen wohl gesagt hatte? Wie traurig alles gekommen war.

Aber zumindest hatten sie Zeit zum Reden, an diesem Ruhetag.

Er nahm ein Stück Zucker in den Mund, trank einen Schluck Kaffee dazu und mied ihren Blick, sah sie noch nicht einmal an, als sie ihm Pfefferkuchen anbot, die sie vom Kurbad hatte mitnehmen dürfen.

»Wie, glaubst du, soll ich dir vertrauen können? Stell dir vor, wie viele Mittsommer noch vor uns liegen. Was ist, wenn du in einer anderen Sommernacht auch nicht weißt, wie dir geschieht?«

Sein Ton klang bitterlich vorwurfsvoll; sie versuchte, einen ausgeglichenen Tonfall zu bewahren.

»Aber es wird doch nie wieder vorkommen«, versicherte sie ihm eifrig.

»Wie kannst du dir da so sicher sein?«

»Weil ich nun weiß, was das zur Folge hat – was danach kommt.«

Er wurde nicht schlau aus ihr. Man musste sich schließlich vorher überlegen, was danach kommen würde. Sie schien erstaunlich gedankenlos zu sein, und das, wo sie doch sonst nicht auf den Kopf gefallen war.

Samuel erhob sich von der Decke, streckte sein schmerzendes Kreuz durch, bedankte sich für den Kaffee, den sie im Tausch dafür, dass sie den netten Mägden aus der Lazarettküche die Unterröcke stärkte, bekommen hatte.

»Du musst deinen Verrat an mir erst ordentlich ins Reine bringen, dann sehen wir weiter.«

Sie nickte und fixierte das Blumenmuster auf der Decke. Es tat weh, dass er so kurz angebunden war. Warum konnten sie sich nicht einfach in den Arm nehmen, sich ein paar liebe Worte sagen, sich gegenseitig in Englisch abhören, und alles wäre wieder wie immer?

»Ich werde hier jedenfalls im Herbst in die Schule gehen«, sagte er und sah zum Lazarett. »Ich hoffe, dass ich die Schmerzen bis dahin in den Griff bekommen habe … auch wenn ich aus diesen eiskalten Sitzbädern nicht schlau werde. Manchmal denke ich, dass Liljedahl etwas Verrücktes an sich hat. Adieu einstweilen!«

Maria stand am Herd, um ihr Hexengebräu zu mischen, als Gerda sich neben sie stellte und neugierig zusah, was sie in den Topf gab. Maria tat sich schwer mit ihr, ihrer naseweisen Art; sie selbst war so ganz anders als Gerda, die jede Feinfühligkeit vermissen zu lassen schien. Womöglich war es gar nicht so sonderbar, dass sie so verschieden waren, ähnelte Gerda doch ihrem Vater. Das sagte Mutter immer – du bist wie er. Dann machte sich immer ein Ausdruck von Genugtuung auf Gerdas Gesicht breit, und sie schenkte Maria ein hämisches Lächeln.

»Was glotzt du so?«

Gerda schon wieder, mit dieser Miene, die sie in Rage versetzte, und so aufdringlich. Immer dann, wenn Maria sich auf das Ihre konzentrieren musste.

»Ich will sehen, wie du das machst.«

»Das darfst du nicht, niemand darf das.«

Maria hatte Gerda Kräuterabsude auf dem Herd kochen sehen, seltsame Dekokte, die sie in Saftflaschen goss und mit denen sie sich einrieb. Sie musste zugeben, dass sie wohlriechend waren, insbesondere das Rosenwasser. Einen anderen, merkwürdigen Extrakt nahm sie bei Husten ein. Was bildete sie sich eigentlich ein, glaubte sie etwa, dass aus ihr ein zweiter Doktor Liljedahl werden würde?

Wieder dieses hämische Grinsen!

»Wenn du ein Kind kriegst, wirst du die Stärke schließlich eine ganze Weile nicht kochen können.«

Maria stampfte auf dem Fußboden auf.

»Ich kriege kein Kind. Und jetzt raus hier, raus, wenn ich arbeite!«

Gerda tätschelte ihren Arm, es glich eher einem Hieb als einem Klaps.

»Wie willst du es denn wegkriegen?«

Maria sagte kein Sterbenswörtchen mehr. Gedachte Gerda durch hartnäckiges Schweigen aus der Küche zu vertreiben, einen stillen Krieg gegen sie zu führen.

Gerda verzog die Lippen, zischte:

»Von nun an kannst du deine Körbe gefälligst selbst holen! Ich bin nicht deine Dienerin.«

Es war ein dunkler Sonntagmorgen, wie im Herbst; das Haus leer, Mutter musste die Kinder zu Jönssons gebracht haben. Maria setzte sich auf und stieß ob des Spannungsgefühls in ihren Brüsten ein Wimmern aus. Ihr Blick glitt durchs Zimmer – eine Vase mit süß duftenden Wicken auf dem Küchentisch, gebratener Hering auf dem Herd. Sie nahm zwei Bissen. Auf ihrem Sitzplatz ein Apothekenglas mit dunklen Pastillen – nein, es enthielt beileibe kein Zuckerzeug. Ein Etikett mit ein paar Worten auf Latein. Das musste … ja, das musste es sein, die Mutter hatte es tatsächlich hinbekommen! Sie wusste allerdings nicht, wie viele sie davon nehmen sollte, und Mutter konnte es auch nicht wissen. Es gab schließlich niemanden, den sie fragen konnte – eine solche Frage stellte man nicht.

Sie schüttelte das Glas, bevor sie es öffnete, goss sich ein großes Glas Wasser ein. Sie konnte es ebenso gut gleich richtig machen, sodass es sofort wirkte. Sie kniff fest die Augen zusammen und schluckte sämtliche sich im Glas befindliche Pillen.

Sie schmeckten nach Salmiak. Sie hatte bedeutend Schlimmeres erwartet.

Ob sie nun gerettet war?

Sie legte sich auf die Küchenbank, rührte sich nicht, damit die Pillen, welche ihr das alte Leben wiedergeben würden, gründlich wirken konnten. Plötzlich erschien ihr die Küche trotz all ihrer Unordnung heimelig; als ob sie den Raum mit Abstand, wie auf einer Fotografie, sähe. Fahl leuchtete die Morgensonne durch die weißen Baumwollgardinen. Mutter hatte die ausrangierten Gardinen aus dem Paradies mitnehmen können, als die Zimmer im Vorfeld der neuen Badesaison renoviert worden waren. Das verschlissene Gewebe hatte sie abgeschnitten und aus dem Rest einen Gardinenvolant genäht. Maria heftete den Blick auf eine Falte im Stoff; sie hatte ihn nach der letzten Wäsche schluderig geplättet, war in letzter Zeit nicht mehr sie selbst gewesen.

Sie schrie laut auf, als ihren Bauch ein scharfer Schmerz durchzuckte.

Als die Mutter nach Hause kam, sah sie sie auf der Küchenbank liegen. Dieses faule Mädel, schlief es etwa schon! Jetzt musste sie sich aber aufrappeln und die Kinder von den Nachbarn abholen. Dass einem die Älteste genauso viel Kopfzerbrechen wie der Kleinste bereiten musste! Gott, fühlte sie sich zerschlagen! Als sie ihre wehe Schulter massierte, wären ihr beinahe die Tränen gekommen. Sie hatte gewöhnlich keine

Zeit für Selbstmitleid, nun aber ließ sie es ausnahmsweise einmal zu. Gewiss war Maria ihr eine große Hilfe, selbst Gerda. Diese verflixten, eigensinnigen Töchter!, murmelte sie und verspürte inmitten allen Elends auch einen kleinen Anflug von Stolz. Aber letztendlich war es doch sie, die allein die Verantwortung für sie alle trug. Die wichtigen Entscheidungen ... diese Sache mit Maria machte sie schwermütig. Nein, nun musste das Glück aber auch einmal auf ihrer Seite sein – einmal wenigstens! Glück. Glück. Sie schenkte sich ein Glas Wasser ein und leerte es stehenden Fußes. Wollte gerade die Lampe auf dem Tisch anzünden, als sie das Apothekenglas bemerkte – leer. Ihr Blick fiel auf die stummen Gesichtszüge des Mädchens. Aufgebracht rief sie: »Hast du etwa alles genommen, du dummes Kind!« Zerrte an dem bewegungslosen Arm ihrer Tochter. Hielt inne, starrte auf sie hinab. Fasste sich wieder, fühlte ihren Puls. Aber alles war still, das Herz, alles. Sie hockte sich auf die Bank, barg den Kopf der Tochter an ihrer Brust. Wie zart sie aussah! Das ganze Ausmaß des Kummers staute sich in ihr auf, sie musste heftig nach Luft schnappen, als wolle sie unter Wasser atmen.

Die ganze Küche nahm sich an diesem Augustabend feindlich aus; die Schatten bedrohlich. Auf der Bank lagen knittrige Manschetten nebst fein säuberlich geplätteten Kragen. Daneben ein zusammengefalteter Zettel. Sie erbebte in Erwartung der Worte, der Vorwürfe ihrer Tochter. Entzündete eine Petroleumlampe, faltete zögernd den Zettel auseinander, las.

10 Liter Wasser
4 Esslöffel Weizenmehl
Ein Esslöffel Kartoffelmehl
Eine kleine Tannenbaumkerze
Ein wenig Seife, aber entbehrlich

Zunächst mit einem Kerzenstumpf Wasser im Zuber aufkochen. Mehl mit Wasser zu einer sämigen Masse verrühren, in den Zuber geben. Umrühren, bis alles warm und gebunden ist. Eintauchen!

Eine dunkle Droschke hielt vor dem Eingang des Kurbads auf dem Hang, die Seitentüren zierte ein Kreuz. Im Bäderkontor ging eine Tür auf, zwei Leichenträger mit einem reglosen Bündel auf einer Totenbahre kamen zum Vorschein. Doktor Liljedahl folgte schwerfällig und wechselte ein paar aufgeregte Worte mit den Trägern.

Um wen mochte es sich handeln? Um Onkel T.?

Andreas konnte es von Gråbo aus, wo er mit einer Kaffeetasse vor dem Haus saß, nicht sehen und wollte auch nicht näher herangehen, sie mit seiner Neugier behelligen. Starrte stattdessen hinüber, um ja kein Detail des dramatischen Hergangs zu verpassen.

Jetzt trat eine schwarzgekleidete Frau aus dem Kontor, wickelte sich stramm ein Tuch um den Kopf. Ihr Rücken wurde von unterdrückten Schluchzern geschüttelt, als sie zur Equipage ging und der Kutscher ihr in den Wagen half.

Andreas kehrte zurück auf sein Zimmer und verriegelte die Tür. In seinem Kopf herrschte Leere, seine Glieder waren bleiern.

Leichenwagen rührten stets an seinem zutiefst verletzlichen Kern. Er fühlte sich zurückversetzt in seine Kindheit, war wieder der einsame Knabe, der umringt von den anderen auf dem Schulhof stand. Stig las laut aus seinem Schreibheft vor – jenem hübschen, das er zu seinem fünften Geburtstag bekommen hatte –, trug die Liebesgedichte vor, die er an die Mutter geschrieben hatte. Das höhnische Gelächter der Jungen hallte in seinen Ohren wider. Der intensive Schweißgeruch, Stigs großer runder Kopf, seine groben Hände; ja, der ganze Kerl war überwältigend und ungeschlacht.

»Muttersöhnchen, Muttersöhnchen, das kommt dabei heraus, wenn man keinen Vater hat!«

Eine uralte, lähmende Angst überfiel ihn. Alles versagte seinen Dienst, seine Hände und Füße führten ein Eigenleben, ja, er vermochte noch nicht einmal mehr seine Stiefel zu schnüren oder Feuer im Ofen zu machen. Jede Strophe seines Gedichtes hinkte. Er stellte sich an das Fenster und sah in den Park. Der Himmel war rot, mit lilafarbenen Streifen.

Nun lag er vollbekleidet auf dem Bett, den Blick auf einen Rußfleck an der Decke geheftet; er bewegte sich nicht, bis der Mond das Zimmer in ein mildes Licht tauchte. Da ging er hinaus an die frische, würzig-erdige Luft des Spätsommers und lenkte seine Schritte in Richtung des rauschenden Baches.

Wohin sollte er gehen? Seine Beine schlugen von selbst den Weg zur Landstraße ein. Zuerst würde er die Eisenquelle aufsuchen, auch wenn er vielleicht auf Bewohner des Lazaretts und andere einfache Leute aus dem Dorf treffen würde – was ihm eigentlich nichts ausmachte, war er in ihrer Gegenwart doch viel entspannter. Musste keine Konversation treiben, musste nicht an seine Furcht, als Dichter nichts zu taugen, denken. Es verschaffte ihm eine Atempause, gab ihm Aufschub. Ja, er würde dem Lazarett wieder einen Besuch abstatten! Sollten die anderen sich doch fragen, was in ihn gefahren war, sollten sie sich doch das Maul über ihn zerreißen und ihn schmähen! Ein wahrer Dichter fürchtete keine bösen Zungen.

Es war schon dunkel, als er am Paradies vorbeikam, doch auf der Veranda brannte eine Lampe. Das ließ ihn innehalten; er wollte umdrehen. Eine weißgekleidete Gestalt stand auf der Veranda, ein Schauder überlief ihn. Das Weiß leuchtete in der Dunkelheit. Er war inzwischen auf alles gefasst, sogar auf Gespenster.

Ein Flüstern drang durch das Dunkel zu ihm herüber, die weiße Gestalt winkte – hierher. Eine Frauenstimme, offenbar. Oder war es Onkel T.? Bei ihm wusste man nie, was er sich als Nächstes einfallen ließ.

Zögernd hielt er auf die Veranda zu. Verblüffung erfasste ihn, als er sich der Gestalt näherte und im Schein der Lampe ein Gesicht zutage trat.

Er wich fünf Schritte zurück. Sie! Es war sie!

»D-dd-das hät-ten Sie wohl nicht ged-dacht?«

Auf zittrigen Beinen trat er näher, hielt sich am Treppengeländer fest, reichte ihr wortlos die Hand. Wenn überhaupt möglich, so war sie noch dünner geworden; ihre Augen nahmen sich größer aus, waren gleichsam weit aufgerissen. Das Geschwür auf ihrer Wange war fort, ihre Haare waren fülliger und glänzten im Schein der Lampe. Jetzt, in Wirklichkeit, erschien sie ihm noch anziehender als im Traum. Womöglich lag es am Mondenschein oder daran, dass er sie vermisst hatte – ihre Schönheit kam ihm nun noch überwältigender vor. Erst jetzt erkannte er, mit welch einem Gefühl der Leere ihre Abwesenheit ihn zurückgelassen hatte.

»Manches ist b-b-bes-ser geworden, anderes schl-schl-echter. Die Sprache, d-d-du hörst es ja. Ich stottere, wenn ich mich besonders anstrenge.«

Er erklomm die Veranda, ließ sich ihr gegenüber nieder. Studierte ihr schmales Gesicht, untersuchte es, beinahe so, als ob er jeden Zug ablichten wollte.

»Aber wie du siehst, sind die Geschwüre auf der Wange, der Haut, im Gesicht verschwunden. Alles ist Verwerfungen unterworfen, versetzt einen in Erstaunen.«

Er konnte sich nicht sattsehen an ihr, verspürte eine solch überwältigende Nähe zu ihr, dass er sich wie trunken fühlte.

»Es war so trostlos, so einsam ohne Sie!«

Ihr Gesicht erhellte sich, ein weicherer Ausdruck trat in ihre Augen.

»Dieses Gefühl ist beiderseitig ... wir sollten uns endlich offiziell duzen.«

Sie hatte, ohne zu stottern, einen ganzen Satz über die Lippen gebracht.

»Setz dich.«

Er murmelte etwas von Onkel T., und sie erwiderte, dass seine Behandlung abgeschlossen und er nach Stockholm abgereist sei. Sie sollte sich nun einer einwöchigen Schmierkur und täglichen, zwei Stunden währenden Schwitzpackungen unterziehen.

»Und dann werden wir diesem Sündenpfuhl gemeinsam den Rücken kehren«, sagte Andreas mit einem Zittern in der Stimme.

Er blickte hinaus in die Dunkelheit, in der es kaum möglich war, die Konturen der Bäume zu erkennen.

»Sündenpfuhl?«

»Wenn Menschen in diesem scheinbaren Paradies auf solch unnatürliche Weise zusammengepfercht werden, bringt das die niedersten Triebe zum Vorschein. In diesem Park weilen Edelmütige, die tückischer als der Teufel selbst sind.«

Sie zog angesichts des aufbrausenden Mannes vor ihr die Augenbrauen hoch, gefesselt davon, welch ausladende Gesten seine Rede begleiteten.

»Die niedersten ... denkst du da an ... uns ... an Mittsommer?«

Er hob abwehrend eine Hand.

»Nein, nein, ich rede nicht von uns ... zwischen uns ist alles ... wie soll ich sagen ... rein.«

Aha, dachte sie. Das klang ja nicht sonderlich aufregend, rein wie ein frischgescheuerter Fußboden. Reine Gedanken hatte er gewiss nicht gegenüber diesem jungen Ding gehegt, dem er an Mittsommer begegnet war.

»Im Sinne von ungefährlich, unerotisch?«, hakte sie ungnädig nach.

»Nein, nein, im Gegenteil«, widersprach er prompt mit lauter Stimme.

Sie bedeutete ihm, leise zu sein, und zeigte zu den geöffneten Fenstern hinauf.

»Ich verstehe nicht.«

Er lehnte sich vor, suchte ihren Blick, fasste sie an den Armen.

»Die wahre Erotik liegt für mich darin, dass deinen Worten eine absolute Bedeutung innewohnt; sie leiten mich, dein Blick ist mein Gesetz.«

Verlegen sah sie zur Seite, er hatte diesen Ausdruck noch nie zuvor auf ihrem Gesicht gesehen. Genau wie der eines jungen, vor Sehnsucht vergehenden Mädchens.

Die Flamme der Petroleumlampe flackerte, sie versuchte den Docht herunterzuschrauben, aber die Schraube war verrostet und schwergängig. Sie drehte und fingerte daran herum und schien froh, etwas gefunden zu haben, auf das sie sich in diesem schickalsschwangeren Augenblick, der zwischen ihnen entstanden war, konzentrieren konnte. Seine fast etwas peinlichen Worte, die dennoch einen gewissen Eindruck auf sie gemacht hatten. Plötzlich aber schwankte sie, fasste sich an die Stirn und umklammerte die Tischkante.

Es war an der Zeit. Er half ihr die Treppe hinauf. Krampfhaft hielt sie sich am Geländer fest, vorsichtig einen Schritt nach dem anderen machend.

»Danke, jetzt komme ich zurecht.«

Von nun an kam morgens eine neue Badewärterin – eine etwas ältere, runzligere und bedeutend barschere Frau, die noch dazu stocktaub gegenüber seinen Scherzen war und unempfänglich für seine flehenden Blicke.

Nachdem sie den Zuber mit ihren muskulösen, sehnigen Armen ins Zimmer bugsiert und ihn mit eiskaltem, klarem Wasser gefüllt hatte, ohne einen Tropfen auf den Boden zu verschütten, nachdem er sich mit dem Rücken zu ihr in den Zuber gestellt, die Arme zum Halt am Kachelofen abgestützt hatte, nachdem sie das raue, kalte Tuch um ihn geschlagen hatte, als würde sie einen Toten in ein Leichentuch hüllen – nachdem das getan war, musste er feststellen, dass er – ja, dass er Angst vor ihr hatte.

Solche Angst, dass er zitterte. Angst, dass sie ihn in den Nacken beißen würde. Ja, sie war ihm ganz offensichtlich als Strafe gesandt. Ihre langen, knochigen Finger und ihr schwarzer Blick flößten ihm Angst und Schrecken ein – sie war so etwas wie Frau Björks dunkler Schatten.

Ihre Stimme klang, als käme sie aus dem Jenseits, aus der Grabkammer. Sie würde ihn dazu bewegen können, alles zu tun – aus schierer Angst.

Wenn sie seine Fußsohlen rieb und klatschte, schien sie geradezu schmerzhaft auf ihn einzudreschen.

Trotzdem dichtete er am Nachmittag voller Eifer und hochkonzentriert. Sein ganzer Körper befand sich vor der Begegnung mit ihr in gespannter Erwartung. Er las sich das, was er zu Papier gebracht hatte, laut vor, strich Sätze, suchte nach Worten. Erhob sich beinahe schwindelig und stellte sich ans Fenster, sah in den verlassenen Park. Es war tatsächlich schon Abend, ja, es fiel richtiggehend auf, wie früh es mittlerweile schon dämmerte. Der Himmel stand in Flammen, kündete von einem schönen Morgen.

Er steckte das Schreibheft in die Tasche und ging quer durch den Park zum Paradies. Allzu früh zwar, aber er war zu unruhig, um auf seinem Zimmer auszuharren. Lieber wollte er auf ihrer Veranda sitzen und sie überraschen, wenn sie hinaus in die frische Augustnacht trat.

Doch da, was war das für ein Geräusch? Ein Tier? Bei der Insel der Glückseligkeit war ein unterdrücktes Murmeln zu hören, so als ob jemand einen Vers oder ein Gebet läse. Er blieb stehen und spähte durch die Rhododendronbüsche. Auf der Bank saß der fesche Arbeiter, den Kopf in die Hände gestützt und wiegte sich hin und her, es klang, als ob er Beschwörungen vor sich hinspräche. Er erkannte ihn an seinem schwarzen Hut. Andreas hatte die Eingebung, hinüberzugehen und zu fragen, ob er ihm helfen könne, doch etwas sagte ihm, dass der Mann in Frieden gelassen werden wollte. Weshalb sollte er sonst dort allein in der Dunkelheit sitzen?

Unbehagen beschlich ihn; ihm war, als ob er sich selbst auf der Bank sitzen sähe. Wie viele Stunden hatte er nicht eben dort zugebracht, während sich sein Gemüt in hellloderndem Aufruhr befunden hatte? Er schlich äußerst vorsichtig an dem murmelnden Mann vorbei und dankte dem Bach für sein Rauschen, während er seinen Weg zur Landstraße fortsetzte.

Als er im Garten des Paradieses stand, sah er in ihrem Zimmer die Lampe brennen; ihr Fenster stand einen Spalt offen. Er stellte sich darunter und flüsterte ihren Namen – keine Antwort. Da er keine Lueskranken aus ihrer Nachtruhe wecken wollte, ging er zur Veranda, setzte sich und stopfte seine Pfeife. Wie still es war, bis auf die Grillen, die mit unablässiger Ausdauer zirpten.

Auf der knarrenden Treppe wurden Schritte laut – langsame, einer nach dem anderen. Ein schwaches Stöhnen erklang.

Dann stand sie im Türrahmen, in einem schwarzen Kleid mit offen auf die Schulter hinabfallenden Haaren; sie lockten sich in der feuchten Luft. Ihm stockte der Atem.

»Amanda.«

Ein warmes Ziehen durchfuhr ihn. Er genoss es, sie beim Vornamen zu nennen, es war fast so, als ob er ihre Haut berührte.

Er lehnte sich vor, bereit, sie zu umarmen, doch sie wehrte ihn ab.

»Ich habe heute furchtbare Schmerzen.«

Er schnellte hoch, um – ja, er wusste nicht, wozu –, um sie zu massieren? Um ihre Qual irgendwie zu lindern, sie in die Arme zu nehmen? Er musste sie berühren, ihre Haare spüren.

Sie ging zum Tisch und entzündete einen Kandelaber.

Bedeutete ihm, sich zu setzen, und er gehorchte ihr, zog seinen Stuhl jedoch näher an ihren heran – ganz nahe. Hörte ihren leisen Seufzer.

»Ich kann mich mit der neuen Badewärterin nicht anfreunden. Ihre M-m-assage ist ruppig … als ob sie mich bestrafen wolle. Ich glaube, sie hasst mich.«

»Mich auch. Meine Fußsohlen sind grün und blau.«

Während er das sagte, streckte er seine Beine aus und musterte seine Schuhe. Beugte die Fußgelenke, wippte mit den Füßen. Fuhr fort:

»Ja, was ist nur aus Frau Björk geworden?«

Sie lehnte sich auf dem Stuhl zurück. Ihre Stimme bekam etwas Sanftes.

»Hat sie so geheißen, meine Göttin.«

Er drehte und wandte sich.

»Was heißt schon Göttin. Sie war Frau Björk und hatte begnadete Hände. Ich mochte gern mit ihr plaudern. Und mit ihrer Tochter – unglaubliche Augen hat dieses Mädchen, schmale, schrägstehende … wie die einer Wölfin.«

Welch ein Leuchten aus ihm sprach, wenn er von ihr redete. Sie hörte seiner Stimme an, dass etwas Besonderes zwischen ihnen war; ihre kurze Begegnung hatte Eindruck hinterlassen – war etwas gewesen, das ganz augenscheinlich nicht »rein« war. Jetzt sollte er es erfahren, sollte erfahren, dass er von der Glanzbüglerin nichts mehr zu erwarten hatte. In feierlichem Tonfall überbrachte sie ihm die Nachricht.

»Frau Björk ist offenbar in Trauer. Vermutlich kehrt sie nächste Woche wieder, aber Doktor Liljedahl zufolge soll sie schwer m-m-mitgenommen sein.«

»In Trauer? Das ist mir gar nicht zu Ohren gekommen.«

Sie verfolgte genauestens seine Reaktion auf das, was sie zu berichten wusste.

»Ach, wirklich nicht? Hast du *wirklich* nicht davon gehört?«

Worauf wollte sie nur hinaus? Sie schien irgendetwas andeuten zu wollen, klang vorwurfsvoll.

»Ich suche Doktor Liljedahl nicht grundlos auf … Also, was ist meiner Frau Björk zugestoßen?«

»Ihre Tochter hatte eine Fehlgeburt und ist infolgedessen verstorben. Sie war noch ein junges Mädchen.«

Jetzt hatte sie es ihm gegeben! Das hatte gesessen, das erkannte sie an dem Schweigen, das sich zwischen ihnen ausbreitete.

Ein Bein zitterte; er strich sich die Locken aus dem Gesicht, starrte hinaus in die Nacht und in den blassbläulichen Mondschein. Räusperte sich, bemühte sich, ungerührt zu erscheinen, sog an der Pfeife.

»Wenn ich nicht irre, hat Frau Björk doch fünf Töchter.«

Sie nickte.

»Es handelt sich um die Glanzbüglerin; sie, die hier gearbeitet hat. Liljedahl hat es offenbar nicht leicht, einen Ersatz für sie zu finden. Von ihrer Sorte gibt es nicht viele.«

Er bekam einen Hustenanfall, so als ob er sich am Pfeifenrauch verschluckt hätte. Sie reichte ihm ein Glas und forderte ihn auf zu trinken, er schluckte in raschen Zügen, fuhr jedoch fort zu husten. Tränen rannen ihm die Wangen hinab.

»Was ist mit dir, mein Lieber?«

Sie klang nicht im Geringsten mitfühlend. In ihrer Stimme lag ein scharfer Unterton, der ihm durch und durch ging.

»Ich bin gewiss noch nicht wieder recht auf dem Posten, Amanda. Ich merke, dass ein Fieber im Anzug ist. Ich muss mich wohl nach Gråbo ins Bett begeben.«

»Gewiss doch, wollen wir hoffen, dass wir beide bei unserer nächsten Begegnung in besserer Verfassung sind.«

Er presste eine Hand auf seine Brust.

»Ich werde morgen nach dir sehen – wenn ich bis dahin nicht gestorben bin.«

In der Dunkelheit stolperte er den Bach entlang. Die Bank auf der Insel der Glückseligkeit war leer. Möge der Arbeiter Ruhe vor seiner Seelenpein gefunden haben! Die seinige hingegen war schrecklich. Ihm war, als ob sein ganzes Inneres – Gedärme, Herz, Lunge – aus ihm herausflössen und es leer in ihm würde, hohl widerhallend, wie wenn die Pforte hinter einem zuschlug, wenn man eine verlassene Kapelle betrat.

Was sollte er nur mit dieser entsetzlichen Verzweiflung anfangen, die ihn zerriss? Sein Blick richtete sich auf die Sternenschar am Himmel. Auf die Sternenbilder hatte er sich noch nie verstanden. War schon vollauf damit beschäftigt, das, was auf Erden vor sich ging, zu deuten.

Er zog sich auf sein Zimmer zurück, riss sich im Dunkeln die Kleider vom Leib – ein Haufen neben dem Bett –, legte sich hin und schlief ausgelaugt ein.

In kaltem Schweiß gebadet, kam er zu sich, als es dämmerte. Wie eine Drohung von weit her hörte er die ruppige Badewärterin an die Tür klopfen.

»Ich habe es im Magen, seien Sie so gut, und behelligen Sie mich nicht«, winselte er kläglich.

Erneutes Klopfen.

»Sie werden nie genesen, wenn Sie sich weigern, den Neptunsgürtel anzulegen.«

Er raffte sich zu halb sitzender Haltung auf, um seiner Stimme mehr Nachdruck zu verleihen.

»Morgen wieder, dann wird es mir gewiss bessergehen.«

»Gut. Morgen also. Morgen werden Sie mich nicht wieder los!«

Es klopfte an der Tür seines Nachbarn; eine verschüchterte Jungenstimme antwortete. Wollte sie den armen Teufel etwa auch in Angst und Schrecken versetzen?

Er versuchte, sich auf die Bettkante zu hocken, aber sein Kopf war so schwer wie ein Felsblock. Nachdem er Unmengen von Wasser getrunken hatte, plumpste er zurück ins Bett, schlief weiter. Träumte, dass er sich am Galgen des Ringwerfspiels erhängte. Wie Liljedahl ihn am darauffolgenden Morgen abschnitt und Aline ihn in Trauerflor gekleidet abholen kam. Bei seiner Beerdigung vergoss niemand eine Träne; jedes Auge blieb trocken.

In der Abenddämmerung weckte ihn der Trompeter, der zum Verdauungsspaziergang blies – eine unwürdige Art, aufzuwachen. Ja, überhaupt dieser ganze Unsinn, der im Park vor sich ging! Wäre er nicht gezwungen worden, hierherzufahren, hätte er kein junges Mädchen – eine Unschuld – ins Verderben gezogen, hinunter in den Pfuhl der Verwesung, wo er selbst im Grunde herumkriechen müsste. Das war allein Alines Schuld, Alines und die ihrer Eltern! An Orten wie diesem gebärdeten sich die Leute wie wild und toll und scherten sich nicht länger um Anstand und Moral – woran der Doktor mit seinem Duzen nicht ganz unschuldig war. In mancherlei Hinsicht war er gänzlich ungehemmt, um im nächsten Augenblick mit seinen Regeln strengste Disziplin zu predigen.

Andreas setzte sich ans Pult. Er sollte ein paar Zeilen zu Papier bringen, nicht einen ganzen Arbeitstag vergeuden, doch konnte er keinen klaren Gedanken fassen, und noch dazu knurrte sein Magen. Irgendetwas musste er zu sich nehmen, schließlich hatte er den ganzen Tag über noch nichts gegessen, auch wenn er keinen Hunger verspürte. Kaffee hingegen, das wäre etwas anderes – ob er sich hinunter zur Kaffeebude wagen konnte, ohne grimmige Blicke auf sich zu ziehen?

Er wartete, bis es dunkel geworden war, bevor er sich hinunterschlich und eine Tasse Kaffee erstand. Ging wieder hinauf, etwas munterer jetzt. Abermals ließ er sich am Pult nieder und spannte die Armmuskeln an, doch wollten aus seiner Feder keine Worte fließen, nein, die Hand wollte zeichnen. Sie glitt gleichsam aus eigener Kraft über das Papier, ein Bild wollte entstehen. Ein Selbstportrait mit Teufelshorn und einem Geschlecht von grotesker Größe, das himmelwärts zeigte. Da kam ihm eine Idee. Er fasste in seine Unterhose und nahm sein augenblicklich steif werdendes Glied heraus. Studierte es eingehend, ja, nahm jede noch so kleine anschwellende Ader, jeden noch so kleinen Haarbalg am Hodensack unter die Lupe. Betrachtete die Kontraktionen seines Glieds, die zu verfolgen ebenso faszinierend war, wie in loderndes Feuer zu sehen. Wie man diese Bewegungen wohl zeichnerisch einfangen konnte?

Er wollte exakt sein, exakt bis ins Detail, und nahm das Vergrößerungsglas hervor. Wie eigenartig! Was war denn das? Eine Schwellung auf seinem Glied – eine rote Pustel. Verflixte

Mücken! Er berührte sie, sie fühlte sich fest und stumm an, juckte nicht. Also kein Mückenstich. Wie lange mochte sie schon da sein?

Eine ohnmächtige Angst erfüllte ihn; Schockstarre erfasste seinen Körper. War er nun einer von ihnen? War die Zeit der Bestrafung gekommen? In seiner Einfalt hatte er seinen Gelüsten freien Lauf gelassen, doch nun musste anscheinend auch er für das bezahlen, was andere einen unsittlichen Lebenswandel schimpften. Er legte sich auf das Bett und fixierte einen Punkt an der Decke. Anders konnte er sich das ganze Elend, das über ihn hereingebrochen war, nicht erklären – der Erreger hatte sich in ihm festgesetzt. Er legte sich das Kissen aufs Gesicht, drückte zu. Wenn er sich doch nur in Luft auflösen könnte! Ob man sich selbst wohl auf diese Weise ersticken konnte?

Luft, er brauchte Luft! Schwerfällig erhob er sich vom Bett und lief geradewegs hinaus in den Park, in den Wald. Er lief und lief, noch über Sörgölet hinaus, lief immer weiter, bis er an einen wunderschönen See kam, der in einer Talsenke lag und von Wacholdersträuchern umgeben war. Er setzte sich ans Ufer und sah hinaus auf den Widerschein des Vollmonds auf dem schwarzen Seewasser. Wagte er es, Amanda wiederzusehen? Sollte er ihr von der Glanzbüglerin und dem roten Punkt erzählen, den er entdeckt hatte? Wenn sie beide an der Syphilis litten, konnten sie sich zumindest aneinanderlehnen und die Schmerzen gemeinsam durchleiden, in der kurzen Zeit, die ihnen noch blieb. Er musste an sie denken, an ihre Stimme, ihren Blick, ihre Intelligenz und fühlte ein starkes Begehren in sich aufwallen. Ich habe nichts zu verlieren, pflegte sie zu sagen. Ja, so war es.

Morgen bringe ich die ganze dunkle Geschichte ans Tageslicht. Ich werde sie wie einen Sack Kohlen hervorholen, ein schwarzes Stück nach dem anderen. Er saß so lange im Mondschein am Ufer, bis sein Hintern ganz feucht war und er grässlich fror. Wie ein müder Geist wandelte er über die schmalen Wege heimwärts, die sich zwischen den Äckern dahinschlängelten, sog die kühle Luft ein, in der ein Geruch von vermoderten Pflanzen und nassem Boden hing. Kurz bevor er den Park erreichte, meinte er, Schritte hinter sich zu hören. Er drehte sich um. Alles verschmolz in der Dunkelheit miteinander.

Niemand da.

Er ging in zügigerem Tempo weiter, hörte ein Rascheln hinter seinem Rücken. Wandte sich blitzschnell um, erneut – niemand da. Es mussten Vögel sein, die sich im Gebüsch rührten, oder ein Igel. Mucksmäuschenstill verharrte er in der Dunkelheit und lauschte, roch einen frischen Duft von etwas, was an Zitrone, an Verbene erinnerte.

Als er sich abermals umdrehte, um das kurze restliche Stück bis zum Park zurückzulegen, verspürte er einen harten Schlag auf dem Hinterkopf. Schmerz flammte vor seinen Augen auf. Dann brach er mitten auf dem Weg zusammen.

Nächtliches Tagebuch

Die Nächte werden allmählich so frisch, dass ich in eine Wolldecke gehüllt auf der Veranda sitze, umgeben von einer kohlschwarzen Dunkelheit, und im Schein der Lampe lesen muss. Eine Motte flattert im Lichtschein umher und will unter den Lampenschirm. Wo steckt Andreas nur? Ob ihm etwas zugestoßen ist? Seine Abwesenheit stimmt mich missmutig. Ob er um die Glanzbüglerin trauert?

Eifersucht breitet sich in mir aus, schwillt an wie ein Ballon. Dabei habe ich mich doch so bemüht, Andreas nur als einen Zeitvertreib zu betrachten. Es ist einfach zu abgeschmackt, Gefühle für einen zehn Jahre jüngeren Mann zu entwickeln. Es ist wie ein Gift, und doch haben seine dunklen, funkelnden Augen, lebhaften Gesten, trockenen Scherze und nicht zuletzt sein Tabakrauch die Leere in mir gefüllt. Aber was sollten sie auch miteinander anfangen? Zwei einsame Seelen, die unter körperlichen Qualen ein paar lange Sommernächte gemeinsam ausharren. Er hat sich natürlich aufgeführt, wie es ihm beliebte, trotz des Ringes am Finger. Ich muss meinen Verdruss hinunterschlucken, aber mit der Eifersucht duelliert es sich schwerer als mit der Krankheit.

Aber am beklemmendsten ist wohl meine heutige Begegnung mit Arvid gewesen.

Lästigerweise hat er mich hier, auf dem Zimmer, besucht. Mir kam es vor, als ob er mit seinem umfangreichen Körper den gesamten Raum ausgefüllt hätte; alles erschien mir qualvoll intim. In dem Augenblick wünschte ich mir, dass wir nicht durch meinen Ehemann, ja, durch unseren ganzen Bekanntenkreis in Stockholm miteinander verbunden wären. Diese verfluchten Salons, all dieses Geschwätz!

Manchmal möchte man von den anderen nichts wissen, hat genug mit sich selbst zu tun. Und ich weiß bereits zu viel über Liljedahl, durch den Klatsch von daheim, der mich sonderbarerweise irgendwie erreicht, obgleich mehrere Stunden Zugfahrt dazwischen liegen. Gewiss hat mein Gesundheitszustand dazu geführt, dass unsere gemeinsamen Freunde mit mir gebrochen haben, oder aber ich selbst habe die Freundschaft beendet, weil ich nicht die Kraft dazu hatte, sie aufrechtzuerhalten. Ich kann auf die Gesellschaft der meisten Leute gut verzichten, sie öden mich an. Besonders die, welche um meine Krankheit wissen und ihre eigene Pein bei mir abladen, wodurch sie demonstrieren wollen, dass alle es schwer haben – ja, du wirst sterben, aber wir können auch nicht von Glück sagen.

Ich erkenne Arvid nicht mehr wieder – dieser müde Gesichtsausdruck, die gelbblasse Haut, sein vorwurfsvoller Tonfall. Er hat mit den Jahren und mit der Krankheit Selbstmitleid entwickelt. Um welches Leiden es sich handelt, will er nicht sagen, wofür ich tatsächlich ein gewisses Verständnis habe, möchte ein Arzt doch als stark und gesund wahrgenommen werden oder zumindest nicht kränker als seine Patienten. Besonders ein Arzt, der seine ganze Karriere allen Widerständen zum Trotz auf die Naturheilkraft gegründet hat und sie beharrlich gegen Hohn und Kritik – ja Schimpfwörter gar – verteidigt hat. Worunter er wohl leiden mag? An Krebs wahrscheinlich, er schien mir sehr angegriffen zu sein.

In meinen Ohren klingt unser Gespräch wie der Dialogwechsel eines Kammerspiels, das den großen Agrell vor Neid erblassen ließe.

1. AKT

Der Doktor geht, ohne zu zögern, ins Zimmer hinein und setzt sich schwergewichtig in den Lesesessel. Flink legt sie die Bücher und Schreibhefte beiseite.

»Amanda, meine Liebe. Deine Tage sind gezählt.«

»Aber Arvid, was sagst du da?«

Er vollführt mit seiner großen Hand eine abwehrende Geste.

»Liebe, gute Amanda, ich meine selbstverständlich deine Tage hier in Augustenbad.«

Er hilft ihr höflich aufs Sofa, sie gibt zu verstehen, dass sie allein zurechtkommt.

»Wie geht es dir?«

»Nicht schlechter zumindest. Das Stottern hat sich gegeben. Mit den Schwindelanfällen weiß ich umzugehen.«

Er nickt ihr verständnisvoll zu, ein gutmütiges »Hmmm« kommt über seine Lippen.

»Die Schmerzen sind das Schlimmste, gefolgt von der Schlaflosigkeit und der neuen Badewärterin.«

Er hört ihr zu, eine sorgenvolle Falte bildet sich auf seiner Stirn. Er setzt die Brille ab, säubert sie mit dem Taschentuch und reibt sich die müden Augen.

»Alle klagen darüber, alle! Doch leider gibt es keine andere erfahrene Badewärterin, die Frau Björk ersetzen könnte. Du wirst diese Woche, in der sie in Trauer ist, überstehen müssen.«

»Ich möchte mit den Bädern und den Massagen aussetzen, bis Frau Björk wiederkommt.«

Er wird missgelaunt, nimmt eine Halspastille, nimmt drei. Vergisst, ihr ebenfalls welche anzubieten.

»Trauerzeiten sind kräftezehrend, aber Frau Björk hat es zurzeit sehr schwer.«

Er hustet und schnäuzt sich lautstark. Legt prüfend den Handrücken auf seine fiebrige Stirn.

»Frau Björk konnte nach dem Verscheiden ihrer ältesten Tochter nicht mehr in dem Häuschen wohnen bleiben, konnte die Miete nicht mehr bezahlen. Ihre drei Jüngsten befinden sich jetzt in der Obhut der Gemeinde.«

»Wie traurig, die Arme …«

»Ich habe ihnen schon aus so mancher kniffligen Not geholfen, wenn du nur wüsstest, Amanda. Aber diese Sache ist vertrackt – sie ist eine Geißel für mich. Ich habe die beste Glanzbüglerin des Dorfes verloren, möchte nicht auch noch die tapfere Frau Björk verlieren.«

Ausgedehntes Schweigen. Liljedahl stöhnt.

»Dreißig Arbeiter stehen nun in meinen Diensten, und alles, wirklich alles, läuft aus dem Ruder. Mir scheint, ein jeder hat von der Hitze einen Knacks davongetragen.«

»Das tut mir leid für dich, Arvid.«

Er schnäuzt sich erneut, leiser diesmal. Beugt sich vertraulich vor, kommt ihr nahe.

»Wie konnte es nur dazu kommen? Sieh dich an, Amanda! Du, die schönste Frau der ganzen Stadt, ein Krüppel, dabei bist du noch nicht einmal fünfundvierzig! Und das Schlimmste ist, dass ich glaube, dass wir nicht länger etwas gegen den Ansteckungsherd in Stockholm ausrichten können. Bis jetzt war ich noch davon überzeugt, war ein Befürworter der amtsärztlichen Untersuchungen, aber das Lumpenpack behält die Oberhand – der Schmutz, der Kot, der Tripper, die Syphilis. Wie lange betreiben wir die Praxis jetzt schon, über vierzig Jahre, das ist doch nicht gescheit! Du warst damals kaum geboren. Ach, ach, wie bezaubernd du als kleines Mädchen gewesen sein musst! Dass solche entzückenden kleinen Mädchen so werden können … man sieht sie mittlerweile überall. Schamlos machen sie sich an die Männer heran. Du müsstest sie nur sehen, wie sie sich anbieten – schmollen, sich gebärden, redliche Herren, ja, sogar Familienväter mit ihren Sirenengesängen verlocken! Sie verbergen noch nicht einmal mehr den Spalt zwischen ihren Brüsten hinter Apfelsinen und Blumen.«

Er nimmt ihre Stirn, den rostbraunen Ausschlag in Augenschein.

»Dieses unsägliche Gift, das so vielen Männern, Frauen und Kindern den Garaus macht!«

Sie hört ihm zerstreut zu, kritzelt Schnörkel auf ein weißes Blatt, antwortet einsilbig.

»Was die Männer jedoch nicht daran hindert, alle naslang einen Spaziergang durch den Lilla Hoparegränd zu unternehmen.«

»Glaubst du denn, ich weiß das nicht, Amanda! Es ist nicht leicht für euch Frauen, Verständnis für die Triebe des Mannes aufzubringen, aber das ist die Natur; wir sind verschieden und müssen versuchen, das Beste daraus zu machen.«

Sie drückt den Stift so fest auf das Blatt, als sie die Figuren zeichnet, dass das Papier zerreißt.

»Du weißt, dass ich meine ursprüngliche Meinung, Bordelle zum Wohle der Allgemeinheit zu unterhalten, geändert habe; und ich habe auch erkannt, dass der Amtsarzt nicht die beste Lösung war. Ja, ich gebe zu, dass ich falschlag, falsch, falsch, falsch. Aber für die Menschen, die mannigfaltige Ansichten über die Weiterentwicklung der Gesellschaft hegen, hat der Irrtum eine größere Trefferquote, wiegen die Irrtümer schwerer. Die Männer vergessen, nach Gesundheitsattesten zu fragen … wahrscheinlich geht alles viel zu schnell … und dann sind sie betrunken und bedenken sich nicht.«

Mühsam erhebt er sich und geht zur Tür.

»Aber Amanda, ist es denn etwa kein versöhnlicher Zug, dass ich das wenigstens zugebe – dass ich mich einige Male geirrt habe.«

Schweigend nickt sie, hört auf zu zeichnen.

»Gott sei Dank ist nun endlich August, dieser Sommer war anstrengend.«

Sie murmelt eine Antwort, nachdem Liljedahl den Raum verlassen hat.

»Ja, Gott sei Dank. Bald ist es vorbei.«

DER VORHANG FÄLLT

Trotz allem verspürte ich eine gewisse Zärtlichkeit für meinen alten, streitbaren Freund, als er das Zimmer verließ. Er wirkte geradezu überanstrengt, murmelte etwas von erhöhter Temperatur.

Wie hielt er es nur aus, die unzähligen Gebrechen und die Erbärmlichkeit, der er überall begegnet, zu schultern? Ja, wie wurde er damit fertig? Mein heutiges Leben – wie sähe es wohl aus, wenn ich ihm nicht begegnet wäre? Wenige sind in der glücklichen Lage, einen Arzt zu kennen, der sich in vollem Umfang auf ihre Krankheit versteht. Armer Arvid. Wie hart er sein ganzes Leben gearbeitet hat; in seinem tiefsten Inneren wollte er immer nur Gutes bewirken. Und in vielerlei Hinsicht steht er durchaus auf der Seite der Frauen, jedenfalls theoretisch. Das tun zwar viele Männer, doch neigen sie dazu, es allzu leicht zu vergessen, wenn sie ihren Frauen Auge in Auge gegenüberstehen. Wenn sie instinktiv handeln und sich das Recht herausnehmen, darüber zu bestimmen, was die Frauen von diesem Leben zu erwarten haben.

Arvid ist kein Langweiler, auch wenn er herrschsüchtig sein kann. Und was mich betrifft ... mir liegen bitterböse Märchen mehr als Dramen. Pfui, wie leid ich ihn bin, diesen unbarmherzig in die Beine ausstrahlenden Schmerz! Muss die Blutzirkulation wieder anregen, meine Beine werden steif, wenn niemand sie massiert. Aber diese rüde Badewärterin wird mich nicht in die Finger bekommen!

Ja, wo steckt nur Andreas? Ob er Augustenbad schon verlassen hat? Oder kriecht er zu Kreuze und greift Frau Björk unter die Arme? Wo liegt doch noch gleich die nächste Kirche? Wo werden arme, ledige Mädchen mit einer Leibesfrucht im Bauch begraben?

Herbstgefühle steigen in mir auf. Wie schwarz diese Augustdunkelheit doch ist! Gott sei Dank gibt es die Sterne.

Das Geschlecht eines Mannes war an einem Mittsommerabend vom Blut einer jungen Unschuld benetzt worden. Er wollte die rostbraunen Flecken eintrocknen lassen, sie so lange wie möglich auf seiner Haut bewahren, gaben sie ihm doch Kraft, stärkten seine Männlichkeit. Doch als er über Kleewiesen und Roggenäcker heimwärts ging, blieb ihm nichts anderes übrig, als sich zu säubern, wartete daheim doch seine schwangere, fiebernde Gattin auf ihn, und es war unnötig, ihre

Gesundheit aufs Spiel zu setzen, indem er ihr Verzweiflung auflud. Daher begab er sich in den Wald, um sich in einem Teich zu baden.

Die sich zum Wasser dahinschlängelnden Pfade waren ihm wohlbekannt. Viele Male schon hatte er sich in diesem Gewässer das Blut und die Sekrete junger Mädchen abgewaschen. Ja, er hatte dem Teich dadurch so viele Nährstoffe geschenkt, dass mit jedem Jahr mehr Seerosen darin gediehen. In diesem Jahr nahmen sich die Blätter unwirklich groß und die Blüten riesig aus. Er blieb auf einem kleinen Steg stehen und spürte, wie ihm die Seele des Teiches entgegenschwebte. Er öffnete sich und empfing sie. Schief lächelte der Halbmond.

Der Mann streifte Stiefel und Kleider ab und tauchte hinein ins kühle Nass. Alle Lebewesen hielten den Atem an, lange. Wo bleibt er denn?, rief ein Waldkauz, der auf einer Tanne hockte, einem anderen zu. Wo bleibt er denn?, riefen sie im Chor und hörten die Wasserbläschen aus der Tiefe klagen. Dort hatte sich der Mann in dem krautigen Wurzelgeäst der Seerosen verfangen und saß hoffnungslos fest. Die Luftblasen, die er ausstieß, stiegen auf und kitzelten die bärbeißigen Barsche. Jenes unter allen Tieren der Nacht, welches in der Tiefe des Wassers sehen konnte, beobachtete, dass sich bald darauf ein Lächeln auf dem Gesicht des Mannes zeigte. Dann wurde die Wasseroberfläche wieder spiegelblank.

Als er die Augen aufschlug, sah er geradewegs in Liljedahls Bart. Der imposante Doktor lehnte sich über ihn, Andreas roch seinen sauren Atem. Weshalb lag er auf der Pritsche des Arztes? Hatte er wieder gesoffen? Schmerz durchzuckte seinen Kopf wie Blitze, Unwohlsein wütete in ihm. Sein Blick fiel auf das Spruchband: *Maßvoller Lebenswandel, ohne Gezier'* …

Stöhnend richtete er sich auf und fasste sich an den Hinterkopf.

»Sachte.«

Er kam an die Gazebinde, zuckte vor Schmerz zusammen.

»Du hast einen ordentlichen Schlag abbekommen.«

»Aber ich habe doch nichts getrunken … oder?«

Ängstlich sah er Liljedahl an.

»Das haben wir zuerst angenommen … bei Amanda Eggerts. Du darfst sie nicht mehr besuchen, sie ist nämlich eine Trinkerin. Vermutlich bist du gestürzt und hast dir den Kopf aufgeschlagen oder jemand hat dir mit einem Rohr oder vielleicht einem Holzkloben einen Schlag versetzt.«

Er versuchte sich an den gestrigen Abend zu erinnern. Der Spaziergang heimwärts, das Rascheln hinter ihm.

»Jemand hat sich im Dunkeln angeschlichen, aber ich habe niemanden gesehen.«

Liljedahl versank ins Grübeln, gab ein Brummen von sich und trommelte mit den Fingern auf den Schreibtisch.

»Bist du bestohlen worden – fehlen dir Taschenuhr, Geld, Ringe?«

Er griff in seine Tasche. Die Uhr lag noch da, der Ehering saß am Finger. Und Geld hatte er sowieso keines.

»Es kommt äußerst selten vor, dass die Dienerschaft Diebstähle begeht, doch man kann nie wissen.«

»Es ist noch alles vorhanden.«

»Vielleicht hast du dir hier in Augustenbad Feinde gemacht«, sagte Liljedahl mit rauer Stimme und einem schelmischen Lächeln.

Was wusste Liljedahl von ihm und Frau Björks Tochter? Ihm war, als ob dieser Mann alles sähe und hörte, was sich hier in Augustenbad zwischen den Menschen zutrug. Feinde? Er konnte sich nur schwer vorstellen, dass Frau Björk sich von hinten an ihn heranschlich und ihn überfiel. Doch wer wusste schon, welche Kräfte Frauen aufbringen konnten, wenn der Zorn sie übermannte?

»Andreas, du musst ein paar Tage lang ruhen, offenbar hast

du eine leichte Gehirnerschütterung erlitten. Setz dich auf, dann wird dir nach Gråbo hinübergeholfen.«

Unruhig drehte er eine Runde nach der anderen durch den Laubengang, obwohl er noch ein paar Tage lang ruhen sollte. Die Kopfschmerzen pulsierten durch seinen Schädel, loderten gleichsam von der Wunde im Nacken auf. Wie viele Tage waren vergangen, seitdem er sie zuletzt gesehen hatte? Er musste seinen Mut zusammennehmen und zu ihr gehen, ihr alles, absolut alles gestehen und abwarten, was geschehen würde. Wenn dies das Ende war, musste er damit fertig werden.

Er schloss die Augen und sah ihr langes, fülliges Haar, ihre Anmut vor sich, trotz ihres zittrigen Gangs mit der Krücke. Er verspürte ein heftiges Verlangen, das seit seiner Entdeckung dieses roten Ausschlags dort unten, der einer roten Beere ähnelte, in seiner Intensität seltsamerweise noch zugenommen hatte. Nach wie vor ging von der Stelle kein Juckreiz aus.

Er machte einen kurzen Abstecher zur Kaffeebude, um sich eine Tasse zu holen, bevor er wieder auf sein Zimmer hinaufging, um sich erneut ans Pult zu setzen. Er schrieb völlig versunken, Seite um Seite, merkte noch nicht einmal, dass es dunkel wurde und sein Magen nach Nahrung verlangte.

Der Speiseraum war leer. Er rief und klopfte an die Küchentür. Als er hineinlugte, sah er drei Mägde, die sich anschickten, den Abwasch nach dem Souper zu besorgen. Er trat ein und bat um ein Butterbrot, sagte, dass er mehrere Tage krank daniedergelegen habe und erst jetzt die Kraft dazu aufgebracht hätte, hinauszugehen. Er zeigte ihnen seinen bandagierten Hinterkopf und brachte eine der Mägde an der Spüle dazu, sich seiner zu erbarmen. Eine Servierdame packte zwei Brotscheiben mit Käse und Schinken in eine Tüte und überreichte sie ihm. Er streifte in liebevoller Dankbarkeit ihre Wange.

Er war so ausgehungert, dass er nicht warten konnte, bis er sein Zimmer erreichte. Die Butterbrote verschlang er mit gierigen Bissen im Gehen; zu dieser Tageszeit hielten sich im Park sowieso keine Gäste mehr auf. Oder doch? Da, ein Murmeln, jene klagende Stimme, die er zuvor schon einmal von der Insel der Glückseligkeit gehört hatte. Als er über die Brücke ging, erblickte er den Mann auf der Bank – es war derselbe, der Arbeiter aus dem Lazarett. Andreas ging zögernd zur Insel hinüber und ließ sich neben dem Mann nieder, leise fragend: »Guten Abend, kann ich Ihnen irgendwie helfen?«

Die ruckartigen Zuckungen, die den Körper des Mannes hatten erbeben lassen, hörten auf. Er versuchte in der Dunkelheit, die nur vom Mondschein erhellt wurde, Andreas' Gesicht auszumachen, betrachtete ihn von oben bis unten, als dieser ihm die Hand reichte. Und während er ihn mit seinen rotgeschwollenen Augen so musterte, erkannte er die Gesichtszüge des Mannes, der ihn angesprochen hatte. Ein Schrei entrang sich seiner Kehle, es klang wie ein gellender, unartikulierter Hilferuf, ein urtümlicher Schrei, der aus dem tiefsten Grund seiner Seele zu kommen schien. Im Badehaus der Damen wurden mehrere Fenster geöffnet, im Quartier der Herren eines. Ein beunruhigtes Stimmengemurmel hing in der Luft: Was geht hier vor? Der Nachtwächter kam herbeigeeilt und packte Samuel, der sich auf Andreas gestürzt und ihn mit schier überwältigender Kraft ins Gras niedergerungen hatte.

Im Griff des Nachtwächters sammelte sich Samuel wieder, lieferte sich ihm gleichsam, lauthals schluchzend, aus.

»Ein Mörder muss seine Strafe bekommen.«

Ein hochgewachsener Mann kam dem Nachtwächter zu Hilfe, und der verzweifelte Samuel wurde ins Bäderkontor gebracht, wo ihm eine Tasse Kamillentee zur Beruhigung gegeben wurde. Er fingerte an seinem Hut herum, klopfte den Staub ab.

Andreas blieb wie erstarrt draußen stehen und schüttelte verständnislos den Kopf, als der Nachtwächter wieder herauskam und ihn atemlos fragte:

»Sind Sie unverletzt?«

Er nickte still.

»Was für ein Glück! Der gute Samuel hat den Verstand verloren, seit sie ums Leben kam.«

»Wer?«, fragte Andreas mit unschuldigem Augenaufschlag.

»Seine Verlobte, die Glanzbüglerin.«

Die Fenster im Badehaus der Damen wurden wieder geschlossen, und erneut war in der Nacht kein Laut zu hören. Andreas' Blick schweifte zur Arztvilla auf dem Hügel, wo nach wie vor Licht in einem Fenster brannte – wie ein den Gästen im Tal zugewandtes Auge, ein Auge, das niemals schlief. Ansonsten herrschte überall Dunkelheit.

Andreas setzte sich auf der Insel der Glückseligkeit auf die Bank, saß auf dem nach wie vor warmen Fleck, wo der von Schluchzern geschüttelte Arbeiter gesessen hatte. Es war, als ob sein Murmeln in Andreas' Ohr nachhallte – ein wimmernder, halb erstickter Klagelaut. Er konnte nicht anders, als auf diesen schicksalshaften Zufall mit Worten zu antworten. Wie von selbst nahm ein Gedicht in seinem Kopf Gestalt an.

So saß er da, bis es hell wurde, die Vögel zu singen begannen und die ersten Kurgäste sich an der Chinesischen Quelle versammelten.

Der Glanzbüglerin Korb im Zittergras –,
ein Ährenhalm streichelt ihren Zopf, ganz zart.
Von ihrem Wachs berührt, das unbeugsame Ährenherz
es heimlich verschlossen bewahrt
das Koan aus großem Schmerz

»Das sieht gut aus.«

Sie zuckte zusammen, als Andreas die Treppe hinaufstieg und vor ihr stand, hatte sie doch noch nicht einmal sein Kommen bemerkt. Verträumt starrte er auf die Champagnerbläschen in ihrem Glas.

»Bedauerlicherweise der letzte Rest«, sagte sie und trank das Glas aus. Wollte es hinter sich bringen, um keine Versuchung mehr darzustellen.

»Mein Glück ... oder vielmehr Pech.«

»Ich werde noch mehr kommen lassen. Liljedahl ist zwar zutiefst enttäuscht von mir, aber wenn er seine Betrübnis äußert, entgegne ich ihm, dass mich der Champagner vom Stottern heilt, denn so verhält es sich.«

Er setzte sich absichtlich dicht neben sie, seine Schulter streifte ihre. Im ersten Moment erstarrte sie, als er sie so berührte, entspannte sich dann aber und ließ ihn gewähren.

Neugierig schielte er in ihr Schreibheft, das sie ihm jedoch demonstrativ vor der Nase zuschlug.

»Führst du Tagebuch?«

Sie strich mit der Hand über das Heft.

»Ja, obgleich das hier meine Märchen enthält, die – auf ihre Weise – allerdings auch so etwas wie Tagebücher sind.«

Seine Miene hellte sich auf; er sah sie mit einem neuen Gesichtsausdruck an, so als ob sie einander dadurch noch näher stünden. Weshalb hatte sie ihm nicht schon früher davon erzählt? Als er sie bat, ihm daraus vorzulesen, schraubte sie den Deckel des Tintenfasses zu.

»Heute nicht. Heute musst du mir etwas vortragen, das hast du mir schließlich irgendwann einmal versprochen. Aber lies leise, die anderen haben sich bei mir beschwert.«

Er wirkte ein klein wenig verlegen, als er ein paar eng beschriebene Bögen aus der Rocktasche zog.

»Gewiss doch, aber lass mich zunächst eine Pfeife rauchen.«

Sie nickte, holte einen Aschenbecher hervor und schenkte ihm ein Glas Wasser ein.

Langsam stopfte er die Pfeife, als versuche er, das Ganze – die nackte Darlegung seiner Schaffenskraft – hinauszuzögern. Aus Angst vor ihrer Strenge, ihrer Zurückweisung. Gerade jetzt war er zu verletzlich, um damit fertig zu werden.

Sie bemerkte den Kopfverband und unterzog ihn verwirrt einer genauen Musterung, wartete auf eine Erklärung.

»Ach so, der ... ja, irgendjemand wollte mir Böses.«

»Hast du es denn verdient?«

Ihre unverblümte Frage ließ ihn zusammenzucken. Amandas Direktheit war zugleich erfrischend und unbehaglich, trotzdem wollte er diesen Zug an ihr nicht missen. Er antwortete, dass man die Sache womöglich so sehen könne, und sog tief am Pfeifenstiel, wie um Nahrung und Kraft zu schöpfen.

Etwas raschelte im Jasminstrauch, Eulenrufe drangen aus dem Park.

»Du und die Plätterin, da war also was?«

Er legte die Pfeife zur Seite, lehnte sich leicht vor und barg den Kopf in den Händen, schien gleichsam zu seinen Schuhen zu sprechen. »Ich hatte Branntwein getrunken, und es ist, wie es ist ... ich vertrage ihn nicht. Sonst wäre es nie dazu gekommen.«

»Du meinst also, es war nicht deine Schuld?«

Immer wieder dieses also, musste sie denn immer also sagen! Vorsichtig blickte er zu ihr hoch, versuchte aufrecht ihrem herausfordernden Blick zu begegnen.

»Ja ... und auch wieder nein. Ich war schließlich betrunken – eine schöne Nacht; ein süßes Mädchen ... Sie ist mir um den Hals gefallen. Amanda, das Dasein ist voller Entsagungen ... ich war nicht in der Lage ... einmal mehr zu entsagen.«

Er schlug ein Bein über das andere, starrte auf das Tischtuch hinab. Wagte nicht, genauer auf die Tragödie einzugehen, ihr alles zu beichten, obwohl er es sich selbst geschworen hatte.

Auf ihren Wangen bildeten sich rote Flecken, eine flammende Röte überzog ihren Hals, ihre Augen wurden zu zwei Schlitzen.

»Aber hast du denn nie daran gedacht … sie hätte deine Tochter sein können!«

»Mag sein. Und sie vermisste einen Vater.«

Sie stieß einen sonderbaren, harten Laut aus. Er erschrak.

»Wie einfältig von dir! Ich kann keinen Respekt mehr für dich aufbringen.«

Nun reichte es ihm aber. Weshalb war sie so wütend? Woher nahm sie das Recht? War sie nicht auch verheiratet?!

Zorn loderte in ihm auf. Er schoss in die Höhe und baute sich demonstrativ vor ihr auf.

»Respekt! Den hast du mir gegenüber noch nie empfunden. Du hast mich von oben herab betrachtet, hast nie einen Hehl aus deiner Verachtung für mich gemacht!«

Sie verstummte, fühlte sich überführt. Er hatte ja Recht. Er war kein Mann, den sie bewundern konnte, zu dem sie aufsah. War noch nicht einmal ein guter Dichter. Da konnte sie ebenso gut ehrlich sein.

»Wenn du so gedacht hast – weshalb bist du dann, wie ein rolliger Kater, nahezu jeden Abend um meine Veranda herumgeschlichen? Hier gibt es einhundertfünfzig Gäste. Was machst du ausgerechnet vor meiner Tür?«

Den letzten Satz schrie sie; im ersten Stock wurden Fenster geöffnet:

»Ruhe, zum Henker, hier wird geschlafen!«

Sie fielen in sich zusammen, kniffen den Mund zu. Saßen eine Weile schweigend da. Der Ruf des Käuzchens hatte jetzt etwas Furchteinflößendes. Andreas ergriff als Erster, in ausgeglichenerem Ton, das Wort.

»Ich bin so daran gewöhnt.«

»Woran gewöhnt?«

Er zuckte die Schultern.

»An die Geringschätzung, an die in Höflichkeit gekleidete Herablassung. So ist es schon immer gewesen.«

»Unsinn! Selbstmitleid hingegen ist etwas, was ich zutiefst verabscheue!«

Er konnte nicht mehr, hatte keine Kraft mehr, um sich zu streiten. Sah sie an. Der Zorn machte sie noch anziehender; diese Glut in ihren Augen …

»Die Sache ist ganz einfach – du bist schön. Und ich habe mich noch niemals so gut mit jemandem – weder mit meiner Frau noch mit sonst jemandem – unterhalten wie mit dir.«

Würde sie jetzt endlich Ruhe geben, konnten sie sich versöhnen? Doch nein, sie stritt weiter.

»Was willst du mit einer Frau von fünfundvierzig, die bald verrecken wird?«

Sie spuckte das Wort auf eine Art aus, die ihn zu Eis erstarren ließ. Die Glanzbüglerin in ihrem einfachen Sarg zog vor seinem inneren Auge vorbei; die Mutter, bald würde sie denselben Weg gehen. Er sank auf die Bank, schwieg bedeutungsschwer, bis er mit schwacher Stimme sagte:

»Womöglich liege ich auch im Sterben.«

Sie ließ die Handfläche auf den Tisch hinabsausen.

»Du weißt nichts über meine Qualen! Ich bitte dich, stell deine kleinen Unpässlichkeiten nicht auf eine Stufe mit meinem Todeskampf!«

Todeskampf – er hätte nie gedacht, dass ihr dieses Wort jemals über die kühlen Lippen käme. Er versuchte etwas einzuwenden, aber jetzt sprach sie, freimütig – erschüttert, offenbarte ihre Verwundbarkeit.

»Ich kämpfe jeden einzelnen Augenblick darum, nicht vor Schmerzen zusammenzubrechen.«

Als sie Schmerzen sagte, wurden ihre Augen blank. Sie wandte den Kopf ab, schluckte und schluckte.

Sanft streichelte er ihren schmalen Arm, sah sie liebevoll an.

»Wein dich an meiner Schulter aus, mein Herz.«

Sie drehte sich zu ihm um und erwiderte böse, mit Tränen in den Augen und zitternden Lippen:

»Schönen Dank auch, auf die Peinlichkeit kann ich verzichten!«

Nun wusste er, was er zu tun hatte. Es war notwendig. Er knöpfte seine Hose auf und zog am Bund der Unterhose, während ihr Gesichtsausdruck von Verzweiflung zu Entsetzen wechselte.

»Was fällt dir ein?!«

»Ich muss es dir zeigen, es ist gewachsen.«

»Schluss jetzt! Ein wenig Anstand …«

Sie bemühte sich, streng zu klingen; er ließ von seiner Enthüllung ab, knöpfte die Hose wieder zu. Da fing sie an zu lachen. Lachte so, dass ihr die Tränen kamen. Beide lachten sie. Als er sie umarmte, sie festhielt, ging ihr Lachen kaum wahrnehmbar in Schluchzen über. Sie weinte lange, es war ein nach innen gewandtes, dumpfes Weinen; er strich ihr übers Haar. Allmählich ging das Schluchzen in ein Schniefen über. Sie schluckte, schnäuzte sich.

Am Himmel zeigten sich rosafarbene Streifen; der Gesang der Vögel schwoll an, es wurde hell. Sie blies die unruhig flackernde Flamme der Lampe aus. Trotz der unbarmherzig hellen Morgensonne machte sie keine Anstalten aufzubrechen.

Sein Blick fiel auf ihr Schreibheft.

»Wie lange schreibst du schon?«

Sie winkelte ein Bein an und streckte es wieder, wie um Leben in etwas Erstarrtes hineinzuschütteln. Sah in den Garten, wo die Sonne die Apfelbäume in ein schimmerndes Licht tauchte.

»Ich habe damit angefangen, als ich die Diagnose erhalten habe … vor acht, neun Jahren. Es hat mir geholfen … den Verstand zu bewahren, anfangs zumindest. Mittlerweile ist es mir zu einer lieben Gewohnheit geworden, und ich schreibe aus purem Vergnügen.«

»Aus Vergnügen! Ich beneide dich zutiefst.«

Er seufzte, sein Blick irrte umher, er kratzte sich im Nacken.

»Mein Gedicht nimmt Gestalt an, aber ich habe nicht die geringste …«

Abermals ein Seufzer; er wusste nicht, wie er fortfahren sollte.

»… welche künstlerische Tiefe es hat. Ich nehme mich gegenüber der Dichtung viel zu unbedeutend und unscheinbar aus, das ist mir mittlerweile klargeworden.«

Er fühlte sich entblößt und hoffte, dass sie ihn jetzt, da er ihr gegenüber seine Erbärmlichkeit zugegeben hatte, nicht von sich stoßen würde. Doch er hatte sie richtig eingeschätzt; ihr Interesse war geweckt. Sie beugte sich vor und hörte zu.

»Für mich ist es eine Willensanstrengung, ein Kampf; ich presse das Gedicht heraus und versuche das, was dabei entsteht, zu ertragen. In meinem Kopf ist das Gedicht fantastisch, aber auf dem Papier wird es zu etwas anderem. Irgendwo auf dem Weg zwischen Kopf und Papier wird es entstellt, womöglich sollte ich eine bessere Feder erstehen.«

Wie entzückend sie war, wenn sie lächelte; er hatte dieses schiefe Lächeln vermisst. Er legte die Pfeife beiseite, zog ein gefaltetes Papier aus der Tasche. Jetzt musste er es sagen, sie musste es erfahren. Er räusperte sich, trank einen Schluck Wasser, flüsterte rhythmisch:

Ein himbeerroter Schanker, er bedeutet den Tod
doch ist's dieses Geschwür, welches uns eint
Können zwei arme Seelen in der Not

Er pausierte und sah sie an. Erschrocken schlug sie die Hand vor den Mund, ihre Augen waren weit aufgerissen. Sanft fuhr er fort:

Sich versöhnen, wenn alles verloren scheint?
Sind unsere Gehirne zersetzt und krank
lass uns gemeinsam Hand in Hand
springen vom mächtigsten Klippenrand

Jetzt war es getan. Er suchte ihren Blick, atmete aus, lehnte sich an ihre Schulter und schloss die Augen. Dann musste sie ihn eben wegstoßen, wenn es zu unerträglich für sie war.

»Ich weiß nicht, was ich sagen soll.«

Sie klang hörbar erschüttert.

»Du musst nur sagen ... ob es gut war oder nicht.«

»Wie soll ich das verstehen?«

»So wie es klingt.«

Sie griff nach ihrem Stock, umfasste ihn so hart, dass die Knöchel weiß wurden.

»Du auch? Willst du *das* damit sagen?«

»Es sieht ganz danach aus, aber ich bringe es nicht über mich, mich damit an Liljedahl zu wenden. Ich werde einen Arzt in der Stadt aufsuchen.«

Er bedeckte sein Gesicht mit den Händen, wie um sich dahinter zu verstecken oder um nachzudenken, lehnte sich abermals an ihre Schulter und dachte bei sich, jetzt bleibe ich so sitzen, bis sie mich von sich stößt.

»H-Hast d-du es von mir?«

Er nickte.

»Das Mädchen zu Mittsommer, die Glanzbüglerin, war noch unberührt.«

»Aber wir haben doch nicht …?«

»Wir wissen ja nicht mehr genau, was sich zugetragen hat … wie viele Flaschen Champagner haben wir miteinander geleert? Und die Krankheit kann schließlich auch durch Speichel, Schweiß und Berührung übertragen werden. Wird zumindest behauptet.«

»Haben wir uns denn geküsst?«

Weshalb sah sie so erstaunt aus, so als ob das vollkommen undenkbar sei?

»Das hoffe ich.«

»Etwas anderes haben wir doch wohl nicht …?«

»Das wäre mein Wunsch.«

Bestürzt schüttelte sie den Kopf.

»Du bist wahrlich eine wunderliche Seele.«

Er legte den Kopf in ihren Schoß, blieb ein Weilchen so liegen und wartete darauf, dass sie ihn wegstoßen würde. Doch dann berührte sie zaghaft seine Wange. Ihre Hand war kalt, dennoch durchströmte ihn eine Ausgeglichenheit, die er schon ewig nicht mehr verspürt hatte. Das Verhängnis, das ihn in diesem als Paradies getarnten Höllental heimgesucht hatte, konnte ihm, sofern sie da war, sofern ihre Hand seine Wange streichelte, nichts anhaben.

Zögernd drückte er die Türklinke herunter. Doktor Liljedahls Praxis zu betreten rief ein zunehmend stärkeres Unbehagen in ihm hervor. Das größte Ärgernis war, dass der närrische

Teufel Recht behalten hatte. Er hatte schon seit Ewigkeiten nichts mehr getrunken, sich nur eine einzige Dummheit geleistet. Er war ein Mann in den besten Jahren, der in trostloser Enthaltsamkeit lebte, bis auf … ach, diese Geschichte musste er vergessen. Mädchen waren immer schon schwanger geworden; dass es danach so übel gekommen war, dafür konnte er nichts. Sie war immerhin willens gewesen, daran konnte er sich noch deutlich erinnern, ja, sie hatte es sogar vorangetrieben. Im Grunde war er ihr zu Willen gewesen. Ja, ganz genau, so war es gewesen!

»Guten Morgen, Herr Dichter, was macht die Dichtung?«

Die Stimme des Doktors brachte ihn wie gewöhnlich in Rage.

»Es geht voran, fließt geradezu.«

»Ebendas tut es, jetzt wo dein Körper gereinigt und dein Blut entgiftet ist.«

Andreas spürte, wie seine Wut das Kommando zu übernehmen begann, er schluckte, um sich zu beherrschen. Ließ seinen Blick über den Doktor wandern: die gelbe Haut, der dick geschwollene Hals und das Gesicht, das von Schweiß glänzte – er sah wahrlich aus, als würde er selbst im Sterben liegen!

»Hast du in Erfahrung bringen können, wer dich niedergeschlagen hat?«

Er hatte da so eine Ahnung. Es musste sich um den unseligen Arbeiter, ihren Verlobten, gehandelt haben. Natürlich war dieser voller Hass auf ihn, wer würde da nicht rasend werden! Doch das war etwas, was er für sich behalten würde, der arme Kerl sollte nicht dafür büßen müssen.

Er schüttelte den Kopf.

»Es ist, wie gesagt, sehr ungewöhnlich, dass die Lazarettbewohner ungehorsam sind und die Badegäste im Park angehen. Ich bedauere das.«

Der Sekretär holte das Krankenblatt hervor und fing an,

sich Notizen zu machen, während der Doktor Andreas untersuchte, vorsichtig das Pflaster abnahm und konstatierte, dass die Wunde am Hinterkopf sehr schön verheilt sei.

Liljedahl ging mit schleppendem Gang um Andreas' Stuhl herum und nahm ihn aus jedem Blickwinkel in Augenschein.

»Man sieht es deiner Haut an – ihrer Elastizität, ihrem Schimmer. Die Schwellungen um die Augen haben sich verringert. Du bist auf dem besten Wege, gereinigt zu sein.«

Diese selbstgefällige Miene des Doktors, als ob dies seine Errungenschaft sei!

»Rein und tot zugleich«, gab Andreas widerspenstig zur Antwort.

»Wie du schon sagst – wir müssen alle um Selbstbeherrschung ringen.«

»Müssen wir?«

Nun nahm Liljedahl seinen schleppenden Gang wieder auf, lief im Zimmer auf und ab, predigend, als hielte er einen Gottesdienst ab.

»Wir alle, die wir uns mit der ungesunden Lebensweise der Menschen auskennen, ihrem Schwelgen in schwerem Essen, das sie träge und aufgedunsen macht; ihrem Müßiggang und wie all das die gesellschaftliche Entwicklung verhindert – wir müssen uns alle selbst am Schopfe packen, um uns aus diesem Sumpf zu ziehen, aus dem Schmutz, dem Kot, der Hurerei und Völlerei. Saufigel vermögen unser Land nicht zu erneuern.«

»Saufigel?«

»Hast du das noch nicht gehört? Ja, so werden hier bei uns im Volksmund die Trunkenbolde genannt.«

Gewiss hatte er die Bezeichnung gehört, spielte jedoch den Ahnungslosen, um den Doktor dazu zu bringen, die Sache weiter auszuführen.

»Der Herr Doktor sorgt sich offenbar nicht um seine Geschäfte. Glaubt er womöglich gar, dass seine auf diese Weise gedemütigten Gäste wiederkommen werden?«

»Eben so verhält es sich! Du ahnst ja nicht, welche Anziehungskraft Demütigungen auf den Menschen ausüben.«

Liljedahl versuchte, scherzhaft zu klingen, was ihm misslang. Er bot Worte auf, als ob er sich selbst überzeugen wollte. Er legte die Hände auf den Rücken und ging schwerfällig auf dem knarrenden Fußboden hin und her, bis er vor Andreas stehenblieb, um fortzufahren:

»Du befindest dich auf dem Weg der Entgiftung, bist dabei, dir ein Rückgrat zu erobern, ein charakterstarker und rechtschaffener Mann zu werden.«

»Stark und tot zugleich. Ich habe mich noch nie so gelangweilt.«

»Daran wirst du dich gewöhnen. Sobald du dir über das volle Ausmaß im Klaren bist, wirst du deinen alten Lebenswandel mit anderen Augen sehen. Du wirst über dich selbst entsetzt sein und betrübt erkennen, wie die Trunksucht dich in die niedersten Gefilde hinabgezogen hat, dich deiner Freiheit beraubt hat.«

»Freiheit!«

Er stieß einen höhnischen Laut aus.

»Ich habe hier in Augustenbad bald drei Monate an Ihrer Hundeleine zugebracht!«

»Werter Andreas – ich spreche von der Freiheit, selbst über sein Handeln zu bestimmen. Du hast zugelassen, dass *der Alkohol* die Zügel in der Hand hielt. Nun musst du morgens nicht länger mit dem Gefühl aufwachen, dass du nicht weißt, wo du dich verflixt noch mal befindest.«

»Das frage ich mich in der Tat jeden Morgen, wenn ich wach werde und meinen Schwanz in ein eiskaltes Tuch gewickelt vorfinde. Du hältst uns zum Besten! Wäre es nicht allmählich an der Zeit, das zuzugeben?«

Als Doktor Liljedahl antwortete, fragte sich Andreas, wie er seine Stimme jemals mit Poesie in Verbindung hatte bringen können.

»Zum Besten halten! Reize mich nicht, mein werter Herr Öman. Mag ja sein, dass ich mir mein Lebtag schon viel dummes Zeug habe anhören müssen, doch das heißt nicht, dass ich mir jede x-beliebige Unverschämtheit bieten lassen muss!«

Liljedahl fing an zu husten und zu röcheln und sank hinter seinem Schreibtisch in sich zusammen; er machte den Eindruck, als ob er jeden Augenblick kollabieren würde, fuchtelte wie wild mit den Armen, als ob es um Leben und Tod ginge.

»Die Fenster, macht die Fenster auf«, rief er den Schwestern zu. »Gebt mir Saft!«

Andreas huschte aus dem Zimmer.

Er wurde davon wach, dass ein sehr junges Mädchen mit einem Gesicht voller Sommersprossen im Zimmer stand und zwei große Wasserzuber abstellte. Schweigend, mit eisblauem Blick, sah sie ihn an, bevor sie sich hinabbeugte und Wasser in einen Zuber goss, das Tuch eintauchte, keck vor ihn hintrat und ihm resolut das eiskalte, nasse Gewebe um den Unterleib schlang. Er biss die Zähne so fest zusammen, dass sie knirschten, so höllisch war der Schmerz in seinem Glied. Dann wickelte sie ein trockenes Tuch um das feuchte und schlich stumm hinaus. Sie hatte keinen Ton gesagt, ihm noch nicht einmal zur Begrüßung zugenickt.

Das war also die neue Badewärterin, ein kleines Mädchen. Sie erinnerte ihn an irgendjemanden, aber er kam nicht darauf, an wen. Es würde wohl gehen, er hatte ja nur noch eine Woche vor sich. Pfui Teufel, wie er fror, geradewegs bis ins Steißbein hinein!

Abermals stand sie an seinem Bett und begann mit den Handflächen auf seine Fußsohlen einzuschlagen. Härter und härter schlug sie, bis er aufschrie. Da ließ sie von ihm ab und befreite ihn aus den Tüchern. Er wollte etwas sagen, fand aber keine Worte. Rasch raffte sie Eimer, Tücher und Körbe zusammen, verschwand aus dem Zimmer und hinterließ einen angenehmen Duft nach – er schnüffelte ein ums andere Mal – Zitrone.

Er konnte nicht aufhören, vor Kälte zu zittern, weshalb er aufstand, das durchnässte Nachtkleid auszog, sich in eine warme Wolljacke hüllte und hinunter zur Quelle ging, um aus dem Stegreif zwei Gläser hinunterzukippen. Die Reihen der Gäste lichteten sich; und die restlichen Badegäste waren in Aufbruchstimmung, Rastlosigkeit lag in der Luft. Die Baronesse gönnte ihrem Terrier vor der Abfahrt noch ein wenig Auslauf, die Badebediensteten massierten die letzten Rücken der Saison. Man zählte die Tage, so wie auch er es tat.

Gewiss war er spät dran, aber so spärlich besetzt hatte er den Speiseraum noch nie erlebt. Das Frühstück nahm er mit gutem Appetit ein. Sonst hatte er zu dieser Tageszeit nie etwas anderes als ein paar Bissen Brot hinunterzwingen können. Nun schmeckte ihm ein Teller Hafergrütze mit Apfelmus himmlisch.

Im Kurhaus machte er es sich in einem Sessel am Kaminfeuer bequem und studierte die Lokalzeitung. Die Zugfahrpläne auf dem Titelblatt bewiesen, dass es tatsächlich möglich war, von hier aus eine Fahrt in die Zivilisation anzutreten. Wie dünn dieses Blatt verglichen mit der Stockholmer Presse doch war, das stellte er immer wieder aufs Neue fest, wenn er sie las oder – besser gesagt – darin blätterte. Irgendjemand hatte unerlaubterweise die Stockholmer Zeitungen mitgenommen, sodass ihm nichts anderes übrigblieb, als sich die Zeit mit diesem Blättchen totzuschlagen.

Seine Augen bewegten sich von links nach rechts, von oben

nach unten. Seine Sehkraft ließ allmählich nach. Was Liljedahl wohl dazu sagen würde? Friss Rosenblätter, und spring nackig im Herbstregen umher, vermutlich. Er nahm das Vergrößerungsglas aus der Tasche. Aha – Annoncen für Wein und Spirituosen neben einer Nachricht über die Guttemplerloge »Reine Quelle«, die soeben im Dorf eine Versammlung abgehalten hatte. Und natürlich hatte Liljedahl mal wieder die Finger mit im Spiel, wie sollte es auch anders sein. Er stellte sich vor, wie sich die Loge traf – ein Haufen blasser Mienen, verborgen hinter großen Rauschebärten, die sich beim Trinken von Limonade köstlich amüsierten.

Daneben gab es noch ein paar uninteressante Nachrichten aus dem Parlament, wo man sich wie üblich über die Zölle in die Haare geraten war. Handkoffer wurden an Auswanderer, die es nach Amerika zog, verkauft. Nein, hier fand sich nichts Lesenswertes. Doch da – ein Selbstmord: Ein Mann, der hier im Kirchspiel einen ehrenvollen Auftrag verloren hatte, hatte sich den Kopf weggeschossen. Man stelle sich vor, es verhielt sich wahrlich so, wie er stets behauptet hatte – die Angst vor dem sozialen Abstieg war in der Tat die größte Neurose des Bürgertums! Und hier, was stand hier: eine frisch verheiratete Schuhmachergattin hatte ihren neugeborenen Sohn ums Leben gebracht und den Körper des Kindes zerstückelt.

Als er das las, legte er die Zeitung beiseite und lief stundenlang den Laubengang auf und ab. Wandte den Blick ab, wenn er jemandem begegnete.

Es war Mitternacht und frostig kalt; der Himmel war mit Sternen übersät. Er sehnte sich nach ihr und ging mit raschen Schritten zum Paradies. Ein frischer Wind, der in sein Nackenhaar fuhr, brachte ihm zu Bewusstsein, dass der Sommer sich dem Ende zuneigte. Die Dunkelheit hatte nun eine andere

Qualität, aus schmeichelndem samtigem Dunkel war drohendes Pechschwarz geworden. Und es würde noch schlimmer werden, aber in dieser Nacht leiteten ihn zumindest die Sterne. Die letzten Tage waren ihm wie die längsten des ganzen Sommers vorgekommen.

Die Veranda des Paradieses lag leer und dunkel da; niemand war zu sehen, nur die Waldkatze schlich ums Haus. Ja, wie sollte sie auch bei dieser Kälte draußen sitzen können? Mit den sommernächtlichen Gesprächen war nun definitiv Schluss. Wenn er sich ihre Begegnungen ins Gedächtnis zurückrief, waren sie von einem Schimmer umgeben, als seien sie nur ein Traum gewesen. Er setzte sich auf die Bank und starrte stumpf vor sich hin. Was erwartete ihn jetzt noch – ein schmerzvoller Krankheitsverlauf? Die Scheidung? Weitere Begegnungen mit Amanda? Er war auf das Schlimmste gefasst. Er seufzte und war drauf und dran, wieder zurückzugehen, als er auf dem Tisch ein Kuvert entdeckte. Er öffnete es so überstürzt, dass er den Bogen entzweiriss.

Lieber Andreas,

nun ist es zu kalt für mich geworden, um draußen zu sitzen. Eine Erkältung könnte, so geschwächt, wie ich bin, Liljedahl zufolge das Ende bedeuten. Ich glaube nicht, dass mir noch viel Zeit bleibt, kann es aber nicht genau sagen. Liljedahl hat selbst einen elenden Eindruck auf mich gemacht, war leichenblass mit trüben Augen und hatte einen fürchterlichen Husten. Er hat allerdings noch die Kraft dazu aufgebracht, mir davon abzuraten, weiterhin Champagner zu trinken – doch in der Sache werde ich nach eigenem Gutdünken verfahren.

Liljedahl hat jedenfalls eine neue, sehr geschickte Badewärterin eingestellt. Womöglich bist auch du schon von ihr durchgewalkt worden. Sie sieht aus wie ein kleines, sommersprossiges Gör, aber sie weiß etwas mit ihren Händen anzufangen. Sie ist Frau Björks Zweitälteste. Sie und Frau Björk hausen nun bei Liljedahl in der Mädchenkammer, das ist immerhin ein kleiner Lichtblick in dieser ganzen Tragödie.

Morgen reise ich ab. Ich werde im Heim im Vallhallavägen gepflegt werden. Wenigstens anfangs, mein Mann unterhält schließlich eine heimliche Verbindung zu einer anderen Frau. Die Neue? Doch, sie akzeptiert es, einen kranken Mann zu ehelichen. Was das Bürgertum nicht alles anstellt, um seine gesellschaftliche Stellung zu bewahren!

Doch wie will man eine Scheidung einberufen, wenn die Gattin im Sterben liegt, an der Syphilis stirbt, die ihr werter Gemahl ihr höchstpersönlich gebracht hat? Ja, so ist es tatsächlich gewesen. Ich habe nie einen anderen gehabt, auch wenn ich es mir so manches Mal gewünscht habe.

Nun denn – ich gebe Dir unten meine Adresse. Ich kann mir nur sehr schwer vorstellen, dass mein Mann es mir übel nimmt, wenn ich einem anderen schreibe und womöglich sogar persönlichen Umgang mit ihm pflege. Vermutlich wäre er nur erleichtert. Die Frage ist, was aus Dir wird. Du bist schließlich ein verheirateter Mann, wenn auch ein gezeichneter.

Ob Du nun Abschied nehmen oder das Band zwischen uns fester knüpfen willst – Du bist mir ein Stockwerk höher willkommen. Es ist die dritte Tür auf der rechten Seite.

Ansonsten danke ich Dir dafür, dass Du mir eine schwere Zeit in meinem Leben vergoldet hast – diesen ewig langen Sommer, in dem ich mutterseelenallein und verbittert auf meinen armen, hilflosen Körper zurückgeworfen war.

Auf ewig Dein,
Amanda

Der ganze Park war in einen sahnigen Nebel gehüllt, als er nach Gråbo schlenderte, noch immer ganz trunken von der Begegnung mit ihr. Ihm war warm, seine Wangen brannten, ja, sein ganzer Körper war wie im Champagnerrausch, obwohl sie nur Holunderblütensaft zu sich genommen hatten. Ihr Duft, ja, sie hüllte ihn mit Haut und Haar ein – er hatte rote Haare und einen Schwanenhals. Ziellos streifte er durch den Park, machte, leicht wirr im Kopf, Anstalten, den Nebel zu trinken; der kühlte seine Wangen.

Er setzte sich auf die Insel der Glückseligkeit und wartete darauf, dass der Nebel sich lichtete und die Umrisse der Bäume wieder scharf hervortraten. Dachte an sein Gedicht, den Schluss, die Apokalypse: Die Erde dreht sich in zweifacher Geschwindigkeit um die Sonne; zwei Sommer in einem Jahr; die Erde ist von kollektivem Schwindel erfasst, dann – DONNER! Wasser stürzt vom Himmel herab. Kein Regen, nein, ein Wasserfall.

Er ging auf sein Zimmer, setzte sich geradewegs ans Pult und schrieb aus Leibeskräften. Wann war er zuletzt so klar im Kopf gewesen? Er schrieb den ganzen Tag, bis er sich wie im Mutterleib zusammenrollte und einschlief.

Ein Rufen und Schreien im Park weckte ihn. Was zum Henker war denn da los? Er blickte hinaus, sah aber nichts, vermutlich trug sich im Bäderkontor irgendetwas Dramatisches zu. Er warf seinen Rock über und wäre beinahe auf der Treppe ins Straucheln geraten.

Da – ein Menschenauflauf vor dem Bewegungshaus; die Tür zum Bäderkontor weit geöffnet; ein wartender Wagen. War jemand in Lebensgefahr? Nein – verstorben. Nein, nicht sie! Nicht Amanda! Sein Herz hämmerte. Er trat näher, in seinem Kopf rauschte es vor schauderhafter Erwartung. Zwei Leichenträger mit einer Bahre kamen zum Vorschein – und es war kein zarter Frauenkörper, den sie trugen. Nein, es war ein schwerer, ausladender Leib – angestrengte Mienen bei den Trägern. Liljedahl. Eine Frau in der Menschenmenge schluchzte auf, Liljedahls Ehefrau. Mit gesenktem Kopf folgte sie langsam der Bahre, hielt plötzlich inne, blieb stehen. Der Sohn nahm mit festem Griff ihren Arm und stützte sie, bevor sie zusammenbrach.

»Da geht ein wahrer Menschenfreund dahin«, bemerkte ein Mann aus der Volksmenge, nahm seine Kappe ab und legte sie an seine Brust.

Ein herbstlich düsterer Morgen; hohe Luftfeuchtigkeit; das Gras nass von nächtlichem Regen. Den Koffer neben sich, saß er vorm Bäderkontor. Der Sekretär hatte sein Abreisedatum eingetragen, und er, Andreas, hatte dem neuen Badearzt – Liljedahls gelenkigem Sohn – seine Aufwartung gemacht und ihm sein Beileid ausgesprochen. Der Vater habe schon länger schwer an chronischem Blasenkatarrh gelitten, erzählte er Andreas, während er nervös die Hände rang. Nun ja, er sei immerhin in die Jahre gekommen und habe viel zu hart gearbeitet. Es gehe nicht ewig gut, seinem Körper die nötige Ruhe und spielerische Bewegung zu versagen, sagte der Sohn, und war sich vermutlich nicht im Klaren darüber, dass er exakt wie sein Vater klang.

Andreas schüttelte die Hände der in Trauerflor gekleideten Krankenschwestern und bedankte sich. Beide machten sie einen aufgeriebenen und verlorenen Eindruck. Der Sekretär addierte, stempelte und reichte ihm die Endabrechnung, Andreas übergab ihm den Zimmerschlüssel. Zu seiner Schande verfügte er über keine eigenen Mittel, die er in die Armenkasse hätte tun können, etwas, was von jedem wohlhabenden Gast erwartet wurde. Nun stand er wie ein Drückeberger da.

Doch was blieb ihm anderes übrig, er ließ sich nichts anmerken.

Liljedahl junior ergriff Andreas' Hand und bedankte sich aufs Herzlichste.

»Ich bedauere, dass Ihr Abreisetag sich so unerfreulich gestaltet, Herr Öman. Ich hoffe, es hindert Sie nicht daran, uns im nächsten Sommer wieder einen Besuch abzustatten.«

Der nächste Sommer ... so weit wagte er gar nicht zu denken. Ob er dann noch am Leben war? Mit wem würde er leben? Er bemühte sich, leichthin und zuvorkommend zu klingen.

»Ich nehme an, so ist das Leben. Was geschehen muss, geschieht.«

»Wie wahr, wie wahr.«

Andreas verabscheute sich selbst, dass er solch hohle Phrasen drosch, fasste es als eine Niederlage auf, dass er als Dichter nicht imstande war, Besseres von sich zu geben. Aber was sollte er sagen? Er sagte Adieu. Er sagte Danke. Spazierte seiner Freiheit entgegen.

»Einen Augenblick, Sie müssen doch noch Ihr Gruppenfoto mitnehmen.«

Welches Gruppenfoto? Ach ja, das hatte er vollkommen vergessen! Er betrachtete das Bild, die versammelten Badegäste, ihre erwartungsvollen Mienen vor dem Hintergrund zarten Grüns und erkannte sich selbst kaum wieder. Er sah auf dem Foto in der Tat schlaftrunken aus, blickte aus geschwollenen Augen in die Welt. Und da, da war Ingenieur Stenström mit seinem Schmerbauch, der vergnügt mit dem Spazierstock fuchtelte. Wie schade, dass nicht auch sie ... Er besaß kein Bild von ihr.

Trotz allen Unbehagens konnte Andreas sich ein geheimes triumphierendes Lächeln nicht verkneifen, als er wie ein frisch entlassener Gefangener aus dem Bäderkontor trat. Chronischer Blasenkatarrh! Das war die Strafe für sein sechs Grad kaltes Wasser und den Neptunsgürtel! Andreas' Blick schweifte zur Arztvilla auf der Anhöhe, zur Dachgaube im ersten Stock. Ihm kam Frau Björk in der Mädchenkammer in den Sinn, er umarmte sie in Gedanken.

Der hochaufgeschossene, flinke Kutscher eilte mit dem Koffer voran, als Andreas sich, um Lebewohl zu sagen, ein letztes Mal zum Kurbad umwandte. Er würde nichts vermissen – doch. Aus dem Augenwinkel sah er das Paradies; grellweiß hob es sich gegen den regengrauen Himmel ab. In sich hörte er Amandas Stimme bei ihrer letzten Begegnung widerhallen, sie schenkte ihm ein wenig Trost.

Während er darauf wartete, dass die Droschke vorfuhr, die ihn zum Zug bringen sollte, vertrieb er sich die Zeit damit, einen kleinen Strauß Rotklee zu pflücken. Noch standen hier und da ein paar Exemplare in den Gräben, die noch nicht verwelkt waren. Die Stengel waren unnachgiebig, ließen sich nicht brechen. Ihm blieb nichts anderes übrig, als die Pflanze mitsamt der Wurzel auszureißen. Er führte die zarte blassrosa Kugel an die Nase. Sie kitzelte.

Duftete rein.

Mmmm. Nüchtern.

Ein herzliches Dankeschön

dem Freundeskreis *Bie brunns vänner* und den Töchtern der Aufwartefrau Märta Strand, die mir so bereitwillig und hilfsbereit historische Dokumente über den Kurort Bie zur Verfügung gestellt und ihr Wissen mit mir geteilt haben.